세계 평화를 위한
유일한 방법
5

KB076407

앨리스노블

등장 인물 소개

헤지아나
교국 라스할드의 교황.
신의 목소리를 들을 수 있는
능력을 지녔다.

가일란 엘리아스
리스아시 공화국의 정치가.
남쪽 대표로 회담에 참가했다.

루시올 페른시스
페른시스 국 제4왕자.
동쪽 대표로 회담에 참가했다.

아셔 아라스트란
교국 라스할드 소속의 성기사.
북쪽 대표로 회담에 참가했다.

리암 아우렐리트
이스파시아의 왕.
서쪽 대표로 회담에 참가했다.

할센라비온 이비아네라
서쪽 이비아네라 제국 황제.
검성은 아니나 검술이 뛰어나다.

**카람찬트 가이시
마라카스 파헨타움**
동쪽 파헨타움 제국 황태자.
검성. 완벽주의자.

표지 윤아빈 **편집** 김은솔 **마케팅** 정다움

차례

Illustration
가지구이

세계는 적이며 악의는 무형

첫 번째 날 아침.

햇빛이 쏟아지는 복도였다. 서서히 데워지는 공기와, 눈부신 햇살과 잔잔한 분노가 남아 있는 복도에서 차분한 남자 목소리가 말했다.

"이런…. 생각해 보니 그렇군요. 이거 생각보다 문제가 큽니다."

신의 축복이 쏟아지는 땅, 라스할드.

그 위에서 천국과 같은 평화를 만들어 내기 위해 모인 여섯 명의 대표들이 있었다.

그중 한 명, 선량하고 신뢰 가는 교양인의 모습으로 꾸미고 점잖은 태도로 무장한 남자는 조심스러운 목소리로 작고 여린 요정에게 속삭였다.

"사실 얼마 전 북쪽에서 서쪽으로 인력이 이동했다는 이야기를 들었던지라…."

걱정스러운 표정으로 가일란이 말했다. 동시에 루시올의 눈동자가 바로 가일란을 똑바로 쳐다보았다. 약간의 당혹감, 놀라움.

감정이 번진 눈동자를 보며 가일란은 웃음을 숨겼다.

"그게 무슨 소리인가? 북에서 왜 서로 인력이 이동하나?"

"북측은 이 전쟁에 휘말릴 일이 없지요. 그리고 우리 남측처럼 경제적 문제나 지속적인 민족 갈등이 있는 것도 아닙니다. 여유 있게 이 전쟁을 관망하며 무기와 인력을 팔아넘길 생각인 것 같다고…. 저희는 그리 예측하고 있습니다."

가일란은 조심스럽게 이야기를 이었다. 이것은 전란이 쉬지 않는 땅, 남쪽 지역의 대표, 리스아시의 대표로서 할 수 있는 예측이고 할 수 있는 말이었다.

"만약 서측이 저희를 공격하거나, 아니면 혼란한 틈을 타 동측의 다른 국가들의 정복전쟁을 시작하려 든다면…."

루시올의 눈가에 약간의 혼란이 맺혔다. 그것을 보고 가일란은 말끝을 흐렸다. 더 말할 필요는 없지 않을까.

"서쪽에도 이비아네라가 있지 않나."

"서쪽은 독자적인 연합선을 펴려는 것 같습니다. 이비아네라와 맞닿은 나라들은 그들을 방비하고 나머지는 동쪽을 공격하는 거죠. 무엇보다, 현재 이비아네라가 군사적 움직임을 보이고 있다 하나 타국을 공격하고 있진 않잖습니까."

"북의 무기와 인력을 공급받은 서라니…."

"다행히 아직 완전한 협력은 아닌 것 같습니다. 하지만 시간이 흐르면 위험해지는 건 우리겠죠."

이 정도 말한다면 알아듣겠지. 이 왕자는 그렇게 멍청하지 않다.

"우리 말입니다."

가일란이 힌트를 주듯 강조했다.

"우리…?"

루시올이 무슨 말이냐는 듯이 쳐다보았다.

경계하는 듯한 녹색의 날카로운 눈빛. 그러나 의심이 많은 지는 자기 꾀에 빠지기 쉽지. 가일란은 웃음 지었다.

"알아차리지 못하시겠습니까? 우리는 북측처럼 한가롭지 않고 서측처럼 연합할 수 없습니다. 북측이 얼마나 여유 있는지는 그들의 대표자만 봐도 알 수 있죠."

좀 더 생각해 봐. 넌 머리가 나쁘지 않지. 괜찮은 추측을 할 수 있을 텐데. 그 머리가 그리는 그림은 제법 정확할 거야. 불안도 정확하겠지. 어디 나를 만족시켜 보지 않겠어?

"북측이 그를 그냥 들러리로 내세웠을 가능성도 배제할 수 없네. 자네의 말처럼 모두 전쟁 특수 준비에 바쁘다거나 해서 말이지."

과연.

예상 이상의 대답이었다. 나조차 순간 그럴 수 있겠다는 생각이 들었으니까.

자, 네 현명한 머리가 내놓은 결론에 의하면 네 나라는 양 제국은 물론이고 서부, 북부에게 공격당할 수 있어. 어린 왕자, 불안하지 않아? 파헨타움은 교두보로서 페른시스를 원하고 북부는 녹지를 원하지. 서부는 노략질만 할 수 있다면 그 장소가 어디든 상관하지 않아.

불안하지 않아? 이 세계나 네 나라가 말이야. 이 모든 것이 네 지위만큼이나 불안하지.

"우리는 연합해야만 합니다. 그래야만 살아남을 수 있습니다."

루시올은 남쪽을 믿을 수 없다고 했다. 정치, 종족, 씨족 단위의 분쟁. 생산기반이 무너진 남측의 상황. 그래도 병사들을 먹여 살릴 정도는 된다고 하자, 루시올은 일축했다.

"훈련은 됐고?"

루시올이 미간을 일그러뜨렸다. 짜증스러운 듯한 말투. 날카로워진 눈가에 묻어 있는 초조함.

방법이 없어. 이미 칼은 목 밑에 들어와 있지. 남부와 연합하지 않는 건 현명한 일이야. 하지만, 그렇게 되면 페른시스는 어떻게 자신을 지킬 수 있을까.

가일란은 말없이 웃음 지었다.

두 번째 날의 아침.

가일란은 소회의실로 들어오는 리암을 보고 자리에서 일어났다.

"이른 아침부터 시간을 빼앗게 되어 송구합니다."

"아니요. 그렇게 말씀하실 이유는 없습니다."

권한 자리에 앉으며 리암이 말했다. 이어 가일란도 앉으며 리암의 표정을 살폈다. 읽을 수 없는 포커페이스. 하지만 저치는 분명 도박은 하지 못하리라. 그럴 성정이다. 그러나 도박을 하지 못한다고 걱정할 필요는 없었다. 애초에 리암은 불확실한 노름판에 판돈을 거는 자가 아니니까.

정치인으로서 수없이 많은 권력자를 만나 갈고 닦여 온 감이 그렇게 말했다.

가일란과 마주 앉은 리암이 입을 열었다.

"어제 오후는 회의 일정도 있고, 제가 아직 이곳에 익숙하지 않아 약속을 잡기 어려웠습니다. 다급한 안건이 있으신 듯한데 피로한 몸으로 그런 이야기를 듣는 것은 예의가 아니겠죠."

가일란은 사람 좋아 보이는 웃음을 지으며 대답했다.

"신경 써 주시니 감사합니다. 사실 드리기 부끄러운 이야기가 있어서 더 부끄럽군요."

"지원을 요청하시는 겁니까?"

리암이 안경을 고쳐 쓰며 물었다. 역시 표정은 조금도 변하지 않았다. 그때 궁내원이 들어와 둘 앞에 커피잔을 내려놓았다. 가일란의 출신지를 고려한 것인지 연유가 듬뿍 들어간 진하고 달콤한 커피가 담긴 작은 잔이었다.

가일란은 입을 다물었다. 궁내원은 곧 회의실 밖으로 나갔고, 가일란은 조금 더 침묵을 지키다가 고개를 끄덕였다.

"그렇습니다."

"서부는 남부에 많은 물자를 지원해 왔지요."

리암은 잔을 들었다. 라피스 라줄리로 입힌 파란색 위에 금분으로 그려진 곡선이 우아한 자기 찻잔. 어딜 봐도 남부풍의 물건이었다.

교황청은 이런 것까지 구비하고 있는 건가. 여유롭군. 풍족해.

가일란은 잔을 들어 살펴보며 잠시 생각했다.

"사실은 착취지만 말입니다."

리암이 말했다. 찻잔을 응시하던 가일란의 눈동자가 급하게 리암을 향했다.

남부는 혈족 단위의 집단이 많고, 종교적, 문화적 이유로 다툼이 멈추지 않는다. 이권, 정치, 이념, 신앙, 그 모든 게 다 얽힌 상태에서 시작된 다툼이 쉽게 가라앉을 리도 없다. 그러지 않아도 메마른 땅인데 다들 다툼에 열중하니 배불리 먹을 곡식을 제대로 기를 수 있을 리 없다.

그리고 서부는 이러한 남부의 처지를 이용하여 생필품을 비싸게 수출했다.

사실 이것은 서부만이 저지르는 일은 아니었다. 동제국도 서제국도 편할 대로 이 다툼의 땅을 이용했다. 물론 동제국은 북부에도 비슷한 짓을 하고 있다. 그것이 15년 전 전쟁의 원인이었고 말이다.

하지만 남부는 북부처럼 저항할 힘이 없다. 북부처럼 자원이나 인력이 유용한 것도 아니다. 그래서 동제국은 북부를 길들이는 데에만 관심이 있었다. 스스로 깎여 부스러지는 남부는 좋을 대로 이용하면 될 대상일 뿐.

"그렇기에 남부는 서부인에 대한 증오심이 높지 않습니까."

리암이 말하자 가일란은 슬픈 표정으로 고개를 끄덕였다.

"물론 서부 사람만이 아니지요. 누구나… 열강에 대한 증오심이 높습니다. 창조신의 신도도 위험합니다. 그나마 안정된 우리나라, 리스아시에서조차 그들이 안전하다고 장담할 수 없는 게 슬프군요."

"내부의 불만이 밖을 향해 터지는 것이지요. 그 증오가 부당하다고만은 할 수 없습니다. 분명히 다른 나라들은 당신들의 고통을 달콤하게 여기고 있으니 말입니다."

이자는 상당히 직설적인걸.

가일란은 리암을 곁눈질하며 커피를 한 모금 넘겼다. 짙은 밀도가 혀끝에 김겼다. 젖은 땅의 향기와 달콤함, 탁한 섯의 껄끄러움

까지.

이자는 흙냄새 나는 대지에 스며드는 그 껄끄러움을 경멸하고 있겠지.

"그렇다면…"

"하지만 제가 지금 당장 남부를 도와드릴 수 있는 방법이 없습니다."

커피를 두 모금 넘긴 리암이 깊은 한숨을 내쉬더니 찻잔을 내려놓았다. 그는 조금 정신이 든다는 표정으로 어깨를 펴고 자세를 바로 했다.

"이비아네라가 불편한 움직임을 보이는 이상, 서부는 움직일 수 없고 앞일을 대비해 비축해야 하는 상황입니다. 남부에 물자를 대라고 할 수 있는 상황은 아닙니다."

"저희가 사람을 댄다면 어떻겠습니까."

그 제안에 리암이 눈을 들어 가일란을 쳐다보았다. 속을 알 수 없는 물빛 눈동자.

젠장. 경향은 알겠지만 지금의 상태를 알 수 없군. 이자도 루시올과 비슷하게, 그런 것은 군대로 쓸 수 없다고 말하겠지만 그래도 약간 혹했겠지. 그렇지만 이자의 표정에선 그 흔들리는 순간을 포착하기가 힘들다.

"그들은 인간 방패 외의 다른 게 될 수 없을 겁니다."

리암이 말했다.

거절인가, 튕김인가. 모르겠다. 가일란은 말했다.

"그렇다고 하더라도 당장의 굶주림이 해소된다면 하겠다는 자들은 있을 겁니다."

"리스아시에서는 그렇게 난민들을 처리하기로 한 겁니까?"

순간, 약간의 적대감이 느껴졌다. 가일란은 자세를 바로잡으며 고개를 저었다.

"아―. 그건 아닙니다. 물론 그것은 고민스러운 일입니다만."

머리가 잘 돌아간다고 해서 이익에 충실할 줄 알았더니, 아니었다. 이렇게 결벽한 자라는 이야기를 들은 적은 없었는데? 하지만 리암에게 지금 반감을 사는 건 곤란했다.

가일란은 그가 오해하지 않도록 설명했다.

"부끄럽지만, 제가 사는 땅에는 빈자들이 많다는 것을 전하께서도 익히 알고 계시지 않습니까. 말하기 잔인한 일이지만 단순히 머릿수가 필요한 싸움이 있겠지요. 특히 북부와 맞닿은 서부는 더욱 그렇지 않겠습니까. 우리는 그런 싸움에 익숙한 자들 또한 많이 가지고 있습니다. 슬프게도, 난민뿐만이 아니라 가족에게 먹을 것을 줄 수 있다면 전쟁에 나가겠다는 자들은 얼마든지 있습니다. 그들은 그런 자리를 원합니다."

순간 리암의 표정이 일그러졌다. 반응했다. 그것은 불쾌감으로는 보이지 않았다.

"먹을 것과 잠자리를 얻기 위해 병사로 참가하고 싶어 하는 사람은 많습니다. 이는 남부가 전투에 익숙한 탓도 있겠지요. 오해 없으시길 바랍니다."

남부에는 싸움에 익숙한 사람들이 많다. 싸움에 익숙하다는 것 자체는 북부의 용병들과 비슷하다. 그러나 이 둘은 생겨난 원인도, 결과도 다르다. 북부의 용병들은 처음부터 인간과 싸우지 않는다. 그들은 더 나은 삶을 위해 기술을 익히고 싸운다.

그러나 남부는 그저 생존하기 위해, 기술도, 배움도 없이 날것 그대로 싸운다. 사람을 죽인다. 단순히 집단이 그것을 원하기 때문에, 또는 그저 먹을 것을 얻기 위해. 사실 폭력집단이나 부랑배 무리와 남부의 다른 점을 찾기 어려웠다.

"이런 말을 하는 이유는."

가일란은 힘겨운 표정을 지으며 말했다.

"북부가 움직임을 보인다고 하여, 대비할 필요가 있다고 생각하기 때문입니다."

"북부에서 무슨 일이 있다는 이야기는 듣지 못했습니다만."

"소문일 뿐이지만, 동부와 연합한다는 이야기가 있습니다."

순간 리암의 눈매가 일그러졌다. 생각지도 못했다는 표정이었다. 가일란은 말없이 리암을 쳐다보았고, 리암은 눈동자를 들어 가일란을 보며 물었다.

"15년 전 전쟁이 있었는데 말입니까?"

타당한 질문이었다. 국가 간의 감정이란 그렇게 쉽게 사라지지 않는 것이다. 거기다가 고작 15년밖에 지나지 않았다.

가일란이 대답했다.

"인접한 관계는 자주 싸우고 미워하지만, 공동의 적을 위해 연합할 때 첫 번째 동맹이 되지 않습니까? 파헨타움이 페른시스를 밟은 후에 어디로 가겠습니까."

"파헨타움에게 유리한 것은 북부의 지배보다는 지금과 같은 착취의 지속입니다."

리암이 말했다. 사실 지배는 생각처럼 재미있거나 유쾌한 일이 아니다. 그것은 매우 섬세하고, 귀찮으며 번잡스러운 일이다. 그래서 제국들은 속국을 두고 착취한다.

하지만 이번 파헨타움의 새로운 지배자는 좀 다르다. 가일란이 말했다.

"황태자는 지배를 원합니다."

이건 누구나 알고 있는 사실이다.

가일란은 커피 한 모금으로 입술을 축였다. 그사이 리암은 아무 말 하지 않았다. 입술을 보아하니 더 움직일 것 같지가 않아, 가일란은 좀 더 말하기로 했다.

"페른시스는 제국의 침공을 막아 내고. 북부는 페른시스의 녹지를 조금 받을 예정이라고 합니다. 그런데 북부가 한 줌의 녹지로 만족할까요? 또 페른시스는 다시 이 땅의 주인이 되길 원합니다. 인간의 땅에 빛나는 나무를 심고 싶어 하지요."

가일란은 걱정하는 목소리로 말했다.

물론 그 묘목은 땅에 심는다고 반드시 자라지 않는다. 하지만 요정들은 그 나무를 심고 싶어 한다. 그것이 영광을 되찾는 일이기 때문이다. 때문에, 나무를 심었다는 사실은 그것만으로도 중요한 것이다.

마찬가지로, 씨앗은 뿌린다고 반드시 움트지 않는다. 하지만 씨앗을 뿌렸다는 사실은 절대 변하지 않는다. 땅은 그 씨앗을 품고 있다. 썩어 영양분이 되든, 아니면 영원히 저장하든.

가일란에게는 어느 쪽이든 상관이 없었다. 이미 씨앗은 뿌려졌다.

그는 부지런한 일꾼이었다. 따라서 그는 파종하고, 파종하며, 또 파종했다.

동에, 서에, 이번에는 그 사이의 작은 자투리 땅까지.

"리암 아우렐리트를 경계해야 합니다."

그 씨앗은 틈이 없이 뿌려지는 것이 가장 좋다. 천상의 오색구름 위에까지 빈틈없이. 그렇게 구석구석 필 것들을 심는 행위는 사실 매우 즐거운 일이었다. 심지어 그는 그 직무에 매우 성실하기까지 하니 내심 뿌듯하기까지 했다.

"북은 무기와 인력을 움직이고 있습니다. 그 움직임이 서부로 향하고 있고, 서부는 연합을 꾸리고 있습니다."

이 모든 것은 사실.

씨앗은 사실이어야 한다. 사실이어야만 땅에 심어지고 피어난다. 물에 뜨는 충실하지 않은 씨앗을 심는 것은 성실한 일꾼에게 걸맞지 않았다. 그리고 그것을 성장시킬 물을 주며, 비료를 뿌리며.

"이것은 조금만 조사해 보면 아실 수 있는 사실입니다. 서부 대표인 리암 왕은 이러한 사실을 전부 숨기고 있습니다. 회의실에서 넌지시 그를 찔러보았지만 뱀처럼 빠져나가더군요. 이비아네라의 불온한 움직임 때문에 어쩔 수 없다고 합니다. 그러나 그 무기가, 인력이 정말 자기보호를 위해 쓰이는 걸까요? 자결권을 위하여 그토록이나 많은 힘이 필요할까요?"

싹이 튼다. 곧 줄기가 자라고, 새순이 자라고. 무성하게 가지를 뻗어 하늘을 향할 것이니,

"서부에 압력을 가해야 합니다. 그러기 위해서 성하의 도움이 필요합니다!"

그 씨앗의 이름은 불안이라고 한다.

다시 한번 말하지만, 그 씨앗이 썩더라도 가일란에게는 상관이 없었다.

심어진 신호는 어떤 식으로든 영향을 미친다. 상대를 신경 쓰게 하고, 날 서게 하고, 어딘가 맞지 않는 점을 만들어 낸다.

7일 아침.

[북쪽에서…. 그 뭐냐. 교구장? 그 급 인간들이 움직인다던데.]

그저 그렇게 맞이한 아침부터 날아온 소식에 가일란은 잠시 움직임을 멈췄다. 왼쪽에 있는 테이블에서 작은 수정구가 옅게 빛났다.

"언제부터?"

[어제저녁.]

빠르다. 가일란은 앞을 보았다. 거울에 비친 자신의 모습이 보였다. 향유를 발라 정리한 머리는 이미 단정하게 뒤로 넘어가 있었고, 흑갈색 눈동자는 아침에 새어 들어온 햇살을 받아 밤껍질 같은 빛깔로 투명하게 빛났다. 아주 좋았다.

"이렇게 빠르게 효과가 나타날 줄은 몰랐는걸."

가일란이 한 가닥 흐트러진 머리카락을 뒤로 넘기며 감탄했다.

전날 저녁, 가일란은 헤지아나와 면담했다. 그녀가 리암과 독대했다는 말을 들어서였다. 교황은 어쩐지 경계하는 듯한 표정이었고, 반응도 냉랭했다. 그녀는 서부가 남부를 침략하는 것보다 물자를 팔아넘기는 게 이득이 된다고 했고 그 말은 사실이다.

그렇지만 현실은 그렇게 이성적으로만 돌아가진 않는다.

가일란은 리암을 경계하라고 다시 한번 강조해 말했다. 서쪽 연합은 위험하며, 북쪽은 서쪽에게 무기를 수출하고 우리는 그로 인해 침략당할 것입니다. 비노니, 자비로운 신이시여, 신의 종이시여. 우리를 제발 굽어살피소서. 우리를 보호하소서.

다행히 남부의 나라들은, 유일신은 아니더라도 자신의 신이나 조상, 전사와 현자들에게 기도하고 비는 것이 일상적이었다. 이 피폐하고 잔혹한 땅에서 간절한 기도는 너무나 많이 보았다. 그래서 어떻게 하는 것이 간절한 기도인지, 가일란은 잘 알았다.

[대체 어떻게 구슬린 거야? 좀 곤란하길 바라긴 했지만, 실질적으로 완전 봉쇄잖아. 저 북쪽의 겁쟁이들이 이렇게 명백한 교황청의 의사를 보고도 함부로 움직일 수 있을 리가 없지.]

그렇다. 북쪽의 어리숙한 놈들이 젊은 황태자에게 꿀밤이라도 얻어맞으면 쪼르르 달려가서 이를 수 있는 상대라는 게 교황청밖에 더 있겠는가. 그런데 그 교황청이 엄하게 훈계했다. 이런 일로 파헨타움에게 대항해 줄 유일한 대모를 잃을 수는 없을 터이니, 그들은 당분간 조용하겠지.

"계속 깔아 놓은 떡밥의 결과지."

가일란이 낮게 웃었다.

"그 여자는 똑똑해. 자기 머리로 답을 찾을 수 있는 부류지."

거울을 보며 가일란은 셔츠의 옷깃을 세웠다. 전신거울 위에 걸쳐진 세 개의 타이 앞에서 잠시 고민하던 가일란은 감청색 타이를 목에 둘렀다가 벗은 다음 어두운 자줏빛 타이를 둘렀다.

"나는 그냥 먹을거리를 몇 개 줬을 뿐이야."

[아하. 그 머리로 자승자박한다는 소리잖아, 결국.]

가일란이 낮게 웃었다. 자줏빛 타이가 지금 입은 옷과 어울렸다. 타이를 매며 가일란은 말했다.

"자승자박은 머리와 관계없어. 아는 게 많은가 적은가의 문제지."

[앎의 자승자박이군.]

잠시, 두 사람의 웃음이 겹쳤다.

"뭐, 그도 그렇지. 하지만 애초에 그 괴물로 북쪽과 서쪽을 재주 좋게 견제했었다고. 비슷한 방법을 쓰면 좋겠다고 생각했지만…"

완벽했다.

타이 매듭은 매끄러웠다. 가일란은 옷깃을 내리고 옆에 놓인 재킷을 들었다.

"그건 그렇고 다른 것보다 그 범생이가 신경 쓰여. 움직임이 영 이상하고…"

수정구에서 폭소하는 소리가 들렸다. 가일란은 얼굴을 찌푸렸다.

[범생이? 그, 리암 아우렐리트라는 샌님 말하는 거 맞지? 캬아. 범생이라.]

"웃지 마. 그 녀석, 속을 알 수 없어. 애초에 그렇게 만만한 녀석도 아니고."

[아니, 무슨 상관이야. 우리는 일단 북부만 막으면 되었잖아. 수확의 시간이라고!]

"아니, 아직 아니야."

가일란이 말했다.

"그리고 북부가 완전히 틀어막혀서도 안 돼. 아주 조금씩 누군 가에게는 들어가고 있다는 소문이 있지만, 결코 원하는 이의 손에 는 들어가서는 안 돼. 그렇게 하지 않으면…."

재킷을 걸치고 어디 이상한 곳이 없나 거울 앞에서 매무시를 정 리한 가일란이 만족한 듯 고개를 끄덕였다. 정돈된 차림만큼 신뢰 감을 주는 것이 없다. 칼과 활만이 무기는 아니다. 그의 무기는 신 뢰, 그리고 정직함이었고 그는 늘 그것을 갈고 닦았다.

"무기를 필요로 하는 곳이 없어지잖아."

탁. 구두굽이 푹신한 카펫 위에서 둔탁한 소리를 냈다.

"교황도, 범생이도, 깐깐쟁이도 의심병환자도 죄다 헛똑똑한 거 지. 창칼이 없다고 해서 사람들이 전쟁을 하지 않나?"

가일란은 기분 좋게 웃었다.

모두 모르고 있다. 모두 이해하지 못하고 있다. 그들은 그런 걸 겪어보지 못한 자들이다. 겪을 수가 없는 위치에 선 자들이다. 자 신이 서 있는 구름 위 세상의 기준으로 땅 아래의 세계를 짐작하 는 자들. 그러니 알아차릴 수 있을 리가 없다. 생각할 수 있을 리가 없다. 눈은 떴지만 장님이고 생각하되 사람이 숨 쉰다는 것을 잊고 생각하는 것이다. 이 무지한 이들의 연회여.

"사람의 마음은 어쩔 것이란 말인가."

가일란이 말했다.

이 땅을 짚고 허덕이며 세속의 말단에 서 있는 수많은 이들의 마 음은 어쩔 것인가.

"설욕하고자 하는 마음을 어쩔 것인가. 고통을 흩뿌리려는 집념 을 어쩔 것인가. 행복한 자들의 목을 조르고 싶어 하는 정당함을 어쩔 것인가. 세상에게 복수하고자 하는 열망을 어쩔 것인가. 피를 금으로 바꾸길 원하는 욕망을 어쩔 것인가."

[그 가르침대로.]

읊조린 선문답의 끝에서 두 명분의 웃음이 조용히 새어 나왔다.

곧, 가일란의 손끝에서 수정구가 빛을 잃었다.

❖

라스할드 주재, 멜라스 정상 회담 11일째.

아침 기도는 해가 뜨기 전에 끝났다. 그 직후, 헤지아나는 제단에 서 있었고, 루시올이 다가와 헤지아나 앞에 무릎 꿇고 앉았다. 둘 옆에는 테이블이 있었고 성서와 종교의 상징물들, 성수가 담긴 은쟁반과 포갠 아마포가 있었다.

헤지아나가 물었다.

"그대는 이 세계를 만드신 분이 존재하심을 믿습니까?"

"네. 저는 믿습니다."

세례 의식이 시작되었다.

루시올이 입교를 청했을 때, 헤지아나는 이것을 거절할 이유가 없었다. 솔직히 말하자면 반드시 해야 했다. 교인으로 만들면 그를 보호할 수 있는 명분이 생기기 때문이었다.

때문에 루시올의 세례 의식은 다급하게 준비되었다. 아침 여섯 시에 말을 꺼내 준비를 시켰으니 불만이 나와도 할 말이 없었다. 자신의 초조함 때문에 이런 식으로 고생을 시킨 탓에 리시와 다른 사제들에게 미안했다. 감사의 의미로 맛있는 거라도 보내야겠다고 생각하며, 헤지아나는 세례를 진행했다.

몇 개의 문답이 이루어졌다. 루시올은 헤지아나가 가르쳐 준 대로 말했다.

"그분을 믿으며, 그분이 유일하며 세상이므로 세계를 믿으며, 그분이 신성함을 알아 저 역시 신성할 것이며, 탄생의 약속에 따라 이 세상에 태어난 사명이 있음을 알고 행할 것입니다."

신은 인간이 닿을 수 없는 곳에서 이 세계에 드러날 것들을 만든다.

때로 많은 것들이 이 세계로 쏟아져 들어오지만, 신은 본디 인간을 이 세상에 보낼 때 약속한 자들만 보낸다. 세상을 더 나은 것으로 만들 것을 약속하고, 자신의 고결함을 추구할 것을 맹세한 이들만이 선택받아 이 세계에 빚어진다. 신도가 된다는 것은 이 탄생의 약속을 잊지 않았으며 준수하겠다는 맹세이다.

헤지아나는 은쟁반에 든 성수에 아마포를 넣었다. 포가 축축하게 젖자 헤지아나는 포를 펴 루시올의 머리 위에 얹었다. 넓은 천이 무릎 꿇고 앉은 루시올의 몸을 넉넉히 덮었다.

루시올이 천 아래에서 입고 있던 옷을 벗었고, 옆에 있던 사제들이 준비한 옷을 건네주었다. 루시올은 사제들이 건넨 하얀 로브를 걸친 다음 젖은 아마포를 머리에 걸친 채 간단한 기도를 올렸다. 기도가 끝나자 헤지아나는 루시올의 이마에 성유로 성호를 긋고 입맞춤했다.

세례의 과정이 끝났다. 헤지아나가 루시올이 창조신의 품 안에 들어왔음을 선언하자, 지켜보고 있던 아셔와 리암이 축하의 말을 건넸다. 그럴 것 같지 않지만, 일단 리암도 이 종교에 적을 두고 있었다. 헤지아나도 만족감과 안도감에 복잡한 표정을 지으며 루시올에게 다가갔다. 루시올이 어깨를 으쓱해 보였다.

"너무 큰데요."

제의용 하얀 로브를 입은 루시올이 불만스럽게 말하자, 헤지아나는 웃으며 루시올의 젖은 머리카락을 쓰다듬었다.

"새로운 모습은 누구에게나 익숙하지 않죠. 하지만 받아들이기로 한 것이니 익숙해지세요."

헤지아나는 구겨진 루시올의 옷깃을 펴 주었다.

"루시올은 곧 그만큼 자랄 테니까요."

"으음."

루시올은 자란 자신의 모습을 생각해 보고는 팔을 들어 보았다. 언젠간 소매를 걷지 않아도 팔을 뻗을 수 있겠지. 보통 요정족은 백 살이 될 때까지 육체적으로도, 정신적으로도 성장한다. 오십 년 후. 그때 헤지아나는….

"이제 당신이 이 성지에 자리를 얻고 쉴 수 있게 되었군요."

루시올이 올려다보았을 때였다. 이마에 입술이 닿았다. 부드럽고, 매끈하고 말랑말랑했다.

나이가 들어도 헤지아나는 이런 사람이지 않을까.

자신을 내려다보는 헤지아나의 파란 눈동자를 쳐다보며 루시올은 생각했다. 그녀의 등 뒤로 스테인드글라스가 쪼갠 칠색의 빛이 쏟아졌다.

"예…. 잠시 몸을 추스를 수 있을 때까지…."

"내 옆이 당신의 자리입니다. 잊지 마세요."

루시올이 어렴풋하게 말하자, 헤지아나가 단호하게 말했다.

잠시, 루시올은 올려다보았다. 오색으로 투과되는 빛들 아래 보이는 교황. 여자. 성인. 나의 지지자. 보호자. 인연의 사람. 그 옆에 있기는 할 것이다. 하지만 이렇게 말하면….

루시올은 고개를 숙였다. 짧게 입술을 깨물고, 심호흡하며 그는 고개를 들었다.

"폐 끼치지 않겠어요."

"폐라뇨. 이곳이 당신의 집입니다."

헤지아나는 루시올의 손을 잡았다. 손이 헤지아나의 양손에 감싸인 순간, 루시올은 자신의 표정이 묘하게 일그러지는 것을 느꼈다.

헤지아나가 똑바로 보고 있는데, 어떤 표정을 지어야 하는지 아는데 그만 그런 표정을 지어 버렸다. 흔들린다. 하지만 흔들려서는 안 된다. 지금 자신의 처지란 해일 한가운데의 돛단배 같은 것이었다. 앞으로 나아가지 않으면 파도는 위에서부터 쏟아져 자신을 삼킬 것이다. 배 안에 찬 물은 이미 넘실거린다.

그때, 파도가 돛을 삼킬 듯 솟아올랐다.

[날 사랑해 줘요!]

갑자기, 확 머리에 물을 끼얹은 듯이 그 기억이 스며들었다.

[사랑해 주는 척이라도 해요!! 어차피 당신도 월성인 내가 필요한 거잖아! 그렇다면 내가 필요로 하는 걸 내놔요!]

얼굴이 달아올랐다. 아, 아니 그건 그냥, 계획이었어. 다 계략이고, 교황의 마음을 사로잡으려고 일부러 한 거라고. 일부러!

안절부절못하고 루시올은 고개를 팩 숙였다. 화끈거리는 얼굴을 보이고 싶지 않았다.

[…다른 사람과 할 때 다른 기분이었나요?]

그렇지만 그 말은.

루시올은 잠시 가만히 있다가, 고개를 끄덕였다.

헤지아나는 그 끄덕임에 미소로 회답하고 루시올의 손을 놓았다. 루시올은 일을 마무리하러 제단에 다가서는 헤지아나의 뒷모습을 가만히 쳐다보다가 자신의 손에 들린 젖은 아마포에 시선을 주었다. 물은 양수이고 천은 태막이며 그 안에서 새로 옷을 입고 나오는 것은 새로 거듭남을 말한다. 이것은 일정한 교육 과정을 거친 후에 태운다.

새로 태어나는 것은 어떤 기분일까.

[성하께서 제게 답해 주신 것들의 결과요.]

솔직히 아직, 나는 이런 나를 잘 모르겠어.

'이럴 리가 없는데.'

"루시올 님."

잠시 생각에 빠져 있던 루시올은 부름에 뒤를 돌아보았다. 루시올을 부른 아셔는 시선이 마주치자 멋쩍게 웃었고, 품에서 작은 주머니를 꺼냈다. 아셔는 마치 조그만 아이에게 주듯 조심스럽게 루시올의 손에 그 주머니를 얹었다.

"뭐지요?"

"아…. 별 건 아닙니다. 사실 누구에게나 드리는 십자가인데, 시간이 있었으면 좀 더 의미 있는 선물을 할 수 있었겠지만…."

겸연쩍은 것인지 허둥대는 아셔를 내버려 두고, 루시올은 주머니에 든 작은 십자가를 꺼냈다. 목이나 팔에 걸 수 있도록 줄이 달려 있었다. 루시올은 그것을 들고 배시시 웃었다.

"고마워요."

루시올의 웃음에 아셔는 안심한 듯 횡설수설을 그만두더니 환하게 웃었다.

좋은 징조다.

이자는 마치 자신을 동생 대하듯이 대한다. 그게 나쁘지는 않을 것이다. 특별히 어떤 욕망이 있어 꿍꿍이 있을 자도 아니고 헤지아나의 심복이니 그가 자신에게 호의를 가지고 있는 것은 아주 좋은 일이다. 그것도 자신이 어리고 약하게 보여서겠지.

무해하고 나약한 웃음을 지으며 루시올은 옆을 쳐다보았다. 쳐다보고 있던 리암이 가볍게 고개를 끄덕였다.

"이제 안심이군요."

"감사합니다."

대체 뭐가 안심인 거지?

의아해하면서도 루시올은 미소 지으며 고개를 숙여 리암에게 감사를 표했다. 애초에 리암에겐 자신이 안정적인 자리를 얻는다고 해서 좋을 일이 없을 텐데.

지금 헤지아나의 총애를 받는 것이 바로 이 젊은 왕이리라. 계속 붙어 다니거니와 헤지아나가 굳이 이 자리에까지 불렀으니까. 만약 자신이 헤지아나의 애첩 자리를 꿰차고자 한다면 자신을 제일 경계할 이는 이 이스파시아의 왕일 것이다. 상황이 그러하니 리암은 헤지아나가 자신에게 관심을 갖는 게 좋을 리가 없을 텐데?

의아함을 지우지 못한 채 루시올은 시선을 들어 복도 끝을 쳐다보았다.

거기에는 역시, 헤지아나가 자신에게 관심을 가지는 게 맘에 들지 않는다는 듯이 쳐다보는 자가 서 있었다. 그자는 초대받지 않았지만 이 예식의 중간부터 계속 지켜보고 있었고 루시올은 그의 기척을 오래전부터 깨달았다.

팔짱을 끼고 찌뿌둥하게 쳐다보는 달빛 머리카락의 황태자. 그는 대체 헤지아나의 무엇일까.

루시올의 시선이 닿자 카람찬트는 한숨을 한 번 내쉬더니 팔짱을 풀고 예배당 안쪽으로 걸어왔다. 무언가를 응시하는 루시올의 시선에 리암과 아셔도 뒤를 돌아보았다.

"이른 아침부터 성사가 이루어지고 있었군요."

카람찬트가 다가와 인사하며 말했다.

"7월성의 세례라면 더 성대히 축하해도 좋을 일인데, 지나치게 조촐한 것이 아닌지요."

"시기가 중하니 작게 열어 달라고 루시올 님께서 요청하셨습니다."

월성이 언급되자마자 루시올의 미간에 슬쩍 주름이 잡혔다. 그러나 루시올이 입을 열기도 전에 먼저 리암이 차분한 말투로 대답했고, 루시올은 입을 다물었다. 리암이 이어 말했다.

"황태자께서도 이른 아침부터 신실하시군요."

차분하고 흔들림 없는 리암의 모습에 카람찬트는 가볍게 눈살을 찌푸렸다. 그 변화를 루시올은 민감하게 눈치챘다.

"교황 성하께서는 지금 세례성사를 정리하고 계십니다. 지금 궁내원이 없으니 제가 직접 오셨다고 알려 드릴까요?"

"…그럼 감사하지요."

지켜보고 있던 루시올의 표정이 순간 일그러졌다.

대체 이 무슨 강수란 말인가? 루시올은 슬금 옆으로 한 발짝 물러서서 리암과 카람찬트를 곁눈질했다.

이런 것은 궁중에서 흔히 있는 일이었다. 높은 사람은 본디 한 번에 만날 수 없는 법이다. 그리고 누군가는, 높은 분을 만나기 위해서는 자신을 통과해야 함을 알림으로서 자신의 위치를 확인시키고 위계를 재구성한다.

이렇게 위치를 알려 주는 듯한 태도라니, 리암은 카람찬트를 경계하는 걸까? 그래서 요정 따위는 신경 쓰지 않는 걸까? 아니, 그렇다면, 혹시나 싶었지만 역시나, 카람찬트도 경쟁자인 걸까? 카람찬트가 분명 헤지아나에게 접근을 하려고 했던 것 같기는 한데.

아니, 그런데 대체 교황은 언제 이렇게 사람들을 후리고 다닌 거지? 아니, 반대겠지. 교황을 후리려고 다들 열성적이었겠지. 뭐, 하여간 사실여부는 제쳐 두고.

'그렇다면.'

헤지아나에게 다가가는 리암을 곁눈질하며 루시올은 생각했다.

'여기서 최고가 되면 내가 황태자보다 높은 건가?'

루시올의 눈이 빛났다. 번뜩이는 눈으로 곁눈질한 카람찬트의 표정은 어쩐지 복잡해 보였다. 그도 이 굴욕적인 상황이 못내 불편한 거겠지.

루시올은 입을 쓸어내리며 웃음을 숨겼다. 현 애첩인 리암과 카람찬트가 서로 경계하는 지금이 헤지아나의 옆에 파고들 기회다. 아무도 경계하지 않는 사이, 오래된 인연의 이름으로 보호받고 동정을 살 수 있는 유리한 입장을 이용할 필요가 있겠지. 카람찬트는 어딜 봐도 보호하고 싶은 타입은 아니지 않은가.

세상 어딜 가나, 동서고금 어딜 봐도 어리고 귀엽고 싱싱한 자가 총애받는다. 이 네 명 중 그에 속하는 것은 누구인가? 심지어 자신은 헤지아나가 할머니가 될 때까지 싱싱할 예정이다.

카람찬트는 잠시 리암을 쳐다보더니 루시올을 향해 말했다.

"요정들이 세례받는 경우는 적은데, 큰 결심을 하셨군요."

"어차피 반은 요정이 아니지요. 작은 결심이면 충분했습니다."

그리고 이 작은 결심 덕분에 너는 재 떨어진 차가 될 것이다. 상냥하게 웃으며 루시올은 대답했다.

사실 루시올이 잘못 이해한 것은 아닐 것이다. 세상 어느 누가 정인이 새로운 연인을 만드는 데 협력적일 것이라고 생각할 것이며, 그 협력을 부탁받은 어느 이는 그것을 이해하지 못해 껄끄러워한다고 생각할 것이란 말인가?

하지만 상황을 신경전으로 해석하는 건, 그게 루시올이기 때문일 것이다. 왜냐하면 아셔는 이렇게 생각하고 있었기 때문이다.

'리암 전하는 무뚝뚝하지만 선량하고 좋은 사람이군. 성하께서도 리암 전하를 신뢰하고, 그의 유능함에 의지하고 계신 것으로 보여. 두 분께서 계획하는 일이 어떤 것인진 아직 잘 알 수 없지만, 모쪼록 도움이 되도록 노력해야겠어. 그건 그렇고 루시올 님은 정말 안쓰럽게 되었어. 요정이라 하나 어린 나이이고, 정신 또한 어린아이와 다르지 않은데… 그 충격을 어찌 견딜까. 성하께 하명받은 바도 있으니 잘 지키고 보살펴야 하겠지… 황태자도 생각보다 나쁜 사람은 아닌 것 같고… 사이함은 없는 사람이니…'

세상을 맑게 보는 성기사다운 생각이었다.

참고로 리암은 아무런 생각이 없었으며, 카람찬트는 전부 이상한 놈들투성이라고 생각하고 있었다.

이상한 세상에서 황태자가 이상함의 중심을 향해 걸음을 옮겼다.

"뭔 생각이야?"

"뭐가?"

카람찬트가 다가오며 바로 속삭이자, 헤지아나는 슬쩍 인상을 찌푸리며 손에 끼고 있던 장갑을 벗었다. 의식을 치를 때 쓰고 있던 흰 면장갑을 건네자, 카람찬트는 자신도 모르게 그것을 받아들고는 '이게 아니지' 하는 표정을 지었다.

"루시올 전 왕자에게 세례한 것 말이야."

"말 그대로, 입교하고 싶다고 해서 세례하고 신 아래의 형제로 받아들인 거지. 그게 무슨 문제야?"

"지금 일곱 시야. 곧 어제 있었던 일로 통신이 폭발할 텐데?"

"그러지 않아도, 지금 그런 이야기 들어오면 루시올이 우리의 형제이고 보호할 의무가 있으므로 어떤 요구에도 응하지 말라는 지시를 내려놓은 참이야. 그 이야기 하려고 왔어?"

"아…. 물론 그건 아니야."

카람찬트는 작게 한숨을 내쉬며 자세를 바로잡았다. 아침 일찍

급하게 찾았더니 세례성사가 있다는 이야기를 들어 이 예배당으로 안내받았다. 그리고 하필이면 루시올이 세례받는 모습을 보게 되었다. 어쩌면 자신은 루시올의 세례 증인으로 활용될지도 모르겠다는 생각이 들었다. 나중에 증언을 해 달라고 하면 어떻게 할까? 그리고 그것과 별개로 카람찬트는 좀 많이 신경 쓰였다.

'혹시, 정복 전쟁을 진행할 때 헤지아나가 7월성으로 저지하려 들면 어떻게 하지?'

루시올은 부정적인 이미지를 가진 7월성이다.

황태자가 정복과 침략을 목적으로 하는 하는 전쟁을 시작할 때, 헤지아나는 루시올에게 파헨타움을 대적하게 하여 풍파를 잠재우고 긍정적인 이미지를 갖도록 할 가능성이 높았다.

물론 상황이 이러한 데다 헤지아나가 3월성의 후예인 만큼 그가 교황청의 보호를 받으리라는 것은 다들 예상하였다. 카람찬트 역시 예상하였지만, 빗나갔으면 하던 일이 예상대로 흘러가는 걸 보는 기분이 유쾌할 수는 없었다. 복잡한 기분에 입술 언저리를 더듬던 카람찬트는 작게 한숨을 내쉬었다.

이건 나중에 고민해야 할 일이다. 당장의 일은 이것이 아니라.

"좋지는 않은 이야기를 하러 왔는데 말이야."

"…뭔데?"

헤지아나는 주변을 한번 슥 둘러보았다. 루시올은 저 멀리 있고 사제들은 정리한 물건을 들고 이동하고 있다. 헤지아나는 카람찬트의 팔을 잡아당겨 좀 더 뒤로 이동했다.

"남자애인 생겼다고 말하고 싶은 거면 굳이 안 말해도 되는데."

"아니. 그런 거 아니… 아니, 잠깐! 너 왜 그런 소리를 해?"

"성성외교부는 열심히 일하고 있거든."

특히 성무가 내려진 이후로 매우 열심히 일하고 있다. 이런 쓸데없는 소문마저 수집할 정도로 말이다. 카람찬트는 이런 것에 익숙하다는 듯이 반응한 자신을 잠깐 미워하는 시간을 가졌다.

"아니, 이게 아니라…. 황제 놈…. 아니, 할센라비온 황제 말인데. 혹시 요즘 눈에 띄는 거 있어? 2차 회의 이후에 말이야."

"응?"

헤지아나는 잠시 생각에 빠졌다. 2차 회의면 에네스 성의 공습 사실로 회의가 파담되었을 때의 일이다. 그 이후로 이상한 점이라는 건….

"…너무 많지 않아? 계속 가만히 있기도 하고."

"그 외에 다른 건?"

그제 오전, 헤지아나는 갑작스럽게 찾아온 할센라비온과 한 대화를 떠올렸다. 이걸 말해야 할까? 헤지아나는 조금 고민하다가 고개를 들었다.

"엊그제 아침에 내가 찾아갔었지?"

"황후 될 생각이 있는 건 아닌 것 같은데, 그때는 왜?"

그렇지. 그때 이 황태자는 자신에게 황후가 되어서 세상을 평화롭게 제패하자고 했다. 헤지아나가 한심하다는 표정으로 카람찬트에게 말했다.

"그 직전에 할센라비온과 만났었거든."

팔짱을 낀 카람찬트의 얼굴이 훅 구겨졌다.

"그놈이 뭐라고 했어?"

"지금 황제의 상황이 곤란하잖아."

내부의 분열 때문에 말이다. 헤지아나가 간단하게 말했는데도 카람찬트는 고개를 끄덕였다.

"그렇지."

역시 알고 있었구나. 하긴, 지금 교황청에 모인 어떤 대표도 놀고만 있지는 않을 것이다. 고양이처럼 볕 좋은 곳에서 잠만 자던 할센라비온이라고 할지라도 말이다.

"상황이 곤란할 테니 도움을 줄 수 있다고 했는데, 거절했어."

웨스월드에 대한 이야기는 일부러 하지 않았다. 카람찬트는 그런 것이 존재한다는 걸 알면 경계할 것이고, 아직 형체를 갖추지 못한 것은 카람찬트 같은 강자의 손에 간단하게 부서질 수 있다. 헤지아나는 아직 마음을 놓을 수 없었다.

"그리고…."

"또 무슨 이상한 소리를 했어?"

헤지아나가 말을 망설이자, 카람찬트가 낮은 목소리로 물었다.

"아니, 나에 관한 이야기는 아니야. 그냥…."

얼굴을 가까이 들이밀고 굳은 표정으로 자신을 보는 카람찬트를 보니, 그는 할센라비온이 자신에게 무슨 모욕이라도 주었는지 의심하는 것 같았다. 헤지아나는 고개를 젓고는 조금 더 머뭇거렸다.

"그러니까…. 알아서 엉망진창이 되어가는 판은 재미있다고 말했어."

카람찬트가 얼굴을 일그러뜨리며 숙였던 허리를 폈다. 이해하지 못하겠다는 표정이어서, 헤지아나는 동감한다는 듯이 고개를 끄덕였다. 카람찬트가 짧게 신음했다.

"그거 굉장히 신경 쓰이네."

"그래서 넌 뭔 이야기를 하려고 했던 건데?"

"아. 내가 이야기해야 하는데 네 이야기만 시켰네. 미안해. 내가 하려던 이야기도 좀 비슷한 맥락인 거 같은데…."

카람찬트의 눈동자가 창문 사이로 스며들어 오는 빛을 받아 금색으로 빛났다. 금색의 투명한 눈동자가 슥, 예배당을 훑으며 말했다.

"황제의 현재 상황이 진퇴양난이잖아. 보복해야 하지만, 내부의 적이 문제지."

"그래."

"그런데 그걸 어떻게 할 만한 수단이 생긴 모양이야."

이런 젠장. 헤지아나는 미간을 일그러뜨렸다. 그런 수단이 있다면 배짱을 부릴 만도 하다.

"뭔데?"

"그건 나도 몰라. 하지만 아마…."

카람찬트는 고개를 젓더니 조금 생각하는 표정을 지었다.

"새로운 종류의 무기일 것 같아."

"무기?"

"큰 별도의 훈련이 필요 없고, 살상력이 강한…. 아니, 이건 추측일 뿐이지만…."

"뭐 추측할 만한 근거라도 있는 거야?"

헤지아나는 고개를 돌린 카람찬트의 앞으로 다가서서 추궁했다. 카람찬트는 시선을 피하곤 낮게 신음하더니 천천히 헤지아나를 곁눈질했다. 모양새를 보건대 쉽게 말해 주지는 않을 것이다.

"가일란이 아는 것 같았어. 나는 잘 몰라."

"어?"

의외의 이름에 헤지아나는 눈을 크게 떴다. 가일란이라니. 그가 어떻게 그런 걸 안단 말인가. 남부와 서제국은 연결될 구석이 있을래야 있을 수 없는 조합인데.

'설마 가일란이 이비아네라와 내통하는 건가?'

갑자기 떠오른 생각에 헤지아나는 입술을 꾹 다물었다. 그럴 리가. 서가 남과 동을 공격할 것이라고 말했던 그가?

아니, 가일란이 서제국 편이라면 서부와 리암을 집요하게 물고 늘어진 게 이해가 된다. 이비아네라가 진출하는 데 제일 먼저 굴복시켜야 하는 것은 서쪽 연합일 테니까. 헤지아나는 입술을 깨물고 조금 생각해보았다.

"넌 내가 가일란을 만나길 바라는 거지?"

묻자, 카람찬트가 고개를 끄덕였다.

"너와 나는 표면적으로 친교가 있다고 생각하기 힘든 사이니까."

"…우리 친한 건가?"

친교라니. 갑작스러운 말에 헤지아나가 미간에 주름을 잡으며 묻자 카람찬트가 욱하는 표정을 지었다.

"뭐야. 그럼 너 나 싫어?"

"어—. 아니. 그건 아닌 거 같긴 하지만, 이렇게 말하니까 왠지…."

"아니라고 하고 싶다고? 너 좀 반골 기질이 있구나. 아, 물론 내 사람이니 당연한 일이긴 한데."

카람찬트가 한숨을 내쉬며 포기한 듯이 말했다. 하지만 헤지아나는 그 말을 그냥 넘길 수가 없었다.

"잠깐. 네 사람이라니? 대체 누가 네 사람이야?"

"살도 몇 번이나 붙였겠다, 대체 이게 친하지 않은 거면 뭐가 친해?"

"내가 이 교황청 안에서 살아 오긴 했지만 살 붙였다고 다 친한 게 아니라는 건 알아."

"그래서 안 친해?"

카람찬트가 팔짱 낀 자세를 고치며 삐딱하게 헤지아나에게 물었다. 그 모습에 헤지아나는 조금 머뭇거렸다.

"어— 아니. 음. 어. 친하다고… 해 둘까?"

"뭔가 어정쩡한 기분이 들긴 하는데…. 지금 중요한 건 아니니. 그래, 너랑 나랑 친해."

후, 하고 카람찬트가 가볍게 한숨을 내쉬었다. 찌뿌둥한 표정이었다. 그러나 그의 표정과 달리 헤지아나의 가슴은 가볍게 콩닥거렸다. 병아리가 쫑쫑쫑 걸어가는 듯한 느낌으로 가볍게, 두근두근. 그러니까 지금 카람찬트가 말하길,

'친하대!'

상대가 먼저 '친하다'고 말하다니. 이게 친한 건가? 그럼 우리는 친구인 건가? 그런 건가?

헤지아나는 마른침을 삼켰다.

물론 일반적으로 육체관계를 가진 사이를 친구라고 하기 힘들어하지만, 친구 같은 애인이라는 말도 있고. 아니, 뭔가 다 자신의 상황에는 맞지 않는 말 같지만 어릴 적부터 차기 교황 후보로 취급되어 가질 수 없었던 뭔가가 이루어진 기분이라 조금 들떴다. 어쨌든 상대가 자신을 가깝게 생각해 준다는 건 기쁜 일 아닌가?

어쨌든 친하다니! 친하대! 그런 말 들은 거 처음이야!

'아, 그런데 그 친교의 상대가 내가 제일 금지하고 싶은 전쟁을 일으키려 하잖아.'

헤지아나는 갑자기 김이 빠져서 축 늘어진 표정으로 카람찬트를 쳐다보았다.

"내가 진상을 파헤쳐서 알려 주면 좋겠지만, 내가 너무 불쾌감을 드러냈기 때문에 그쪽이 나를 믿지 못할 거야."

"불쾌감?"

실망에서 급하게 빠져나온 헤지아나가 의아하다는 듯이 물었다. 카람찬트의 성격이 어쨌든, 그는 테이블 건너편에 앉은 이에게 함부로 불쾌감을 드러낼 사람이 아니다. 카람찬트는 입술을 한 번 깨물었다.

"그 녀석이 나한테 이상한 약을 보여줬거든. 이비아네라가 지금의 문제를 해결할 거고, 이 라스할드를 넘어서 파헨타움까지 올 거라고 하면서."

"약이라니 그건 또 뭐야?"

"뭔지는 몰라. 병에 든 검은색 약이었는데…."

카람찬트의 미간에 깊게 주름이 잡혔다. 떠올리는 것만으로도 불쾌해 보였다.

"느껴지는 기운이 굉장히 불길했어. 아주 끈적하고 고통스러운 느낌이었거든. 동시에 아주 메마른…. 탐욕스럽기도 하고. 주변의 기운을 빨아들이는…."

중얼거리던 카람찬트는 아, 하고 짧게 신음하더니 헤지아나를 다시 쳐다보며 말했다.

"하여간 있어서는 안 돼."

"그게 황제에게도 있다는 거지? 그건 어디서 난 거래?"

"황제에게 있을 거라고 확실히 말하진 않았어. 본인도 운 좋게 입수한 거라고 했고. 나한테는 혹시 아나 해서 보여준 거라고 말했지만 그건 아닌 거 같거든."

어깨를 으쓱하며 카람찬트가 말했다.

"헤지아나, 네가 진상을 파악해 줬으면 해. 분명히 말하는데 그 병이 깨지는 날에는 이 땅에 난리가 날 거야. 어떤 마법 시약일지는 모르겠지만…."

정체가 파악되지 않은 마법들은 자주 싸움의 판도를 극적으로 뒤집었다. 하지만 헤지아나는 정체를 알 수 없는 마법보다는 카람찬트가 한 말이 의외였다.

이 자식은 세계정복을 꿈꾸는 거 아니었나. 그런데 왜 난리를 싫어하지? 난리가 나면, 이 세상에 균열이 나면 그가 끼어들기는 너무나 쉬워질 텐데.

"넌 세상을 네 손에 넣고 싶어 하잖아."

"어?"

정곡을 찔렸다는 듯한 표정으로 카람찬트가 고개를 뒤로 뺐다. 그 모습을 보고 헤지아나는 눈살을 찌푸렸다. 설마하니 자신이 그것도 눈치채지 못했을 거라고 생각했나. 눈치채지 않길 바라면 티를 내지 말든가. 말을 속으로 삼키며 헤지아나가 말을 이었다.

"혼란이 일어나면 네가 더 좋은 거 아냐?"

움직일 핑계도 되고 말이다.

기본적으로 분열이 일어난 세상이, 뭉쳐 있는 세상보다 침략하기 편하다. 각자 힘을 소모하고 있으니 말이다. 그런 일반적 의미부터 숨겨진 의미까지 전부 알아차린 카람찬트는 '하' 하고 헛숨을 내뱉으며 웃었다. 그리고 입 끝의 웃음을 손끝으로 지우며 팔짱을 꼈다.

"그럴 리가 없잖아. 내 것이 손상되는 걸 좋아할 사람이 어딨어."

이 녀석이?

순간 눈살이 팍 찌푸려지는 것을 느끼며 헤지아나는 카람찬트를 쳐다보았다. 하지만 카람찬트는 장난기 없이, 약한 미소를 띤 채 헤지아나를 쳐다보고 있었다. 헤지아나는 허리에 손을 올렸다.

"세계가 네 건 아니지."

헤지아나가 말하자, 카람찬트는 씩 웃더니 헤지아나의 뺨을 쓸어내렸다. 뺨에 붙었던 머리카락이 카람찬트의 손가락 사이에서 흩어졌다.

"어쨌든 세상은 깨지기 쉬운 유리구슬이고, 그 약은 얼어붙은 구슬에 부어질 뜨거운 물이라서 말이야. 나는 대제국의 주인이고 그 약은 내 보살핌을 받아 안온해야 할 땅과 사람들에게 쏟아질 수도 있어. 그게 싫다는데 그렇게 이상해?"

무슨 생각인지는 잘 알았다. 자기 땅에 무슨 일이 일어날까 봐 싫다는 듯이 얼버무렸지만, 아무리 봐도 하고 싶었던 말은 '원래 세상은 내 거니까 그게 망가지는 걸 못 보겠다'는 거겠지.

"아니."

말하며 헤지아나는 낮게 한숨을 내쉬었다. 하여간 지배자란 놈들이란.

이런 지배자들은 이미 역사에 수백 명은 있었고 덕분에 헤지아나는 그런 생각을 아주 잘 이해할 수 있었다. 역시 이 녀석은 위험했다. 어떻게 해야 이 광오(狂傲)한 망상을 꺾을 수 있는 걸까? 하여간 왕가들이 자기들 지배의 정당성에 골몰하고 이상한 제왕학이나 가르치다 보니까 이렇게 세상이 자기 것인 줄 아는 인간이 나오는 거 아냐.

헤지아나는 카람찬트의 손을 걷어내고 물었다.

"혹시, 그 약 비슷한 느낌을 주는 걸 본 적 있어?"

"없어. 하지만 너도 보면 바로 알게 될걸."

헤지아나 역시 경지에 이른 자고, 그런 불길한 기척은 쉽게 읽어낼 것이다.

성스러운 힘을 다루는 그녀라면 그런 불길한 힘은 더욱 예민하게 느낄 것이다. 카람찬트는 그 부분에 기대를 걸고 다시 한번 물었다.

"도와줄 거야?"

"네가 말한 대로라면 내가 해야 할 일인 거 같네."

헤지아나가 카람찬트의 어깨를 두들기며 그의 손에 들린 흰 장갑을 받아들고 다시 한번 고개를 끄덕였다. 카람찬트도 안도의 한숨을 내쉬며 고개를 끄덕였다.

"참. 카람찬트."

"응?"

교황에게 자연스럽게 이름을 불린다니 꽤 신선한 느낌이다. 카람찬트는 자신의 뒤에 선 헤지아나를 향해 몸을 돌렸고, 헤지아나는 카람찬트에게 가까이 붙더니 은밀하게 속삭였다.

"오늘 밤에 시간 있어?"

"밤에 이야기하자면, 그럼 가일란과는 오후 중엔 이야기해야 할 텐데 그렇게 빨리… 윽?"

상대도 대표인데 그렇게 빨리 일정을 잡을 수 있을까. 말하려던 카람찬트는 오른쪽 엄지발가락을 짓누르는 무게에 몸을 움츠렸다. 하지만 교황 성하의 부드러운 손길은 움츠리던 몸을 밀어 펴고 다시 한번 꾸욱, 다정하게 발을 밟았다.

"세상에 네가 그런 눈치 없는 말을 할 거라고는 생각하지 않았어. 너 애인 많았다며?"

"아, 아. 아파. 잠깐. 지금 이야기가 그런 순이었잖아. 잠깐. 알았어. 미안해."

뒷걸음질 쳤지만, 곧 찾아온 왼쪽 발의 위기 앞에서 카람찬트는 순순히 사과했다. 헤지아나는 다시 한번, 얼굴을 가까이하고 물었다.

"시간 있어?"

똑바로 올려다보는 시선에 조금 두근거렸다. 지나친 자극이다. 카람찬트는 자신도 모르게 시선을 피했다가, 다시 흘끔 헤지아나를 내려다보았다.

"시간은 있는데, 넌 시간 있어?"

"있으니까 물어보겠지."

"다음 날 아침까지 여유 있냐고."

헤지아나가 '뭐?' 하는 표정으로 카람찬트를 쳐다보았다. 카람찬트가 싱긋 웃으며 헤지아나의 손을 잡았다.

"회의 준비도 해야 할 텐데, 안 힘들겠어?"

"…자신은 있고?"

"여태껏 충분히 즐겼으면서 왜 그래?"

늑진하게 웃는 눈동자가 꿀처럼 달콤해 보였다. 카람찬트가 헤지아나를 쳐다보며 장갑 끼지 않은 손등에 입 맞췄고, 부드러운 입술은 푸르게 비치는 핏줄 위에 살짝 얹어졌다가 떨어졌다.

"몇 시에 갈까?"

"아니, 내가 기별할게."

헤지아나가 카람찬트의 손을 붙잡았고 씩 웃었다. 즐거운 듯한 표정이었다.

"그럼 기다리고 있어."

헤지아나의 붉은 입술 위에 손가락 두 개가 얹어졌다. 하얗고 가느다란 손가락은 입술을 가볍게 누르며 온기를 머금었고, 그 손가락은 카람찬트의 입술에 닿았다. 카람찬트가 다가온 온기에 놀라 흠칫거리며 뒤로 물러섰다.

헤지아나는 그 모습을 보고 작게 키득거렸다. 그리고 저 멀리, 자신을 기다리는 루시올과 리암, 아셔를 향해 발걸음을 옮겼다. 그 뒷모습을 카람찬트가 가만히 쳐다보았다.

아, 정말. 진짜로.

숨을 깊게 들이쉬며 카람찬트가 입술 위에 손을 올렸다. 닿았던 미미한 온기는 흔적도 없다. 입술을 약하게 누르던 손가락의 감촉을 되살리려는 듯 손끝이 절로 입술을 매만졌다.

아니. 이럴 때가 아니지. 카람찬트는 손을 내리고 고개를 들었다. 다가오는 헤지아나를 루시올이 쳐다보고 있었다. 그 뒤로 카람찬트가 다급하게 발걸음을 옮겼다.

"헤시아나."

헤지아나가 놀란 표정으로 고개를 돌렸다.

리암이 쳐다보았다. 루시올이 눈살을 찌푸렸다. 아셔가 눈을 둥그렇게 떴다. 그들에게도 들렸던 것이 분명하다. 하지만 신경 쓰지 않았다. 헤지아나의 라피스 라줄리 빛깔 눈동자를 똑바로 바라보며 그 푸르름만큼 시원하게 웃었다. 그리고 말했다.

"역시 네가 좋아."

"어?"

꽃피듯이 헤지아나의 얼굴에 붉은 물이 떨어졌다. 카람찬트가 이마에 입 맞추자, 헤지아나는 놀라서 눈을 휘둥그레 떴다. 하지만 카람찬트는 아무렇지도 않게 이마에서 입술을 떼고 그대로 예배실을 나갔다. 모두가 조금씩 당황한 가운데, 리암만이 평화로웠다. 그가 안경을 고쳐 쓰며 중얼거렸다.

"음."

좀 부러웠던 모양이다.

다행히 가일란은 한가했다.

사실 당연한 한가함이었다. 대체 누가 이 시기에 남부의 대표 따위, 미안한 이야기지만 따위를 만나서 귀중한 시간을 버리고 싶어 할까? 사실 다른 대표들에게 가일란은 피하고 싶은 상대일 것이다. 다들 전운이 깔린 이 멜라스에서 살아남고자 동분서주하는데, 남쪽은 이런 상황에서도 눈치 없이 구조신호를 보내는 귀찮은 존재였다.

여태껏, 가일란이 헤지아나에게 요청했듯이 말이다.

"황제가 지금의 궁박함을 벗어날 방법을 찾았다고 하더군요."

"…어디서 그런 소식을 들으셨습니까?"

그저 그런 대화 후, 슬쩍 던져진 미끼에 가일란이 정색하며 들고 있던 찻잔을 내려놓았다. 헤지아나도 찻잔을 내려놓았다.

"할센라비온 황제의 사정은 다들 알고 계시는 것으로 압니다. 제가 어제 그 부분을 넌지시 여쭤 보니 도움이 필요 없다 하시더군요. 적절한 해결 방법이 이미 있다고."

"…우리 남부에겐 좋지 않은 소식이군요."

가일란이 곤란하다는 듯이 턱을 쓰다듬으며 말했다. 그 곤란함은 거짓 같아 보이진 않았다.

"저도 그렇게 생각하여 말씀드리는 것입니다. 그래도 서쪽이 약해진다면 당장의 위협은 줄어드니, 그사이 대비하실 수 있지 않을까 생각합니다."

"그러나 결국 황제가 저희를 공격하겠지요. 또한 황제가 움직이는 즉시 서쪽 나라들은 지금 있는 물자도 틀어줄 것이므로 저희의 궁핍함은…. 우리에게 제일 좋은 건 그냥 전운이 흩어지는 것이지 않겠습니까."

그 말대로라면 가일란이 황제의 서부 국가 정벌을 도와주고, 도움을 얻는 방향도 생각해 볼 만하지 않을까?

대체 이자는 어디에 붙어서 그 땅의 생명을 연장하려 할까. 헤지아나는 가일란을 똑바로 바라보았다. 그 눈 속의 생각을 꿰뚫어 볼 수 있을 정도로 올곧게.

"혹시 가일란 대표께서는 황제가 어떤 것을 얻었는지 소식을 듣지 못하셨습니까?"

"제가 무엇을 어떻게 알겠습니까."

가일란이 곤란한 표정으로 테이블을 두들겼다. 소리는 나지 않았다.

"다만… 제가 아는 것이라면, 지금 이야기와 관계없는 이야기입니다만."

"예."

가일란의 눈동자가 흘끔 헤지아나를 보았다가 다시 찻잔으로 떨어졌다. 이 침묵의 길이. 가일란은 재고 있다.

"엘리아스는 이 멜라스의 남쪽에 있는 대륙, 달라하와 무역을 하는 유일한 국가이지 않습니까? 덕분에 그나마 버티고 있는 것이기도 하고요. 그런데 제가 오늘 아침 본국과 연락하다가 들은 이야기입니다만, 달라하의 몇몇 나라들이 파헨타움 남동쪽의 비밀항구로 몰래 거래를 한다는 소문이 있다더군요."

"…네?"

이건 또 무슨 소리인가. 헤지아나가 반응하자 가일란이 조심스럽게 말했다.

"달라하는 이 멜라스보다 마법과 기술이 발달했지요. 무기를 만들어내는 능력은 떨어지지만, 마법이 전황에 어떤 영향을 미치는지는 우리 모두 알고 있지 않습니까."

헤지아나는 미간에 주름을 잡았다. 시선은 가일란을 향하고 있었다. 그는 걱정하는 것 같았다. 두려워하는 것 같기도 했다. 조금도 다른 생각을 하는 것 같지 않았다.

"간단히 빛을 뿜어내는 마법이라도 한밤중에 성을 밝힐 빛이 된다면 그 자체로 무기가 되지요. 배가 출발한 것은 확실하다고 합니다."

헤지아나는 카람찬트가 자신에게 모든 것을 밝히고 있을 것이라 생각하지 않았다. 그러지 않아도 의심해서 조사하고 있는 것들도 있거니와, 지금 이 대륙에서 실제로 싸움을 실행하고 있는 인물이 그렇게 만만할 리가 없다.

그렇다. 만만하지 않다. 그러니까 멍청하지 않단 뜻이다.

카람찬트는 그리 티 나게, 조심도 하지 않고 남동쪽으로 바로 입항시킬 인물이 아니란 말이다. 그라면 아예 동쪽 대륙으로 가는 척 선단을 꾸린 다음 파헨타움 동부 다도해로 배를 들어오게 할 거다. 정 안 되면 아예 엘리아스를 경유해 육로로 물건을 들여오겠지.

아니, 하지만 사정이 있다면 이야기가 다르겠지. 그래도 선뜻 동의할 수 없었다. '내가 아는' 카람찬트가 그럴 리가 없었다. 내 카람찬트는 그렇게 쉽게 들통날 일을 하지 않아.

아니, 잠깐.

"음…."

'내 카람찬트'라.

헤지아나는 길고 가늘게 신음했다. 왠지 부정하고 싶은 단어지만 동시에 그렇지 않을 리가 없다고 외치고 싶은, 상반된 기분이 드는 단어였다. 껄끄러운 기분에 헤지아나는 입술을 꾹 다물었고, 그 모습에 가일란은 짧게 신음하더니 한마디를 덧붙였다.

"사실 달라하의 어느 나라에서 좀…. 끔찍한 약물을 개발했다는 소식을 들었습니다."

"약물요?"

"자세한 건 모릅니다. 검은색 약인데, 보는 것만으로도 불길함이 느껴진다고 하더군요. 그것이 품고 있는 기운 자체가 사악하다고."

헤지아나는 이맛살을 완전히 찌푸렸다.

그건 카람찬트가 말한 것 아닌가. 가일란, 당신이 가지고 있다고 한.

"의심스럽지 않나요?"

헤지아나가 말했다.

집무실이었다. 헤지아나는 몸을 돌려 자신이 말을 건 상대를 쳐다보았고, 리암은 헤지아나의 시선이 닿는 곳에 서서 긴장된 표정을 짓고 있었다. 곧 아셔와 루시올을 데리고 1차 웨스월드 설명회를 해야 하는 그는, 자신의 계획이 이제 궤도 위에 올랐다는 생각에 움직임이 뻣뻣했다. 물론 리암은 평소에도 유연성이 좋아 보이는 사람은 아니었다.

"네. 저도 왜 자신이 가지고 있는 것을 모른다는 듯이 말하는 건지, 그런 위험이 있다면 왜 우리에게 도움을 요청하지 않는 것인지 의심스럽긴 합니다만…"

헤지아나가 의문스러운 표정을 지었다. 그 시선을 받은 리암이 낮게 한숨을 내쉬었다.

"카람찬트 황태자가 동남쪽에서 무언가를 받을 가능성은 있을 것 같아서 말입니다. 아, 물론 그게 반드시 다른 대륙에서 온 물건일 필요는 없겠지만…"

"동남쪽에 뭔가 있는 건가요?"

"정확히는 남쪽 고원지대에 있지요. 성하께서 조사하시라고 명했던 그겁니다."

리암이 문가를 흘끔 쳐다보더니 목소리를 낮춰 말했다.

"카람찬트 황태자의 황가 직할대요."

"그게 왜 거기에서 훈련하고 있죠? 파헨타옴의 수도는 북동쪽에 가깝잖아요."

"그들이 기병이니까요."

헤지아나는 물병을 쥐던 손을 잠시 놓았다. 기병이라니. 순간 머릿속에 오만가지 생각이 다 지나갔다. 겨우 진정한 다음, 헤지아나는 깊은 심호흡과 함께 물병 손잡이를 쥔 손에 힘을 주었다.

"전원요?"

"네."

물병을 쥔 손마디가 하얗게 변했다. 헤지아나는 숨을 뱉어내며 말했다.

"정말 한 대 때리고 싶네요."

"제 몫까지 부탁드리고 싶군요."

이럴 줄 알았으면 아침에 잘해 주지 말걸.

헤지아나는 깊은 한숨과 함께 이맛살을 찌푸렸다. 황가 직할대라는 건 황제의 사병이기도 한데, 이 사병이 단순히 황실, 황궁의 보호에 사용되는 경우 군축의 규모에서 제외한다. 그리고 카람찬트는 이 직할대가 황궁의 보호에 사용되는 인원이라고 말했다.

하지만, 대체, 왜, 건물 안에서 경호할 놈들이 왜 마상 전투를 익힌단 말인가?

물론 말을 타야 하는 경호 임무는 분명히 있을 것이다. 하지만 말단까지 말을 타야 할 일은 없다. 전원 말을 탈 일은 없다. 절대 없다. 경호는 반드시 사람이 발에 땅을 딛고 해야 하는 부분이 있다.

'아, 오늘 밤은 좀 즐기면서 능란한 손길을 익혀 볼까 했더니.'

헤지아나는 주먹을 움켜쥐었다. 루시올의 저돌적인 자세에 기죽지 않으려면 좀 능수능란해져야 할 필요가 있을 거 같아서 일부러 시간을 낸 건데! 일부러 좀 능숙한 사람을 골라서 이것저것 해 보면서 시험도 해 보고 전수도 받고, 이렇게 저렇게 해 보려고 했더니!

이대로 저녁에 카람찬트의 얼굴을 봤다간 한 대 쳐 버릴 것 같았다. 이걸 몰랐다면 이것저것 해 보며 즐거운 시간을 보낼 수 있을 텐데! 루시올은 인간보다 오래 살았어도 종족으로 치면 아직 어린 축에 속해서 그런가, 너무 저돌적인 부분이 있어서 컨트롤이…

"아—. 아니, 일단 이게 문제가 아니군요. 가일란은 거기에 카람찬트의 기병이 있는 걸 알고 저에게 그런 말을 한 걸까요? 아니, 그럴 리가. 우리도 이걸 조사해서 알아차렸는데…"

"가일란 대표가 기병에 대해 안다고 해도 이상하진 않죠. 파헨타움의 남부 고원은 소수민족들이 산길을 따라 이동하고 산길을 따라 장사하는 상인들도 있습니다. 엘리아스까지 소문이 전달되었다고 해도 이상한 것은…"

낮은 목소리로 조근조근 말하던 리암이 갑자기 말을 끊었다.

"만약 이렇게 생각할 걸 예상하고 말했다면 가일란 대표는 정말 위험하군요."

리암의 눈빛이 경계로 변했다.

"사실과 허구를 섞으면, 사실인 부분 때문에 허구의 빛이 바래지 않습니다. 의심은 쉽게 사라지지 않는 법이죠."

경계하는 리암의 눈빛에 헤지아나는 낮은 한숨과 함께 고개를 끄덕였다.

"네. 너무나 의심스럽죠."

대체 의도가 무엇일까. 그렇게 말하면 마치 카람찬트가 '끔찍한 약물'을 가지고 있다는 것 같지 않은가. 그것도 '기병'에게 그것을 주었다고 생각하기 쉬운 위치를 선정해 알려주었다.

하지만 카람찬트가 약물을 가지고 있다면 그걸 자신에게 알려줄 필요가 없었다. 그것의 존재를 알지도 모르는 상대에게 가라고 할 리도 없다. 가일란은 대체 왜 카람찬트와 나를 이간질하려고 하는 걸까. 왜 자신이 가지고 있는 것을 숨길까.

'할센라비온과 손을 잡아서?'

헤지아나는 주석잔에 따른 물을 홀짝이며 방 안을 어슬렁거렸다.

방 안에 침묵이 길게 이어졌다. 누가 봐도 예민한 상태였다. 그리고 리암도 예민해 보였다.

"걱정돼요."

"네⋯. 아무래도."

"잘 말할 수 있을지."

가일란에 대해 말하려던 헤지아나는 이어지는 리암의 말에 바로 입을 다물었다. 가일란의 'ㄱ'도 꺼내지 않아서 다행이었다.

그랬었지. 곧 있을 점심식사에서 리암은 아셔, 루시올과 식사를 하며 웨스월드와 그걸 이용할 헤지아나의 계획을 설명할 예정이었다. 둘이 헤지아나의 편인 이상, 그리고 헤지아나가 신의 뜻을 따라 웨스월드를 설립하려고 하는 이상, 그들도 이젠 이 계획에 참여해야 했다. 그리고 계획이 원활하게 이루어지려면 그들 역시 이 개요를 이해해야 한다.

"이게 필요하다고 설득할 수 있을지 모르겠어요."

"걱정이 큰 것 같네요. 저를 설득했잖아요."

"성하께서도 쉽게 믿진 않으셨죠. 그리고 저는 성하이기 때문에 설득하려고 했던 거고요."

리암은 고개를 저으며 말했다.

"사실 사람들을 설득하는 건 자신이 없습니다. 제 머릿속에선 모든 이해가 끝난 것이지만 그걸 다른 사람들에게 설명한다는 건…. 전혀 다른 문제더군요."

"그냥, 간단하게 설명해요. 너무 부담가지지 말고요."

"하지만 전…."

리암이 테이블에 기대앉았다. 고개 숙인 리암 앞에 헤지아나가 섰고, 리암은 깍지 낀 손에 힘을 주더니 천천히 말했다.

"그들은 계속 성하 곁에 있을 사람들이죠. 그리고 저 역시 성하 곁에 머물 것입니다. 그들이 성하를 따라 같은 일을 할 것이라면…. 저는 그들이 조금이라도 저와 같은 것을 보았으면 좋겠어요. 조금이라도 같은…."

리암은 보기 드물게 말끝을 어물어물 흐리더니, 그대로 고개를 숙였다. 헤지아나는 물잔을 쥔 채 말을 멈춘 리암을 내려다보았다.

"누군가 밖에 혼자 있지 않았으면 좋겠어요."

의미를 알 수 없는 말이었다. 그러나 그 마음이 매우 따뜻하다는 것은 알 수 있었다. 헤지아나는 잔을 쥐지 않은 손을 리암의 깍지 낀 손 위에 놓았다. 갑작스러운 온기에 리암의 어깨가 가늘게 흔들렸다.

"그건 제가 협조할 수 있을 거 같네요."

리암이 고개를 들었다. 왜인지 가라앉은, 흔들리는 눈빛이었다. 두려움에 사로잡힌 눈빛이다. 헤지아나는 그 눈빛에 낮게 신음했다.

"설득이 부담스럽다면 그 정도는 나눠서 할 수 있는 일이잖아요. 그렇죠?"

"아…."

리암이 낮게 신음했다. 헤지아나는 물잔을 테이블 위에 아예 내려놓고 리암의 이마에 손을 얹었다. 약간의 뜨거움이 손끝에 닿은 순간, 리암은 이마에 다가오는 헤지아나의 손을 양손으로 붙잡았다.

"그렇군요."

리암이 낮게 한숨을 내쉬었다.

"생각해보니 전 이제 혼자가 아니지요."

"네?"

"아니, 조금 초조해했어요. 옛날 생각도 났고. 그러니까…. 옛날에 어떤 사람이 뭔가 가지길 원해서 했던 게 있는데 그게 좋지 않은…. 아니, 아니죠. 굳이 말할 건 아니네요."

리암은 헤지아나의 손이 아플 정도로 꽉 쥐더니, 깊게 심호흡했다. 마치 심중의 무게를 덜어내는 듯한 심호흡이었다. 그렇게 숨을 뱉어내고 리암이 자리에서 일어났다.

"그런 건 중요하지 않아요. 중요한 건 성하께서 도와주신다는 거고요. 다 저 혼자 감당하려고 하지 않아도 되지요."

결심한 듯이, 리암이 잠시 입을 다물더니 결연하게 말했다.

"그렇습니다. 저는 헤지아나, 당신을 믿어야 해요."

"아, 네. 음. 저는 사소한 이야기도 당신에게 상담하고 있잖아요? 계속…."

"대륙의 운명에 관련된 이야기니 사소한 건 아니죠."

긴장을 지우고, 풋 하는 작은 웃음소리를 내며 리암이 시계를 쳐다보았다. 슬슬 가봐야 할 거 같았다.

"가 봐야겠네요. 그러면 저는 제가 할 수 있는 데까지만 하겠습니다. 마음을 움직이는 것은 제 일이 아니니 오늘은 사실의 전달만 맡도록 하지요. 그건 성하께 맡기도록 하겠습니다."

"그렇다면 같이 식사하는 게 좋을 것 같은데…."

"아니, 성하께서 그 자리에 계시면 압력을 느낄 겁니다. 이해하고 받아들이고 의문을 가질 시간을 줘야지 자기 게 되는 거죠. 그리고 남자들끼리 이야기하고 싶기도 하고."

"음."

리암의 말에 헤지아나는 한 발 뒤로 물러섰다.

리암은 자신에게 속한 자인 아셔와 루시올에게, 아셔도 자신에게 호의적인 리암과 루시올에게, 루시올도 자신의 편인 아셔와 리암에게 각각 호의적이다. 그렇다면 셋이서만 교류할 시간도 필요할 것이다.

리암의 말을 듣고 보니 요 며칠간 리시, 로미나와 여자들만의 시간을 갖지 못한 것 같다. 시간 대부분을 리암과 함께 보내고 있는 탓이었다. 오랜만에 여유를 가질까 싶기도 했지만, 리암을 보낸 다음 헤지아나는 해야 할 일이 있었다. 헤지아나가 리암의 뺨에 키스했다.

"잘 다녀와요."

"예."

리암은 맑게 웃더니 헤지아나의 입술에 키스하고 바로 몸을 돌려 나갔다. 다른 사람이 보면 감정 없는 태도라고 여겼을 것이다. 하지만 닿은 입술끼리의 짧은 시간은 아쉽긴 했어도, 닿은 마음의 시간까지 아쉽지는 않았다. 입술에 남은 말랑말랑한 기분이 온몸으로 퍼졌다.

간지럽고 생경하다. 피부에 아무것도 닿지 않았는데 간지럽고 차가운, 온몸을 예민하게 만드는 차갑고 아른거리는 기분이 휙 솟아올랐다가 사라지며 머릿속을 찌릿하게 달구곤 사라졌다. 입술에 남은 미온이 온몸에 퍼져 사라지는 감각을 한껏 즐긴 후, 헤지아나는 남은 기분을 몰아내듯이 숨을 깊게 들이쉬었다. 그리고 물었다.

"있죠?"

[응—그래—잘하고 있어—잘 한다 우리 애기—]

청명하고 맑은 빛의 소리였다. 그 빛의 소리는 아주 지루한 듯 늘어지는 어투로 말하며 손뼉을 쳤다. 박수 역시 늘어지고 지친 소리였다. 천상의 은총치고는 너무나 기운 없다. 헤지아나는 이맛살을 찌푸리기 전에 입술을 꾹 다물고 허공을 흘겨보았다.

"뭐가 불만이라서 그래요?"

[응…. 아냐. 너 시킨 대로 잘하고 있는데….]

"그럼 좋아해야 하는 거 아닌가요? 왜 약 먹은 닭 같은 목소리에 박수 소리인지, 김빠지게."

[역시 다른 애들이 들어오면 들어올수록 내가 소외되는 기분이야….]

"지금 저랑 못 놀아서 아쉬워해야 할 건 리시와 로미나일걸요. 맘에 안 들면 복지사 늘리든지요."

[그러면 너희끼리 싸우니까…. 하여간, 그래서 오늘은 이 늙은이 어떻게 부려먹으려고?]

"가일란을 의심해야 할까요?"

헤지아나가 팔짱을 끼고 물었다. 시선은 서류들 밑에 있을, 가일란의 서류에 향해 있었다.

가일란 엘리아스. 33세.

정확한 나이는 아니다. 리스아시에는 출생명부에 등재되지 못한 채 태어나 자라는 아이들이 많고 가일란도 그런 아이 중 하나였다. 최초로 서류에 기록될 때 그의 나이는 8세로 추정되었고, 10대 때 다수의 범죄 전과가 있으나, 대부분 그 지역 아이들이 흔히 얽힐 법한 도둑질이나 패싸움 정도의 기록만이 남아 있었다.

10대 후반 즈음에 현재, 자신을 정치계로 입문시킨 파디르 이아르니의 밑에서 일하게 되며 급성장, 20대 중반에 그의 오른팔이 되며 강력한 세력가가 되었으나 계속된 세력싸움 끝에 현재는 반대세력에 붙은 상태다.

파디르 이아르니와 갈라선 이후 가일란은 계속 자신의 후원세력을 바꿔 왔는데, 정치집단이 곧 씨족이나 부족을 대표하는 리스아시에서는 용납받기 어려운 행동이다. 하지만 그가 대중으로부터 받는 지지는 강력했고, 때문에 잦은 이적에 대놓고 불만을 표하는 자는 없었다.

그는 대중의 대표자이며 별이고, 옛것을 새롭게 할 자이며, 새로운 물이다. 대중은 그렇게 보고 있다. 그는 현재 유일하게 하층민에서 정치가가 된 입지전적인 인물이며, 파디르와의 분열 때는 아예 낡은 것의 해체와 이상향의 실현을 선언했다고 한다. 오래된 피폐함을 말하며 이제 부족 간의 문제는 늙은이들끼리의 자존심 싸움 정도로 취급했다. 그래서 그는 새로운 이상향이 되었다.

그야말로, 불안한 때에 누구나 꿈꾸는 개혁자의 상.

"저에게 숨기는 게 있는 건 확실한데…."

[음. 그거 말해 주면 재미없잖아?]

아니 이 인간, 아니 신이 진짜. 헤지아나는 생각에 빠졌던 얼굴을 들고 이맛살을 확 구겼다.

[왜 자꾸 커닝하려고 해. 스스로 좀 생각해. 네 감을 믿고 해 봐.]

"이 신이 진짜 보자보자 하니까…. 아니, 일을 시켰으면 협조를 해야죠? 저 시킨 일 잘 하고 있거든요? 상사면 부하직원이 일을 잘할 수 있도록 관리하고 서포트를 해 줘야죠. 저도 이래 봬도 최고 관리자거든요? 사람 그렇게 안 다루거든요?"

헤지아나가 따박따박 따지자, 잠시 방 안에 침묵이 있었다.

[음.]

그리고, 신이 말씀하시길.

[맞아, 저번에도 대놓고 알려 줬는데 뺄 거 없겠다.]

"아니 대체! 기준이 뭐야, 기준이!"

[내 맘.]

"저도 제 맘대로 종신 계약 해지 좀 해도 될까요?!"

[진짜? 할 수 있어? 그럼 세상 망하는데? 애들이 굶어 죽고 사람들 죽고 전염병 돌고~.]

"아니 정말…!! 세상 신이 이 모양인데 이걸 믿고 살다니…!"

헤지아나가 주먹을 꽉 움켜쥔 순간이었다. 신이 장난기를 지운 목소리로 말했다.

[그놈 믿지 마.]

역시.

[그놈이 아주 중요하다.]

헤지아나는 움켜쥐었던 주먹을 내리고 한숨을 내쉬었다. 그렇다면 가일란은 카람찬트를 의심하게 만들기 위해 그런 말을 했다고 봐도 좋을 것이다. 그럼 가일란은 왜 카람찬트에게 약물을 보여준 것일까. 약물은 대체 무엇일까.

'너도 보면 바로 알게 될걸.'

카람찬트는 그렇게 말했다.

"확인을 해야…."

헤지아나는 중얼거리더니 곁눈질하며 입을 열었다. 그게 뭔지도 모르는 상황에서는 대응하기 쉽지 않다.

"지금 가일란이 방에 있나요?"

[야, 안 돼. 하지 마. 무슨 쪽을 당하려고.]

"아뇨, 마법 처리가 된 약물이라면 당연히 제가 판별하는 게 좋아요. 점심시간이니 식사하겠죠? 언제 돌아올까요?"

헤지아나는 팔을 걷어붙이고 머리에 쓰고 있던 모자를 벗었다. 흘러내리는 머리카락은 틀어 올려 고정한 다음, 손에 쓰고 있던 장갑도 벗어 내려놓았다.

"이십 분 정도만 뒤져보면 되겠지?"

[야, 임마. 진짜 교황이나 되어서 남의 짐이나 뒤지려고 하고 말이야.]

"됐어요, 망이나 봐 줘요."

[너 진짜.]

헤지아나가 방문을 벌컥 열고 나가자 창조신은 긴 한숨을 내쉬었다. 그렇지만, 결국 창조신은 헤지아나의 편이었다.

[…지금 가면 이십 분 정도 시간이 있어.]

"좋아."

[달리지 좀 마라. 최고 지도자라는 애가 뛰어다니면 퍽이나 모범이 되겠다.]

"세상 창조신의 언어생활이 모범이 안 된다는 걸 사람들이 다 알아야 할 텐데요."

달리려고 치렁거리는 옷자락을 걷었던 손은 내렸지만, 헤지아나는 여전히 성큼성큼 걸어 대표들의 방이 있는 남쪽 회랑으로 향했다.

그런데, 가지 말라더니 이젠 또 가라고 하니까 조금 불안한데.

[아니 어쩌라고. 네가 가고 싶다고 해서 해 주는 거잖아.]

"알았어요, 알았어요. 미안해요. 미안하니까 망 잘 봐줘요."

잰걸음으로 가일란의 방을 향하며 헤지아나는 흘러내리는 머리를 다시 쓸어 올렸다.

카람찬트가 말한 게 뭔지 확인해야 했다.

✦◎❈◎✦

가일란의 방은 다른 대표들의 방과 다르지 않았다.

테이블에는 차를 마셨던 흔적이, 소파에는 던져 놓은 넥타이와 겉옷이, 안쪽 방에는 흐트러진 자국이 있는 침대가 있었다. 가일란 대표는 자신이 있을 때 외에는 침실을 정리하지 말라고 했다고 한다.

갑작스럽게, 엄청나게 수상하다.

집주인의 권한으로, 마음대로 문을 열고 방 안으로 들어선 헤지아나는 일단 문을 닫고 주변을 쓱 훑어보았다. 창문은 속 커튼으로 가려져 있었고 정오의 햇빛은 방 안을 충분히 밝히고 있었다.

응접실부터 뒤져 볼까? 하지만 사람이 들락거리는 응접실에 무언가를 둘 리가 없다. 헤지아나는 일단 침실로 향했다. 침대 옆, 옷장 옆에 큰 트렁크가 몇 개 보였다. 짐을 완전히 풀어둔 것 같지는 않으니 아마 저기 안에 있겠지.

헤지아나는 일단 트렁크를 열어 보았다. 잠겨 있지는 않다.

[후딱 뒤져라.]

"알았어요."

가일란이 가까이 오면 알아서 창조신 경보가 울려 주겠지.

창조신 경보 시스템을 믿고, 헤지아나는 잡동사니가 들어 있는 정리함의 안쪽을 살폈다. 잘 정리된 수트들이 있었고, 헤지아나는 손을 뻗어 그 안을 뒤적거렸다. 옷 외에 다른 것은 느껴지지 않았다. 꺼냈다가 넣어 흐트러진 옷들을 대충 정리하고, 헤지아나는 두 번째 트렁크에 손을 댔다. 두 번째 트렁크는 열리지 않았다.

"이것 좀 열어 줘요."

[아, 그것참.]

달칵하는 소리와 함께 트렁크가 열렸다. 혹시 여기 있을까. 뒤져 본 안에는 약간의 장신구와 서류뭉치들이 들어 있었다. 현안에 관련된 서류들. 그리고 가끔 다른 대륙들, 로빈나스와 달라하에 관련된 듯한 보고서가 보였다. 그 나라들에 대한 서류는 여기서 크게 필요 없을 텐데. 거기다가 기술발달….

아니, 잠깐. 헤지아나는 잠시 바쁘게 움직이던 손길을 멈추고 그 서류의 목차를 훑어보았다.

가일란은 달라하의 어떤 나라에서 끔찍한 약물을 발명했다고 말했다. 그것에 관련된 서류일지도 모른다.

"달라하의…. 정세…. 현황…. 삼국이 20년간 냉전 상태…. 전투는 없고 생활은 안정되었으나…. 토지의 문제…. 아니잖아."

삼국의 냉전 상태로 인한 생활기술 발달에 관한 이야기였다. 주로 농업 발달과 발달을 촉진한 주술 및 마법 약물 개발에 관한 이야기에 밑줄이 쳐져 있었다. 생산량 증가, 잡초 제거 등.

헤지아나는 훑던 서류를 내려놓았다.

그때였다. 한 장의 작은 종이가 마치 잡아당긴 듯 서류 사이에서 슥 흘러나온 건.

"아."

큰일이다. 어디에 끼어 있던 건지 모르는데. 뒤진 걸 가일란이 눈치채는 건 좋지 않다.

헤지아나는 일단 그것을 펼친 페이지 뒤쪽에 끼워 넣으려고 했다. 하지만, 그 비규격 종이의 중간 한 줄이 헤지아나의 눈을 사로잡았다.

열세 번째 빛. 그다음은 또 왜인지 바로 눈에 들어왔다.

작물의 성장을 강화하며 지력을 심하게 소모함. 작물들은 전염 매개체가 됨. 유효기간 10년. 열에 강함. 화전을 해도 작물에 영향을 미치는 점 확인. 인간의 피부를 통한 접촉에는 무해. 점막 접촉, 식도를 통해 섭취 시 1주일 내 사망.

"…어?"

뭔가 이상했다.

갑자기 뒤통수에서 불이 툭 꺼진 듯한 기분이 들었다. 헤지아나는 자신도 모르게 그 뒤를 읽었다.

사망에 이르는 동안 피부에 수포 및 부분 괴사 발생하며 해부 시 내장 손상 발견하였음. 감염된 사체의 섭취 및 매장 시 2차 전염 가능성 존재.

정말로 기분이 이상했다. 헤지아나는 그 종이 한 장을 내려다본 채 움직이지 않았다. 아니, 못했다. 이걸 어떻게 받아들여야 할까.

아무리 생각해도 확실했다. 이거였다. 이게 바로 카람찬트와 가일란이 말한 '끔찍한 약물'이었다. 그런데….

"그럼…."

[왔다. 나가.]

"네? 벌써?"

갑자기 들려온 창조신의 목소리에 헤지아나는 깜짝 놀라 몸을 떨었다. 손에 든 서류가 툭 트렁크 안으로 떨어졌다. 헤지아나는 대충 서류 사이에 들고 있던 문서를 끼워 넣고 급하게 주변을 둘러보았다.

"어, 아. 어…"

어떻게 하지? 헤지아나는 허둥대며 트렁크 주변을 왔다 갔다 하다가 그 옆의 옷장 앞에 섰다.

[나가래도!]

"어, 그러니까 지금…."

일단 여기 숨어서 가일란이 나가기까지 기다리자. 결정하자마자 헤지아나는 옷장 문을 열었다. 다행히 옷은 헤지아나를 가릴 수 있을 정도로 들어차 있었다.

"숨바꼭질은 이 나이 먹고 안 할 줄 알았는데…!"

옷장 안쪽으로는 손잡이가 없으니 완전히 닫을 수는 없었다. 한 줄기의 빛이 새어 들어오는 걸 불안해하고 있자, 방문이 열리더니 바로 닫히는 소리와 함께 저벅거리는 소리가 들렸다가 사라졌다. 카펫을 밟은 모양이다.

긴장감에 가득 차 헤지아나는 마음속으로 소리쳤다.

'아니 왜 좀 일찍 말해 주지 않고!'

[아니, 네가 바로 나갔으면 됐거든? 혼자 패닉에 빠져서 이상한 데 들어와 놓고는 왜 나한테 신경질이야?]

'쟤 언제 나가요? 금방 나가는 거겠지?'

헤지아나는 몸을 웅크려 벽장 구석에 바짝 붙었다. 그때, 무언가가 엉덩이를 찔렀다.

"윽."

헤지아나가 소리 죽여 신음했다. 동시에 각진 무언가가 움직이며 둔중하게 벽에 닿는 소리도 들렸다. 헤지아나의 몸이 바싹 굳었다.

"이봐, 베스닉. 무슨 일이야."

수정구 통신인가? 헤지아나는 몸을 웅크린 채 가늘게 스며들어 오는 불빛을 응시했다. 그리고 자신의 등을 찌르는 무언가를 조심스럽게 더듬었다. 보석함 크기 정도의 함이었다. 잠겨 있는 건 아니었는지 상자의 뚜껑이 손끝에 걸려 열렸고, 헤지아나는 순간 인상을 찌푸렸다.

뭘까. 뚜껑 사이로 느껴지는 이 불길함은. 손끝에 감각이 엉겨 붙는다.

'없어. 하지만 너도 보면 바로 알게 될걸.'

헤지아나는 조그만 빛무리를 불러냈다. 허공에 나풀거리는 빛무리들은 쉽게 움직이지도 않고 주변을 조심스레 비췄고, 헤지아나는 손을 더듬어 붙잡은 것을 집었다. 벨벳 감촉의, 휴대용 필통 크기의 케이스.

불빛에 비친 케이스는 매우 고급스러워 보였다. 하지만, 부정할 수 없을 정도로 불쾌한 기운 또한 거기에서 새어 나오고 있었다. 붙잡은 손끝에서부터 소름이 돋아 견딜 수 없었다. 헤지아나는 그것의 뚜껑을 열었다.

"뭐? 아무 연락 안 했다고? 아니, 알람이 울렸는데…"

부드럽게 케이스의 경첩이 움직여 뚜껑이 뒤로 젖혀졌고, 품격 있는 벨벳 위에 자리 잡은 검은색 약물이 빛무리에 비쳐 밤하늘처럼 빛났다.

모든 것을 삼킬 듯한 밤하늘이었다. 끈적하고, 고통스러우며, 탐욕스러운 밤.

카람찬트가 말한 그대로였다.

"황태자? 아. 어제 이야기해 봤는데…. 기대하지 않는 게 좋을 것 같아."

빛무리가 사라졌다. 숨을 죽인 채 헤지아나는 손안의 섬뜩한 감촉과 바깥의 목소리에 귀를 기울였다.

이 손안에 담긴 것이 카람찬트가 말했던 것임이 틀림없었다. 그냥 보아도 위험하고 불길한 물건임을 알겠다. 그런데 왜 가일란은 이 불길한 것을 자신에게 알리지 않는가. 왜 이것을 카람찬트가 가졌다는 듯이 말하는가.

"아주 심하게 반감을 보이더군. 뭐랄까, 결국 황태자도 애송이였던 거지. 내가 너무 과대평가했어."

아니, 지금 누구보고 애송이라는 거지?

헤지아나가 울컥한 기분에 문틈을 쳐다보았다. 물론 카람찬트는 애송이가 맞지만 남이 애송이라고 부르는 것은 견딜 수 없다. 자기가 뭔데 카람찬트를 함부로 애송이라고 부른단 말인가.

"자기 계획대로 잘될 거라고 생각하나 보지. 이런 건 땅을 훼손한다나. 아— 물론, 둘러대 놨어. 이런 걸 어디서 개발하는 거 같다고. 그야 물론 내 거라는 건 눈치챘겠지. 하지만 어쩔 건데. 여기서 누구에게 그 사실을 말할 거야? 교황 성하께? 세계를 손에 넣고 싶은 자가?"

점잖고 중후한 목소리가 저열하게 웃으며 이 자리에 없는 자를 조롱했다.

불쾌했다. 카람찬트는 뜻을 같이할 순 없겠지만 그래도 그렇게까지 저열하게 비웃어도 되는 상대가 아니다.

'그리고 카람찬트는 내게 말했어.'

그보다 여태까지 본 적 없었던 가일란의 어조에 위화감이 온몸을 훑고 지나갔다. 저자가 저런 자였나? 공식적 태도가 다를 수는 있지만 이렇게나 저열한 말투를 쓰는 자였나?

"아, 그래도 대단하더라고. 과연 검성이라 이건지. 그래. 진짜. 한 번 본 것만으로도 뭔지 알아차린 거 같더라. 표정이 확 변하는데…. 그래, 슈트케이스 하나 필요할 뻔했지. 뭐가 인마. 아냐. 안 지렸어. 뭐 그런 놈들 한두 번 보는 것도 아니고. 아니, 그렇지만 정말 놀랐어. 이런 걸 쓰면 땅이 피폐해질 텐데 대체 어떤 지배자가 이런 걸 원하겠느냐고 그러더군. 진짜 신기하긴 해. 고위 마법사들이나 검성 같은 인간들은 이걸 보면 바로 아는 건가? 황제도 그렇고."

황제, 할센라비온이 언급되자 헤지아나는 자신도 모르게 고개를 돌렸다. 하지만 코끝에 새틴 조끼가 닿았을 뿐 아무것도 보이지 않았다.

"뭐, 하지만 결국 싸움은 일어날 거고…. 이비아네라에 대해서도 말을 흘렸으니까 조금만 준동이 있어도 초조해지겠지. 시간 싸움이야. 내가 열심히 한 덕분에 북쪽은 봉쇄 상태잖아? 뭔가 일이 하나만 더 생기면—"

순간, 헤지아나의 이마에 주름이 잡혔다.

'내가 열심히 해서 북쪽이 봉쇄 상태다.'

헤지아나는 가일란이 서부가 북부와 연합해 공격할 것이라고 계속 자신에게 속삭였던 것들을 생각해 냈다. 그것을 쓸데없는 걱정이면서도 남부의 사람으로서 당연한 걱정이라고 생각했다.

아니었다.

"—황태자도 이제 새로운 무기에 기댈 수밖에 없을 거야"

이런 젠장.

헤지아나는 입술을 깨물었다. 속았다. 뭐에 속았는지는 모르겠지만 직감적으로 알았다. 북부의 견제는 분명 불필요한 일은 아니었다. 그렇지만 그것이 어떤 더 크고 위험한 일을 불러온 것을 알 수 있었다.

북부의 봉쇄는 가일란의 계략이었다. 그는 약자의 모습으로 읍소하여 자신의 결정을 부추겼다. 그러나 그것은 이 세상의 평화를 위한 것이 아니라, 다툼을 줄이기 위한 것이 아니라, 무기의 유통을 봉쇄하여 사람들의 초조함을 부추기고 자신이 가지고 있는 '무기'를 유통시키기 위한 것이었다.

동시에 깨달았다. 이 손에 닿는 불길한 것이 그가 말하는 무기일 것이다.

헤지아나는 손에 힘을 주어 맞잡았다. 케이스의 각이 손바닥에 깊게 파고들었다. 작은 상자 안의 것이라 도저히 위험해 보이지 않지만, 칼과 창과 방패만이 무기가 아니지 않은가. 빛도, 식량도 무기다.

가일란은 이것이 '내 것'이라고 했다. '땅이 피폐해질 것'이라고 했다.

헤지아나는 아까 읽었던 보고서의 내용을 차례대로 떠올려 보았다.

열세 번째 빛. 작황을 좋게 한다. 대신 대지는 메마른다. 내년에는 그 땅에서 작물이 생장하기 힘들어지는 것이다. 그리고 지력을 소모시킨 풍산한 작물들은 그야말로 독이 든 사과다. 그것을 먹으면 수포가 일어나고 내장이 녹아 1주일 안에 죽는다.

열에 강하다. 익혀도 사라지지 않는다는 것이다. 유효기간은 10년. 최소 10년 동안 작물을 키울 수 없다는 뜻이다. 사체를 통한 2차 감염 가능성. 확실히 전염됨이 확인되었다는 뜻은 아니다.

그렇지만 수포가 일어나고 내장이 녹아 죽은 동물의 고기에 독이 없을까? 다만 그 과정이 느리게 일어날 뿐이겠지. 풀 뜯어 비육하는 수많은 동물들이 사망할 것이고, 사람들은 그 고기를 먹지 않을 것이다. 독 있는 초식동물을 먹은 육식동물의 고기는 괜찮을까? 영향을 받지 않은 동물의 수가 과연 이 멜라스의 인간들을 먹여 살릴 만큼 많을까? 이 동물들은 며칠 안에 대륙에서 절멸할까?

[모든 게 파괴되고 내 사랑하는 아이들이 상잔해 그 수가 반으로 줄 것이다.]

아아. 이제 이해했다. 헤지아나는 몸을 웅크리며 이를 악물었다.

과실과 곡물은 겉보기엔 멀쩡하나 안심할 수 없으며, 동물의 사체는 맹독에 당했음이 확연해 먹을 수 없고, 살아있는 동물들은 하루가 다르게 사라져, 결국 굶주림을 채워 줄 것은 없어진다.

[그 과정은 또한 참혹할 것이니, 먹을 게 없어 불에 타고 썩은 시체를 뜯어먹을 아이들이 부지기수다.]

그렇다면, 칼에 맞아 죽은 인간의 시체 외에는 안심하고 먹을 것이 없겠지요. 굶주림의 고통은 압니다. 그 얼마나 끔찍한 고통이던지요. 어린 시절의 기억은 떠오르지도 않는데 그 고통만은 선연하며 아직도 뼈에 사무칩니다. 고통에서 벗어나기 위해, 어쩌면 안전한 식량을 얻기 위해, 사람을 죽여 식량 삼을 수도 있겠지요!

"황제는 흥미를 보여."

숨이 멎었다. 뱃속 깊은 곳에서부터 훅 솟아올라온 고통과 공포감, 거부감. 어째서 이런 것을 원하는가. 어째서 그런 참혹함을 즐거워한단 말인가. 어째서 그런 것을 이 세상에 퍼트리려고 한단 말인가.

이해할 수 없었다. 동시에 분노했다. 가일란 엘리아스, 어째서 저런 자가 세상에 존재한단 말인가?

"그래…. 황제는 애송이가 아닌 거지. 음. 그에게 잘 익은 검은 포도알 맛을 보여주고 싶은데. 아니, 당연히 제국 땅 안에서 사용하진 않겠지. 서쪽에 쓰지 않을까? 그러면서 서쪽도 회유할 생각인 거 같던데. 그렇지. 아무래도 동쪽 제국이 너무 잘 나가니까 불안하겠지. 균형은 이미 파헨타움으로 기운걸. 서쪽 연합을 회유하면 좀 평행해지려나."

가일란은 긴장을 조절하려고 한다. 그것은 리암이 헤지아나에게 원했던 역할이다.

그렇지만 리암은 평화를 위해 긴장을 조절하려고 했다. 가일란은, 불안을 확산시키기 위해 긴장을 조정한다. 그 이유를 헤지아나는 너무나 잘 알았다.

긴장이 없으면, 무기는 팔리지 않는다. 그가 팔고자 하는 파멸은 팔리지 않는다.

"황제는 모든 걸 파괴할 거야."

막아야 했다. 가일란과 연락하는 저자의 행보를. 저자가 이비아네라에 전달할 이 약물의 샘플을.

"명검은 얼마나 잘 베어 내는지로 증명되는 거지. 그자도 검사이니 무기의 맛을 보면 환장하지 않을 수 없을걸."

가일란은 지친 듯 웃으며 의자에 앉았다.

오전, 헤지아나의 부름에 방에서 나갔을 때는 생각하지 못했는데 방 안 꼴이 말이 아니었다. 자기 집도 아닌데 지나치게 어수선하게 만들어 두면 잃어버리는 것이 생긴다. 지금 그에게는 잃어버리면 안 되는 것이 있었다. 물론 그것은 잘 보관해 두었지만 말이다.

[흠. 좋아. 황제하고 거래 확정은 아니지?]

"왜 그래. 판매 상품에 자신 없어? 환장하게 할 자신 없는 거야?"

잔뜩 비웃는 어투로 말하고, 가일란은 담배 케이스에서 말아 둔 담배를 꺼냈다. 하지만 불을 붙이기 전, 흐트러진 이불 밑에서 굴러다니는 넥타이와 넥타이핀을 발견하곤 자리에서 일어나 그것을 집었다. 이건 더 쓸 일 없으니 트렁크에 넣어 두어야 할 것 같았다.

[이건 싸구려 마약이 아니야.]

"싸구려 마약도 맛을 보게 한 다음 팔지. 아 제발. 좀생이처럼 굴지 마."

저 새끼는 분명 자신이 샘플값으로 딴 주머니를 챙길까 저러는 것이 분명했다.

─하여간, 역시 저 자식은 나를 너무 잘 알아.

그렇게 잘 아니까 네 몫이 없다는 것을 이제 이해할 때도 됐잖

아. 징징댄다고 네 몫이 생기지는 않으니 꺼져. 내가 여기서 개고생하는데 네가 한 게 대체 뭐가 있어? 계약 성사했을 때 내게 오는 게 대체 몇 할이나 된다고. 아, 물론 새 인생을 시작하기에는 괜찮은 금액이다.

[한 개 보내지. 한 번 쓰면 끝인 물건 그렇게 쉽게 못 줘.]

"계약 안 됐다고 내 탓하지 마라."

트렁크를 열어 넥타이를 넣고, 가일란은 정리함 밑을 살펴보았다. 이 중에 내일 입을 옷이 있을까, 하는 생각에서였는데….

[황제는 검사라며? 무기의 맛을 보면 환장한다며? 그럼 이거로도 감별해 낼 수 있겠지. 내 탓하지 마라.]

뭔가 좀 이상한 느낌이 들었다. 사실, 방에 들어올 때부터 무언가 이상한 느낌이 있긴 했다. 가일란은 정리함을 든 채로 방 안을 휙 돌아보았다. 젠장. 괜히 정리했나.

그는 자신이 그렇게까지 꼼꼼한 사람은 아니라는 걸 알았다. 하지만 트렁크에 옷을 넣을 때 구겨지게 넣지는 않는다. 수행원이 구겨진 상태로 넣었을 리도 없다. 가일란은 정리함을 내려놓고 뭔가 헤집은 듯 구겨진 옷을 폈다.

[가일란?]

"아. 음. 알았어."

[나중에 연락해?]

눈치 빠른 놈. 물론 지금은 위험한 상황은 아니지만 말이다.

"할 이야기 다 끝났잖아. 일이나 해."

[황제랑 접선 시점이나 합의해. 보낼 준비 한다.]

가일란은 끊어진 수정구를 자신의 주머니 안에 넣고 천천히 방을 둘러보았다. 그리고 트렁크 세 개를 하나하나 열어 본 다음 닫고, 방 안을 다시 둘러보았다. 그리고 옷장 앞에 섰다.

옷장이 열려 있었다.

"…흠."

얇은 종이 뭉치만 들어갈 수 있는 틈이었다. 그는 그것을 잠시 쳐다보고 있다가 닫히지 않은 옷장 문을 밀었다.

달칵. 작은 소리와 함께 옷장 문이 닫혔다. 그는 잠시 문을 쳐다보고 있다가, 한 점에 시선을 멈췄다. 한참 가만히 서 있던 그는 방 문 앞에 섰다. 문이 열렸다.

'허어어어어어어억.'

닫힌 옷장 속에서 헤지아나는 쿵쾅거리는 심장을 부여잡고 소리 죽여 심호흡했다. 신이시여, 저 이런 서스펜스 원하지 않습니다. 그냥 가일란 빨리 가게 하면 안 되나요? 네?

'저기, 대체 가일란 언제 나가요?'

헤지아나는 신을 불렀다. 하지만 신은 대답이 없었고, 옷장 너머로는 뚜벅뚜벅하는 발걸음 소리가 났다. 그리고 이어서 문이 열렸다 닫히는 소리가 났다. 끼익, 탁.

1분 후, 헤지아나는 다시 신을 불렀다.

'갔어요?'

[음….]

창조신의 고뇌 어린 신음이 들려왔다.

[그래…. 나가도 상관없어…. 이나 저나 어쨌든 상관없는 거 같아…. 아니 이게 좀 더 낫나….]

'아니, 무슨 대답이 그래요? 뭔 소리야?'

헤지아나는 이맛살을 찌푸렸다. 하지만 어쨌든 나가도 상관없다는 것 같았다. 이 정도면 가일란도 방에서 좀 떨어졌겠지. 지금 나가지 않으면 방에 갇힌 채 이 밤을 보내고 교황청은 전무후무하게 교황을 잃은 혼돈의 도가니가 되어 교황 수색에 열을 올릴지도 모른다. 그렇게 되면 무슨 쪽팔림이란 말인가.

헤지아나는 잽싸게 옷장 문을 열고 뛰쳐나왔다. 물론, 한 손에는 사악하고 불길한 약물, '열세 번째 빛'이 들려 있었다.

그러고 보니 대체 왜 이름이 열세 번째 빛이야?

'아니, 그런 건 중요한 게 아니고.'

이걸 증거품으로 삼아서 가일란을 어떻게든 해야 한다. 리암은 아직 식사를 마치지 않았겠지만, 사안이 중하다. 빠른 상담!

"악!"

…을 하려고 뛰어나가던 헤지아나의 몸이 뒤로 쏠렸다. 손목을 붙잡는 억센 힘, 그것이 헤지아나를 뒤로 잡아당기고, 벽에 밀어붙였다.

쾅! 둔중한 소리와 함께 헤지아나의 뒤통수가 벽에 세게 부딪혔다. 이어 목줄기를 짓누르는 힘이 느껴졌다.

"호오. 머리도 틀어 올리고."

"컥…."

숨이 막혔다. 머리카락을 쓰다듬는 손길이 불쾌했지만 그것을

쳐내지 못했다. 오른손은 쥐고 있던 케이스를 떨어뜨리고 자신의 목을 조르는 굵은 팔을 움켜쥐었다. 떼어내려고 했지만, 생각처럼 되진 않았다.

"소매도 걷어 올리고."

"가일…."

가일란이었다. 그가 침실 방문 옆에서 튀어나오는 헤지아나를 붙잡아 벽에 밀어붙인 것이었다. 그는 웃으며 헤지아나의 드러난 맨살을 손끝으로 더듬었다. 예민해진 감각이 그 손길을 더없이 불쾌하게 받아들였다.

"그런데 왜 치마는 짧은 걸 입을 생각을 못 하셨을까요."

"뭐…."

헤지아나가 말하려는 순간 가일란의 굵은 손가락이 목줄기를 눌렀다. 고개를 돌릴 수 없을 정도로 눌러 목에서 기침이 튀어나왔다. 치맛자락이 빠져나온 건가? 아니, 그럴 리가 없는데. 숨바꼭질을 한두 번 한 것도 아니고 치마는 잘 걷어 올려 숨겼다. 그렇다면.

[아니, 왜 날 의심해?! 너 왜 네가 믿는 신을 그렇게 못 믿어?!]

저는 님께서 저를 곤경에 빠트림을 믿습니다.

헤지아나는 고개를 돌리고 힘을 주어 가일란의 손을 걷어 냈다. 밀쳐진 손아귀가 잠시 힘을 잃었고, 헤지아나는 자신의 목을 조르던 가일란의 손을 뒤로 잡아당기고 반대쪽 손을 세게 뻗었다. 가일란의 턱이 손끝에 걸렸다.

"큭!"

가일란이 크게 주춤거리자 헤지아나는 바닥에 떨어진 케이스를 주위 방문을 향해 달렸다. 하지만 가일란이 헤지아나의 흐트러진 머리카락을 붙잡았다. 주춤거리는 헤지아나의 오금을 향해 구두 끝이 달려들었다.

"꺄!"

"사제 양성 과정에 호신술 수업이라도 있습니까? 아, 무술 훈련 과정이 있다고 했나."

뒤에서 육중한 무게가 내려앉았다. 무릎으로 헤지아나의 등을, 그리고 머리를 누른 가일란이 신음하며 크게 몸을 흔들었다.

"교황 성하께서 좀도둑처럼 다른 대표의 방을 뒤지면, 다른 이들이 어떻게 생각하겠어요. 그렇지 않습니까?"

가일란이 눈살을 찌푸리며 말했다.

턱을 정통으로 맞아서인지 시선의 초점이 묘하게 맞지 않는다. 조금 지나면 괜찮아지겠지. 가일란은 헤지아나의 머리를 누르며 미간을 찌푸렸다. 머릿속이 뒤엎어 놓은 듯 아프다. 그건 그렇고 어떻게 해야 할까. 정황상 교황이 이야기를 듣지 못했을 리가 없다. 이런 실수를 저지르다니.

"교리에 남의 것을 탐하지 말라고 하지 않습니까? 그런데 남의 물건을 훔치다니요."

헤지아나는 몇 번 몸을 움직이더니 더 움직이지 않았다. 등을 짓누르는 무릎이 아프기도 했을 것이다. 가일란은 머리를 누르는 손에 힘을 주었다. 신음하는 소리가 들렸고, 흐트러진 머리카락 사이로 비둘기처럼 쭉 빠진 하얀 목이 보였다.

"이게 그렇게 탐이 나시나요? 이게 무언 줄 알고."

몸을 지지하는 왼쪽 무릎이 헤지아나의 다리 사이를 파고들었다. 이어 왼쪽 허벅지에 헤지아나의 엉덩이가 닿았다. 몸이 앞으로 쏠리면서 허벅지가 엉덩이를 짓눌렀고, 탄력 있게 짓눌리는 살의 느낌이 가일란을 자극했다. 육감이 온몸으로 퍼졌다. 한 줄기 자극이 머리를 쿡 찌르고, 가일란은 한 장면을 기억해 냈다. 이곳에 온 첫날 밤 꾸었던 꿈.

이 여자의 몸은 그 꿈만큼 자극적일까?

"뭔지 아시나요?"

알겠지. 아니까 주워서 가져가려고 했겠지. 그리고 알고 싶다.

가일란은 무릎을 헤지아나의 가랑이 사이로 더욱 깊숙이 밀어 넣었다. 아쉽게도 무릎에 음부가 닿지는 않았다. 하지만 헤지아나는 긴장한 듯이 경련했고, 가일란은 오른손으로 헤지아나의 목과 어깨를 쓰다듬었다. 지독히도 추잡스럽게 추근거리는 듯한 손길이었다. 그 손길이 겨드랑이를 지나쳐 가슴 밑으로 들어갔다.

"읍…!"

가슴을 쥔 순간, 헤지아나가 낚인 송어처럼 퍼덕거렸다. 급하게 상체를 치켜올리는 힘에 가일란이 균형을 잃고 뒤로 넘어졌고, 헤지아나는 바로 몸을 뒤집어 일어났다. 일어나려고 했다. 하지만 가일란이 바로 헤지아나의 어깨를 누르고 몸으로 헤지아나를 짓눌렀다.

"지금 뭘 하려는 거죠?!"

"가면 안 되지. 못 가지."

잠시의 몸싸움이지만 둘의 체력은 급격히 소모됐다. 입에서 거친 숨소리가 새어 나오고, 얼굴은 붉게 물들고, 등에서 옅게 땀이 배어 나왔다. 몸싸움으로 헤지아나의 스커트는 허벅지까지 올라와 맨살을 드러냈고, 가일란은 헤지아나의 손목을 비틀어 붙잡았다. 그의 거친 숨소리가 헤지아나의 귓가에 흘러들었다.

"얌전해지기 전까지는."

허벅지에 거칠고 굵은 손가락이 닿았다. 사포가 닿는 듯한 까끌함이 허벅지를 쓸고 지나갔고, 헤지아나는 깊이 들어와 골반의 윤곽을 확인하는 손길을 느끼고 눌림에서 벗어난 오른쪽 발을 움직였다.

"젠장…!"

"그런 거친 말도 할 줄 알고 말이야."

헤지아나의 헛발질은 가일란에게 별 효력이 없었다. 그가 정욕에 젖은 숨소리를 내며 몸을 밀착시켰고, 그의 입술이 쭉 뻗은 헤지아나의 목을 물었다.

아, 젠장.

소름 끼쳐—라는 생각은 일단 접어 두고, 헤지아나는 옆으로 붙은 가일란의 머리를 힘주어 밀어냈다. 목이 꺾인 가일란의 무게중심이 넘어갔고, 약간의 공간을 확보한 헤지아나가 몸을 일으켰다. 일으키면서, 무릎을 들어 올렸다. 그리고 그게.

"욱!"

퍽.

그 소리가 보통 사람을 때릴 때 나는 소리와는 좀 달랐다. 우득, 에 가까운 소리기도 했다. 가일란의 가랑이 사이로, 헤지아나의 하얀 무릎이 달걀 꼭지마냥 뾰족 드러나 있었다. 아, 각도가 좋았다.

자신의 몸 위로 쓰러지는 가일란을 밀어내며 헤지아나는 한숨을 내쉬었다.

"언젠가 당신과 해야겠지만 그게 지금 이렇게는 아니야."

[…야. 너무 세게 친 거 아니냐. 터지면 어쩌려고.]

"아니, 보고 있으면 도와주든가요! 그리고 터지면 뭐 어쨌다고. 서기만 하면 되는 거 아냐?"

신이란 놈이 지금 본인의 사도가 습격당하고 있는데 왜 구경만 하고 있는 거야? 거기다 일 끝나니까 습격자를 걱정한다. 아니, 이 거 서러워서 살겠냐고.

궁시렁대며 헤지아나는 쓰러진 가일란을 발로 걷어찼다. 가일란 은 신음하며 바닥을 반 바퀴 정도 굴렀다.

음, 너무 세게 친 거 같긴 한데.

[세상에 서기만 하면 된다니. 어쩌다 애가 저렇게 되었을까.]

"네, 지금 그렇게 말씀하시는 분이 그렇게 만들었잖아요."

말하며 헤지아나는 가일란의 손을 밟았다.

"크윽."

가일란의 손이 바닥에 떨어져 있던 페이퍼 나이프를 집으려고 하고 있었다. 손을 짓밟힌 가일란이 신음하며 위악적으로 웃어 보 였다.

"…당신, 보통이 아닌데."

"당신은 교황청을 너무 얕봤고요."

밟은 가일란의 손을 힘주어 뭉개며 헤지아나는 손을 펼쳤다. 빛 의 형태로 만들어진 삼각형 무리들이 세 점을 가지고 하나의 영역 을 만들었다. 방어마법이지만, 물리적 에너지를 전부 차단해 버리 고 안에 있는 사람의 행동도 제한하기 때문에 구속용으로도 사용 한다.

그 영역을 최대한 좁게 만들어 가일란이 움직일 수 없게 만든 다음 헤지아나는 영역 안으로 손을 뻗었다. 시전자는 자기가 원하면 영역을 자유롭게 드나들 수 있다.

"조금 있다 이야기 합시다."

움직일 수 없게된 가일란의 머리 위에 손을 얹고 헤지아나는 짧게 정신을 집중했다. 곧 가일란이 안식을 얻고 잠들었다.

"하아."

헤지아나는 긴 한숨과 함께 이마를 짚었다. 진짜. 어쩌다가 이렇게 됐지.

"남쪽 사람들 의식 구린 부분 있다고 더럽게 많이 듣긴 했…. 아, 아니."

이렇게 말하면 안 되지. 헤지아나는 흐트러진 머리카락을 쓸어 올리며 고개를 저었다.

아니, 대체 말이야. 교황이 강간당한다고 얌전한 여자가 되어 이 범세계적 문제에 대해 입 다물고 뒷방에서 울고 있겠느냐 말이다. 가일란 정도면 그래도 식자층에 해당할 텐데 이런 자의 인식이 대륙 평균에서 이백 년은 뒤떨어진 것 같으니 어떻게 하면 좋을까. 이백 년 전이면 아동보호 개념이 생겼던 때다….

잠시 의식이 멀어졌던 것 같다.

헤지아나는 정신을 차리고 방 안을 둘러보았다. 삼각뿔 모양의 좁은 결계와 굴러다니는 약물, '열세 번째 빛'의 케이스가 보였다.

헤지아나가 행한 것은 치유와 보호를 위한 마법이지만 이렇게 누군가를 무력화시키는 공격수단이 될 수도 있다. 도구는 누구의 손에 들어가느냐에 따라 다른 결과를 낳는다.

누군가는 평화를 위해 조정자가 되려고 하고 누군가는 불안을 위해 조정자가 되려고 한다. 보호하려고 만든 마법이 누군가를 속박한다.

이 약물 또한, 처음에는 풍요로운 결실을 위한 어느 마법사와 연구자들의 노력의 결과였을지도 모른다. 이 약물이 초래하는 끔찍한 결과는 그저 부작용이었을 것이다. 그러나 누군가가 이것을 무기로 만들 생각을 했다.

헤지아나는 잠시 약물 케이스를 말없이 쳐다보았다. 열고 싶지는 않았다. 한참 동안 그것을 쳐다본 헤지아나는, 문을 열고 빠른 걸음으로 복도로 나섰다. 그때.

"성하?"

부르는 소리에 헤지아나는 고개를 들었다. 정면에서 아셔가 오고 있었다.

"아셔…?"

"대표들을 만나고 오시는 길인가요? 이 방이면…. 어."

방문을 살펴보던 아셔는 헤지아나의 흐트러진 차림새를 보고는 순간 입을 다물었다. 그 모습을 어떻게 받아들여야 할지 모르겠다는 혼란스러움이 역력했다. 헤지아나는 땋은 머리 타래를 매만지며 아셔에게 물었다. 많이 흐트러지긴 했군.

"아, 리암 왕과 점심을 함께 하는 것 아닌가요? 어째서 여기에…."

"한참 전에 끝났습니다. 한 시 반인걸요."

벌써? 대체 자신은 뭘 했던 걸까. 방에 이동해서 숨어들어서 자료 좀 뒤지고 훔쳐 듣고 몸싸움 좀 했더니 한 시간 반이 지났다니.

"루시올 님께서 방에 있을 테니 저녁까지 자유시간을 가지라고 하셔서, 잠시 성기사들에게 방의 경호를 맡겼습니다. 출중한 실력의 성기사들이니 큰 염려하지 마십시오. 저는 리암 전하와 잠시 이야기를 나눌까 하여 지나가던 길이었습니다. 그런데…."

[내가 불렀어. 쓸모 있을 거 같지 않냐?]

끼어든 목소리에 혜지아나는 한숨을 내쉬었다.

"아 정말."

"예?"

"아, 아니에요."

혜지아나는 고개를 저었다. 그러자 아셔는 더 이상한 표정을 짓더니 혜지아나에게 조심스럽게 물었다.

"그리고 성하, 이런 걸 여쭙는 것은 외람될지 모르겠습니다만…."

"아뇨. 물어보세요. 아. 제 머리 상태에 관한 것 말고요."

"네, 알겠습니다. 저는 성하께서 들고 계신 것에 대해 여쭤 보고 싶습니다. 그 사악한 물건은 무엇입니까?"

그렇지. 혜지아나는 시선을 내려 자신이 들고 있던 물건을 보았다. 아셔가 이런 물건의 기척을 느끼지 못할 리가 없었다.

"네. 아주 사악한 물건이지요. 그리고 가일란 대표가 이와 관련되어 있습니다."

아셔는 놀란 표정을 지었다. 그리고 혜지아나가 연 방문 안의 풍경, 특히 감금된 가일란을 보고는 더 놀란 표정을 지었다. 혜지아나가 말했다.

"백옥장(白玉場)을 치겠습니다."

아셔는 그 말에 가볍게 움찔거렸다.

"이 방은 봉쇄하겠습니다. 가일란의 수행원들을 조용히 감금해 두십시오. 그리고…."

"예."

"…도구가 필요할 수도 있겠어요."

헤지아나가 말하자 아셔는 고개를 숙였다. 그리고 바로 등을 돌려 빠른 발걸음으로 이동했다.

❖

라스할드. 신의 축복을 받은 땅.

그 축복은 매우 윤택하나, 동시에 매우 제한적이다. 좁은 땅에 많은 인구가 상주할 수 없는 이유로, 경비는 대부분 마법에 의해 관리되고 있으며 수많은 보조 마법들 또한 교황청 사람들의 생활을 보조한다.

그런데, 사실 마법은 항상성을 가진 것이 아니다. 고정되기 어려운 힘이란 소리다. 물과 같이 흐르며, 넘쳐나는 듯하지만 결국은 소모되고, 담아 두면 소진된다.

그런데 교황청은 수많은 마법을 어떻게 계속 구동시키고 있는가?

간단하게 말하자면, 결국 이 땅이 축복받았다는 말 외엔 할 것이 없다.

사실 루시올은 제법 정확하게 이 땅의 진실을 파악했다. 이 땅은 구름 위에 있는 것이고, 불빛 위에 있는 것이며, 땅으로부터 힘을 받아 하늘로 솟아 올라가며 찬미한다. 그 거대한 힘은 교황청, 라스할드의 땅 밑에 부정형의 형태로 존재한다.

교황청의 신비와 힘이 밀집된 구역. 지하 공간. 그곳은 축복의 힘이 가득한 곳이며 이 세계가 아니다. 교황청의 특수성은 이 특별한 땅 위에서 형성되는 지력을 사용하여 성립한다.

그곳은 물질세계의 감각으로는 이해할 수 없는 영역이며 이 세상과 저 세상의 교두보다. 강력한 힘의 원천인 이 장소는 접한 이의 오감을 뒤흔들고 혼란스럽게 한다. 심력의 소진만으로 탈진하고, 기절하며, 심지어 미치는 일까지도 흔하게 일어난다. 때문에 지하로 가는 길은 엄중히 봉해져 있다.

교황이나 고위 성직자들은 이 영역을 큰 문제 없이 돌아다닐 수 있다. 시험해 보진 않았으나, 기록에 따르면 카람찬트와 같은 일정한 위치에 오른 자 역시 이 안에서 문제없이 돌아다닐 수 있다고 한다.

이 장소는 선발된 간수들이 관리하나, 그들도 긴 시간 머무는 것은 엄하게 금하고 있다.

순백과 빛의 공간. 무한히 확장하며 한계도 제한도 존재하지 않으나 벗어날 수는 없는 곳. 교황청은 이곳을 백옥장이라고 불러왔다.

"때문에, 보통 사람이 그곳에 들어가는 것은 그것만으로도 고문이 됩니다."

아셔가 서서 말했다. 그의 앞엔 헤지아나가 이마를 짚은 채 고개를 숙이고 있었고, 그 맞은편에 리암이 앉아 헤지아나를 살피고 있었다.

"혼란스러움, 환각, 굶주림, 피로함을 정신없이 느끼게 되니까요. 특히 잠들기가 매우 힘듭니다. 수면을 취하더라도 당연히 피로가 풀리지 않고요. 잠들지 못하게 하는 건 대표적인 고문방법이지요."

아셔가 설명을 끝내자, 리암은 고개를 끄덕였다.

"그래서 감옥으로 활용되어 온 것이군요."

리암의 말대로 백옥장은 비밀스럽게 감금해야 하는 죄인들을 넣어두는 감옥으로 활용되었다. 물론 감옥이 아니라 느린 사형의 집행장소였던 경우도 많았다.

"교황청에 감옥이 있을 거라고는 생각했지만, 그런 공간이 있다고는 생각하지 못했습니다."

"함부로 알려 사람에게 궁금증을 불러일으키는 것을 피하기 위해 말하지 않는 것입니다. 사람이 들어갔다간 죽는 일이 많으니까요. 창조신과 이어지는 공간으로 성소기도 하고요."

헤지아나가 이맛살을 찌푸리며 대답했다. 그러나 리암은 이해할 수 없다는 표정을 지었다.

"감옥인데 성소라고요?"

"창조신께서 감옥을 따로 만들기 싫다고 하셔서…. 계속 그렇게 쓰이고 있다고 합니다."

마카라빈이 해 준 이야기였다. 헤지아나는 짧게 한숨을 내쉬었다.

"가일란을 백옥장에 가두면 좋겠지만, 그러면 그의 목숨이 위험하기 때문에 백옥장의 일부를 소환하여 가일란 대…. 가일란의 방이라는 공간을 비틀어 버린 것입니다. 일부라고는 하나 위험하니 접근하지 마세요."

"그게 가능한 일입니까?"

리암이 의아하다는 듯이 물었다. 헤지아나는 가볍게 고개를 끄덕였다.

"저에게는 가능합니다."

리암은 무언가 생각하는 듯한 표정이었다. 헤지아나는 고개를 들며 한숨과 함께 주의사항을 말했다.

"그 공간 안에서도 백옥장과 마찬가지로 사람의 심신이 상하니, 몇 시간 후에 가보면 매우 지쳐 있을 겁니다. 심문은 그때부터 시작해도 큰 문제가 없겠지요."

말하고 보니 갑자기 이가 갈렸다. 헤지아나는 뿌득 소리가 난 순간 입을 꽉 다물었다.

"그런 자가…. 전쟁을 부추기고 있었다니."

중얼거리는 목소리가 꽉 억눌려 있었다. 리암은 안경을 고쳐 쓰며 말했다.

"저에게도 북부를 견제하게 하려는 듯한 말을 했었지요. 이상하다고 생각했지만 크게 생각하지 않았습니다. 실책이 크군요."

"실책은 제가 크죠."

헤지아나가 리암의 말에 고개를 저으며 주먹을 움켜쥐었다.

"그자의 말에 넘어가 북부를 봉쇄해 버렸어요. 그자는 봉쇄가 목적이었습니다. 무기를 입수할 수 없게 된다는 심리적 압박감을 이용해, 다른 대표들을 부추겨 자신의 장사를 완성할 생각이었어요. 그리고 그자만이 이것을 판매하고 있진 않겠지요. 제가…!"

탕! 테이블이 흔들렸고, 그 위에 있던 벨벳 케이스도 흔들렸다. 헤지아나는 자신이 감정을 드러냈다는 걸 깨닫고도 끓어오르는 감정을 억누르지 못해 입술만 깨물고 있었다.

흐트러진 머리가 풀려서 어깨로 흘러내렸다. 가일란과 몸싸움한 이후로 머리를 정리하지 않았다. 하지만 헤지아나는 지금도 머리를 정리할 기분이 들지 않았다. 침통한 분위기에서 아셔가 걱정스럽게 말했다.

"서, 성하. 하지만 그것은 그때 올바른…"

"제가 속았기 때문에 내린 결정입니다. 속았어요. 멍청했어요."

자책은 짧았다. 정말 끓어오르는 감정은 자책이 아니라 분노였다. 속아 넘어간 자신에 대한 분노, 그리고 그보다 수백 배는 더 큰 속인 자에 대한 분노.

"당했다는 것이 너무나 화가 나요."

"그러나 성하. 북부를 봉쇄한 것에 아무런 득이 없습니까?"

리암이 조용하게 말했다. 이마를 짚고 있던 헤지아나는 그대로 눈을 감았다. 득이 있을까? 아무것도 생각나지 않아서 헤지아나는 입술을 깨물었다.

"당시 판단에 필요하다고 생각해서 봉쇄한 겁니다. 성급하다고 생각은 했었죠. 하지만 당신은 그것이 옳다고 판단한 것 아닙니까? 그래서 교황청의 의지를 보여 주고, 북쪽을 위축시키려고 했죠. 북쪽은 위축됐고 모두 교황청의 의지를 잘 알았습니다. 다들 눈치를 보고 있죠."

"그것이 가일란이 원한…"

"그가 원한 건 중요하지 않습니다. 우리가 그게 필요하다고 판단했다는 게 중요하고, 결과적으로 무언가를 억제했다는 게 중요하지 않을까요?"

이마를 짚은 헤지아나의 손을 다른, 미미한 온기의 손이 붙잡았다. 시선을 들어 보자 리암이 앞에 서 있었다.

"일단의 해결책이 다음 문제의 시발점이 되는 건 흔한 일입니다."

그렇다.

"우리가 상황을 이용하려는 것처럼, 지금 세상 모든 이들이 상황을 이용하려고 해요."

그 말대로다.

"지금 우리에게 필요한 건 후회에 매몰되는 것이 아니라 다음 행동이죠."

그 말이 옳았다.

리암의 손끝이 머리카락에 닿았다. 그는 흐트러진 머리를 정리하려는 듯이 쓸어 넘기더니, 곧 그것으로는 안 된다는 걸 깨닫고 헤지아나의 뒤에 섰다. 손가락이 머리카락을 파고들며 헝클어진 머리를 빗어 내렸다.

"리, 리암?"

헤지아나는 조금 당황해 자세를 바로잡았다. 남자가 손끝으로 머리카락을 빗겨주는 느낌이라니. 뭐가 이리도 간지럽고 자극적인지. 부끄럽기도 했다. 하지만 리암은 표정 하나 바꾸지 않고 현안을 이야기했다.

"그런 의미에서 저는 좀 이상하다고 느끼는 점이 있습니다."

"네? 무엇이 이상하지요?"

부끄럽기도 하고, 은근히 계속했으면 좋겠는데, 현안 이야기도 하고 싶었다. 헤지아나는 복잡한 기분에 이리저리 눈을 굴렸다.

"열강이 분열된 나라에 무기를 파는 일은 흔합니다. 하지만 그 역은 존재하기 힘들죠."

"아…. 그, 그것도 그러네요…."

부유한 나라가 약소국의 분열을 부추기고, 자원을 소진시켜서 자국의 잉여 자원을 계속 팔아넘긴다. 흔하게 있는 일이었다. 양 제국과 서부가 그렇게 했듯이 말이다.

"열강이 분열을 부추기고, 그것을 유지하게 할 힘을 가졌지만…. 그 역은 쉽지 않기 때문이지요. 물론 이 시기니 가능할 수도 있습니다. 지금은 멜라스가 혼란스러우니까요. 물론 남쪽도 힘드니 대체 이럴 여력이 있는지 궁금하긴 합니다만…."

헤지아나의 엉킨 머리를 다 풀어헤친 리암이 손끝으로 헤지아나의 머리를 빗어 내렸다. 헤지아나의 옆에 선 아셔는 '둘이 사이가 좋은가 보다'라고 생각하는 것 같은 표정으로 이쪽을 보고 있었다. 그렇게 순진한 표정으로 보고 있으니 왠지 못 할 짓을 한 기분이라 더 부끄러웠다.

하지만 머리카락 사이로 파고드는 리암의 손길이 좋았다. 다정한 느낌이어서 편안하고, 몸 마디마디에 차 있던 긴장과 감정이 흘러내렸다. 헤지아나는 어깨에서 힘을 빼고 의자에 편하게 앉았다. 따스한 햇볕에 녹아내리는 설탕 같은 기분이었다.

"가일란의 방에서 서류를 보았습니다…."

"서류요?"

"약의 출처는 아무래도 남대륙, 달라하인 것 같아요…."

"납득이 가는군요. 그들은 언제나 멜라스의 정세에 관여하길 원했죠. 그들이 엘리아스의 인기 정치인, 가일란을 통해 남부를 조종하려고 했다는 추론은 하기 어려운 게 아닙니다."

아, 여기서 늘어지면 안 되지. 헤지아나는 정신을 차리기로 했다.

"예. 가일란을 현지 중개상으로 선택했을 가능성은 큽니다. 하지만 이건 엘리아스만의 일이 아닙니다. 멜라스 내륙 한가운데 터지려고 했던 재앙입니다."

"그렇다면…."

익숙하지 않은 머리 꾸밈에 머뭇거리면서도, 리암은 헤지아나의 머리를 땋아 가지런하게 모양을 만들었다. 하지만 처음 헤지아나가 하고 있던 얹은머리 모양은 아니었다. 그냥 옆머리가 새지 않도록 양 옆머리를 땋아서 묶은 것뿐. 그걸 잘 말아서 가지고 다니던 길고 가는 책갈피로 꽂아 고정한 다음, 리암은 불안한 표정으로 한 걸음 뒤로 물러섰다. 잘 했다는 확신은 없는 것 같았다.

"그들이 멜라스 내륙에 개입하고 싶은 걸까요?"

"실험장으로 쓰고 싶었을 가능성도 있다고 봅니다."

아셔가 말했다.

"달라하 역시 주요 삼국이…. 연합을 맺었다고는 하나 여전히 자주 다투는 것으로 압니다. 자세한 것은 모르나…. 하여간, 지금 멜라스의 상황을 보고 신약을 시험할 기회라고 생각했던 것이 아닐까 생각됩니다."

"그쪽이 타당하겠지요."

머리가 이상하지 않은가, 불안한 듯이 쳐다보는 리암을 보고 있자니 한구석에서 보글보글하던 불안도 완전히 가라앉아 버렸다. 헤지아나는 낮게 한숨을 내쉬더니 리암을 향해 작게 웃고 손을 잡아주었다.

"가일란과 손을 잡은 곳이 어딘지 일단 알아야겠군요. 그건 심문 때에 확인할 일이고…"

"성하. 혹시 문제가 되지 않는다면, 그 약물을 자세히 살펴볼 수 있을까요?"

아셔가 다가와서 묻자, 헤지아나는 고개를 끄덕이며 테이블 위의 약물 케이스를 밀어 건넸다. 아셔는 병이 들어 있는 케이스를 열었다. 모습을 드러낸 검은색 병에서 사특한 기운이 퍼졌고, 방 안의 모두가 불쾌한 표정으로 병을 쳐다보았다.

"제가 본 서류에는 그 약물을 '열세 번째 빛'이라는 이름으로 부르더군요. 본디 작물의 성장을 위해 개량된 약물의 시험작들 중 하나였던 것 같습니다. 피부접촉으로는 감염되지 않지만, 점막에 닿거나 섭취할 시 맹독이 됩니다."

"예…"

아셔가 케이스를 집어 들었다. 뭘 하려는 걸까. 헤지아나가 의아해 하는 사이 케이스를 든 채 테이블에서 천천히 멀어지던 그는, 테이블에서 네 발자국 떨어진 거리에서 멈춰 섰다. 그리고 빛의 날개가 펼쳐졌다.

"아셔?!"

금속성의 소리를 내며 빛의 날개가 아셔 주변에 막을 만들었고, 아셔는 그 안에서 병의 뚜껑을 열었다. 헤지아나는 기겁해서 입을 크게 벌렸다. 독기가 입안으로 달려드는 끔찍한 기분이었다. 왜 저

걸 연단 말인가? 뭣 하러? 닫아야 했다. 하지만 달려 나가지도 못했다. 괜히 건드렸다가 저걸 떨어뜨리기라도 하면?

그 사이, 아셔는 병을 기울여 그 안의 내용물을 자신의 손바닥에 떨어뜨렸다.

"자, 잠깐! 뭐 하는 거죠?"

물론 피부로는 감염되지 않는다고 했지만, 그대로 깜빡하고 손으로 뭘 집어 먹기라도 하면 어쩐단 말인가—라고 조금 안이하게 생각한 순간이었다.

아셔는 상상을 뛰어넘었다. 아셔가 약물이 담긴 손바닥을 입술에 갖다 댔다.

헤지아나가 자신도 모르게 숨을 삼켰다. 코며 입이며 목구멍이며 숨이 꽉 차서 들이쉬지도 내뱉지도 못했다. 숨이 막혀 죽을 것 같았다. 말이 나오지 않았다. 지금 나 쓰러지라고 이러는 건가?

그 사이, 아셔는 약물의 뚜껑을 닫고 다시 벨벳 케이스에 넣었다.

"아—아—아—아—아셔?"

"성하, 이것은 용의 피를 쓴 것입니다."

"아니, 됐어! 지금 뭐 하는 거예요? 이거 위험한 물건이라고 말하지 않았습니까! 그런데 겁도 없이 붓고 맛까지 보나요?! 보고서에 1주일 안으로 사망한다고 되어 있었다고…!"

헤지아나가 다가가자, 아셔는 옅은 빛을 내더니 빛의 날개로 자신의 손을 찔렀다. 빛의 날개 끝이 일제히 아셔의 손끝을 찌르는 걸 보고 헤지아나는 잠시 멈춰 섰지만, 그의 몸에 상처 같은 것은 없었다. 약물의 얼룩도 사라진 것으로 보이는 손으로, 아셔는 벨벳 케이스를 두 손으로 받쳐 들고 헤지아나에게 건넸다.

"용들과 같은 종류의 기척이 느껴지는 데다가, 성하께서 방금 말씀하신 약물의 특징에도 동일한 부분이 있어 확인해 본 것인데…"

"아…, 아니 그럼, 기척이 느껴진다고 말을 해요! 말을 하면 되잖아! 어떻게 해요, 지금 이거 해독약도 없고…!"

"몸에서 반응하는 것도 비슷합니다. 성하, 예전에 제가 드로마에서 용을 잡았었습니다. 재생하며, 피는 부식시키는 독으로 오랜 기간 그 지역에 영향을 미쳤죠. 물론 그 독이 생물의 성장에 도움을 주었다는 말은 듣지 못했습니다만…"

"그래서 그게 무슨 상관입니까!"

"제가 그 싸움에서 이미 피를 한 바가지는 마셨을 것이며…"

"이건 혼합약이에요! 그 피의 영향만 있지는 않을 거란 말입니다!"

그제야 아셔가 '아' 하며 우물거렸다.

세상에. 왜 인간이 이렇게 자란 걸까? 혹시 너무 떠돌아다녀서 그런가? 일기당천이라 홀로 구르다 보니 서바이벌 생활에 너무 익숙해진 걸까? 채집, 수렵 생활에 익숙해져서 뭐든지간에 일단 배 속에 들어가면 된다고 생각하는 걸까? 아니, 서바이벌이면 먹거리는 더 주의하겠지. 몸이 워낙 상하지 않다 보니 겁이 없는 걸까?

"하지만 괜찮을 것 같습니다. 신체 반응은 있는데…. 아프더라도 하루나 이틀 아프고 괜찮을 것 같습니다."

"아니, 아프질 말아야죠!"

역시 몸이 재생하다 보니 조심성이 없는 것 같다.

"잠깐, 목에 수포…!"

"이건 그때도 그랬습니다. 금방 가라앉을 겁니다."

옷에 가려진 부분에서 느리게 수포나 괴사로 추정되는 흔적이 나타났다가, 서서히 느리게 사라지는 게 보였다. 대체 이 인간의 대사는 어떻게 된 걸까.

"드로마는 대장벽에 가까이 있는 도시였습니다. 남쪽을 통해서 유출되었을 거라고 생각합니다만, 당시 용의 피를 거래한 곳이…."

"아."

뒤에 서 있던 리암이 알았다는 듯이 손가락을 튕겼다.

물론 이 이야기에만 반응한 건 아니었다. 여태껏 그는 헤지아나의 말에 동감한다는 듯이 계속 고개를 끄덕이며 걱정스럽게 아셔를 쳐다보고 있었다. 아무리 아셔가 초인이라도 이건 아니었고, 리암이 타인에게 무심하다고 해도 이건 무심할 수가 없었다. 그는 걱정이 사라지지 않은 표정으로 말했다.

"아셔 경이 말씀하신 대로군요. 그럼 달라하의 나라 중 어떤 나라가 그것을 입수하여 제조했는지 알기 쉬울 듯합니다. 증거를 잡을 수 있겠군요."

"조사를 부탁해도 될까요?"

"그 구역은 정보를 얻기가 힘들어서 교구장들의 인맥을 활용하는 게 좋을 것 같습니다. 리시 추기경께 도움을 요청해도 되겠습니까?"

"그래요."

"그럼 다녀오도록 하겠습니다."

리암은 테이블에 던져뒀던 서류철을 들고 돌아서서 나갔다.

그리고 헤지아나는 리암이 나가기도 전에 아셔를 향해 돌아서서 화난 표정으로 말했다.

"자신의 몸을 너무 믿지 마세요."

"아…. 네. 저도, 그냥 괜찮을 거라고 생각해서…."

"세상에 사람이 죽는다는데 왜 그렇게 겁이 없는 겁니까?"

"극약도 여태까지 효과가 없었기 때문에…."

아셔는 화내는 헤지아나를 보고 머뭇대며 손가락을 매만졌다. 부모님에게 혼나는 어린 소년 같은 모습이었다. 너무 유약한 모습이어서 헤지아나는 그만 화를 내는 게 어리석게 느껴졌다. 정말이지, 뭐라고 할 수도 없고.

헤지아나가 조금 화를 누그러뜨린 순간이었다. 갑자기 아셔가 작게 소리를 내며 웃었다.

"…아셔? 웃었나요?"

"아…. 죄송합니다. 성하. 조금, 기분이 좋아서요."

"네?"

혼나는 게 기분이 좋다니. 설마 그런 취향이 되었나? 곤란한데.

헤지아나가 조금 경계하자, 아셔는 엷으면서도 맑게—그 기운 없는 표정으로도, 정말 너무나 밝게 웃었다.

"성하께서는 지금 저를 걱정해 주시는 것이죠?"

"아…. 예. 당연하죠. 당연히 걱정하죠."

"처음입니다. 성하께서 저를 그렇게 걱정해 주시는 것이."

"네? 전 아셔를 언제나 걱정하고 신경 쓰고…."

"그건 두려움에 가까웠죠."

아셔가 고개를 저으며 말했다. 순간 헤지아나는 말문이 막혀 더 말하지 못했다. 두려움. 그 말이 정확하다. 동시에 과거에 그에게 했던 행동들이 한 번 더 부끄러워졌다.

"저, 그건… 지난…"

"불경한 말이겠지만…"

헤지아나가 변명하려고 할 때였다. 아셔는 자신의 손을 매만지더니, 그래도 숨길 수 없다는 듯이 웃었다. 활짝.

"기쁩니다."

이 감정을 뭐라고 말해야 하는 걸까.

만감이 교차했다. 아셔가 이렇게 웃는 걸 본 적이나 있었던가. 너무나 행복하다는 듯이, 너무나 즐겁다는 듯이. 드디어 자기가 행복해도 되는 존재라고 선언하듯이 맑게, 행복에 대한 어떤 두려움도, 어떤 죄책감도 없이 드디어 그가 웃었다.

맞아. 지금 아셔는 '교황'이 화내는데도 두려워하지도, 자신의 잘못을 빌며 징벌을 요구하지도 않았다. 변했다. 정말 확실하게 모든 것이 변했다. 그리고 이제 이 지점은 후퇴하지 않는다. 그런 확신이 들었다.

헤지아나는 잠시 아셔를 쳐다보았다. 천천히 그를 향해 손을 뻗었다. 교차한 손가락 사이로 아셔의 몸이 가득 찼다. 끌어안자, 아셔가 눈을 휘둥그렇게 뜨고 쳐다보았다.

"성하?"

"저도 기쁘네요."

만감이 섞인 한숨이 입에서 새어 나왔다.

다시 한번 위안이 되었다. 아무것도 변하지 않는 것 같아 초조한 가운데 이렇게 한 사람의 변한 모습을 보는 것이 위안이 되었고, 사랑스러웠다.

사실 초조해하고 있지만 모든 것이 잘 되어 가고 있지 않나?

가일란의 계략은 알아차렸고, 리암이라는 신뢰할 만한 우군을 얻어 하늘의 뜻을 땅에 펼치기 위한 노력을 하고 있으며, 루시올이라는 깨질 듯이 조심스러워 반드시 품에서 보호받아야 할 이에게 안전한 둥지를 마련하지 않았나. 카람찬트는…. 음, 글쎄.

하여간 대부분 자신을 믿고 아끼며 따름을 이렇게 보여 주지 않나. 그것을 제일 잘 드러내어 보여 주는 것이 아셔 같았다. 관계란, 사람이란 사람을 이토록 평화롭고 행복하게 하는 것인가.

그리고 나 역시 그런 모습을 보고 얼마나 행복해하는지. 서로 감정을 주고받는 이 행복감에 자연스럽게 빠져들어도 되는 것인지, 아직은 잘 모르겠지만.

"행복해요."

헤지아나가 깊게 들이쉰 숨을 내뱉으며 말하자 아셔의 몸이 가볍게 떨렸다. 그는 당황한 듯 어색한 웃음을 작게 흘리더니 헤지아나를 향해 고개 숙였다. 정수리에 입술이 닿았다.

"제가 행복한 것이 행복하십니까?"

"그런 것 같아요."

"이미 행복하다고 말씀드렸으나, 그렇게 말씀하시니 조금 더 욕심이 생깁니다. 조금 더 행복해도 될까요?"

"그럼요. 당연히 그래도 되죠. 당연히 그래야 해요. 그걸 바랍니다."

아셔의 가슴이 크게 부풀었다. 깊게 숨을 들이쉰 그가, 조용히 내려앉듯 숨을 내쉬며 헤지아나를 힘주어 끌어안았다.

"네."

귓가에 속삭이는 아셔에게, 허락하듯이 헤지아나가 등을 두들겼다.

◈◈◈◈◈

교황청은 바빴고, 다들 지쳐 있었다.

수많은 말들이 오갔다. 7월성의 등장. 그의 세례식. 교황청의 완고한 입장. 복수를 원하는, 청산되지 못한 시대의 대가를 원하는, 불안해진 시국의 불안을 염려하는, 그것이 가져올 분열을 걱정하는, 분노하는, 그리고 불신하는 이들.

그들은 교황이 육친의 정에 이성을 잃었다고 말하기 시작했다.

"정확하게 말하자면 육친도 아니잖아."

헤지아나는 그런 말에 신경 쓰지 않았다.

"하지만 육친이 아니더라도, 나와 연 있는 상대로서 감정을 갖고 있는 것은 맞으니까."

동시에 그걸 부정하진 않았다. 예상했던 일이기도 했다. 지금, 이 시간에도 성성외교부는 그런 메시지를 받고 있겠지.

짜증스러워하는 헤지아나를 향해 고운 오렌지 빛깔 음료가 담긴 잔이 다가왔고, 헤지아나는 그 잔을 받았다.

"아, 고마워."

"술이 조금 들어가 있어."

카람찬트가 말했다. 그의 말대로 술맛이 조금 났지만, 맛을 낼 만큼만 섞여 도수는 높지 않았다. 시원하고 새콤하고 단맛. 스트레스에 절고 지친 몸에 딱 필요한 것들밖에 없어서, 헤지아나는 반 잔을 순식간에 들이키고 평화를 찾았다.

"더 마셔. 넉넉하니까."

카람찬트가 테이블 위의 얼음 통에 음료병을 놓으며 말했다.

원래 헤지아나가 카람찬트의 방에 찾아가기로 했지만, 카람찬트 가 헤지아나가 지친 걸 알고 먼저 찾아온 것이다. 그냥 오는 게 아니라, 지쳐 있을 상대를 위한 선물까지 가지고 오다니.

'아마 과거의 편력이라는 거 신분이나 외모만으로 얻은 게 아닐 거야.'

헤지아나는 깊이 한숨을 내쉬며 잔을 쥔 손에서 힘을 뺐다.

아, 참. 기병에 대해 따져야 하는데. 일단 타이밍을 봐서 이야기 해야겠다.

"예상은 했지만, 그래도 월성인 나도 교황이 되었고…. 그리고 루 시올은 전대 7월성과 전혀 다른 사람이잖아? 접점도 없었던 부자 관계라고. 그런데 왜 이렇게까지…"

"네가 그렇게 말하면 안 되지."

카람찬트가 헤지아나의 옆으로 다가왔다. 그는 팔걸이 위에 쿠 션을 대고, 헤지아나를 옆으로 기대 눕게 한 다음 그녀의 시선이 닿 는 발치 바닥에 앉았다.

정말 너무 능숙하다니까, 이 인간.

"다른 사람들은 몰라도 적어도 너와 나 같은 사람들은 알잖아. 이 세상은 상징으로 움직인다는 것."

물려받은 상징을 업고 권력을 행사하는 계승자들.

그런 의미에서 7월성은 이미 부정적으로 상징 지어졌고 그 부정적 상징을 누군가는 개인적인 이유 때문에, 문화적 이유 때문에, 불안 때문에, 정의 때문에 부숴야 하는 상황이다. 몰랐던 건 아니다.

그걸 부숴야 하는데, 이 땅에서 손에 꼽는 강력한 상징과 힘을 가진 교황, 바로 자신이 가로막고 있지 않은가? 때문에 그들은 자신을 공격하는 것이다. 모르지 않았다. 그 말을 전달해 준 상대가 가져온 달콤한 주스를 마시며 헤지아나는 낮게 한숨지었다.

"그런데, 헤지아나. 그 꼬마는 바로 옆방에 있는 거야?"

"아무래도 상황이 상황이니까, 제일 안전한 데에 두는 게 좋잖아."

"신경 쓰이는데."

"왜?"

혹시 카람찬트도 7월성을 처리해야 한다고 생각하는 파인가. 헤지아나가 눈살을 찌푸리자, 그는 헤지아나의 발목을 붙잡더니 고개를 숙였다. 종아리뼈에 입술이 닿았다.

"벽이 얇진 않겠지?"

"—자신은 있고?"

헤지아나가 주스 잔을 놓고 바로 앉았다. 그녀가 아래 앉은 카람찬트를 향해 손을 뻗자, 카람찬트는 다가온 손을 붙잡더니 일어나 자연스럽게 소파에 앉았다. 헤지아나의 얼굴과 가까운 자리였다.

"왜 그래. 저번에 충분히 즐겁지 않았어?"

"뭐, 그건 그렇지만."

갑자기 혀끝에 단맛이 느껴졌다. 음료의 단맛은 아니었다. 그때 느꼈던 감각이 이랬다.

몸으로 느꼈던 단맛을 기대하고 몸이 조금 반응했다. 미약한 술기운을 타고 몸이 간질거리며 달아올랐다. 뭘까, 이 쌓인 것을 뚫어 버리는 듯한 기분은.

그 충동을 깨달은 순간 뭔가 부숴내듯이 빠르게 몸이 달아올랐고, 그 열감이 배 속을 깊고 느리게 찔렀다. 그 충동은 억제할 필요도 없었다. 눈앞에는 괜찮은 남자가 있었고, 그도 그걸 원했으니까. 헤지아나는 천천히 다가오는 얼굴과 간격을 좁혔다.

입술의 맛은 오렌지 껍질처럼 쌉싸름했다. 입안에서 가볍게 묻어나는 리큐르의 맛을 음미하고 있자 혀는 느리고 세심하게 서로를 향해 엉켜들었다.

"아…. 그런데, 벽은 당연히 두껍지만."

"응?"

카람찬트의 손이 머리를 더듬다가 잠시 멈칫거렸다. 그는 잠깐 헤지아나의 머리에 꽂힌 스틱을 매만지다가, 자신에게 가볍게 입 맞추는 헤지아나에게 호응해 입술을 핥았다. 헤지아나가 내쉰 한숨에 속눈썹 끝이 흔들렸다.

"아셔가 옆옆방에 있는 게 신경 쓰이네."

"…든나?"

"잘 모르겠지만, 워낙 능력이 출중해서…. 음."

카람찬트가 헤지아나의 허리를 끌어안고 깊게 입 맞췄다. 혀가 뱀처럼 움직이며 입천장을 훑고 혀 밑을 샅샅이 뒤졌다. 오싹한 쾌감에 헤지아나의 손끝에 힘이 들어갔다. 헤지아나가 천천히 카람찬트의 등을 쓸어내렸다.

집요하게 파고들던 카람찬트가 천천히 헤지아나를 놓아주었다.

입술이 떨어지자, 참고 있던 숨이 터지며 서로 뜨겁게 섞여들었다. 카람찬트가 이마를 맞대며 말했다.

"그런데 말이야, 그 녀석은 신경 쓰네."

"아…?"

아직 작게 남은 쾌감을 즐기던 헤지아나가 가늘게 눈을 떴다. 눈앞의 호박색 눈동자가 가늘게 물었다.

"그 녀석하고 무슨 사이야?"

장난기 있는 웃음 띤 표정. 하지만, 눈동자는 흔들림이 없었다. 불빛을 비춘 호박 같은 눈동자에는 약간의 경계마저 느껴졌다. 헤지아나는 그것을 느끼고 그만 씩 웃어 버렸다. 질투하는 거야, 지금?

"무슨 사이면 어쩔 건데?"

"흠."

카람찬트가 헤지아나의 볼에 키스했다. 그러며 고정시킨 머리를 풀고, 리암이 땋아 주었던 머리를 손가락으로 빗어 흩었다.

"중요한 건 아니지."

"내 주변에 몇 명이 있든?"

"참가자가 몇 명이든 승자가 바뀌는 건 아니지."

자신만만하게 말하며 카람찬트가 헤지아나의 옷 등 뒤에 달린 단추를 풀었다. 그 자신감이 웃겨서 헤지아나는 그만 소리 내어 웃었고, 카람찬트는 목을 가볍게 깨무는 것으로 그 웃음을 끊었다. 터져 나온 탄성에 웃음이 끊어졌다.

"아, 그런데 가일란 대표 이야기는 해 줘야 할 거 같은데, 앗…."

흘러내린 웃옷 위로 카람찬트가 입술을 얹었다. 쇄골 아래로 쭉 입 맞추는 것이 이렇게 기분을 달굴 줄이야. 헤지아나는 카람찬트의 흐트러진 머리카락을 손끝으로 매만졌다.

"―그거, 아무리 봐도 전염성 물질… 으응."

"그럴 거라고는 생각했어."

쇄골 사이에 입 맞춘 카람찬트가 헤지아나를 눕히고 등을 손바닥으로 쓸어내렸다. 커다란 손이 등을 훑자 그 부분만 마치 부끄러워지듯이 간지러워졌다. 부드러운 모피에 닿는 것 같은 간지러움이었다. 가슴 위쪽을 입술로 애무하며, 등을 누구보다 다정하게 쓸어내리며 카람찬트가 말했다.

"쉽게 세상을 분열시킬 물건이야."

잠시 헤지아나는 움직임을 멈췄다.

그야, 자신이 통치하는 땅이 분열되거나 상하는 것, 자신의 것이 될 것이 상하는 것은 누구나 원하지 않는다. 그렇지만 세상을 갖고 싶어 하는 자라면 세상이 분열되기를 원한다. 그래야 침략하기 쉬우니까. 지배하기 쉬우니까.

헤지아나는 카람찬트의 가슴을 짚으며 몸을 일으켰다. 뺨에 키스하고, 귀와 목을 애무하며 상의 속에 손을 넣었다. 탄탄하면서도 부드러운 몸이 만져졌다. 피부는 매끄러워서 만지는 것만으로도 기분이 좋았다. 그 몸을 천천히 만끽하며 헤지아나가 말했다.

"세상이 분열되는 게 너에게 좋은 거 아냐?"

"아니거든."

카람찬트가 낮게 신음하며 자신의 입술을 깨무는 헤지아나에게 키스했다.

"난 깨지지 않는 세상을 원해."

세상은 깨지기 쉬운 유리구슬이다. 그는 그렇게 말했었다. 그는 유리구슬이 깨지지 않는 세상을 원한다.

"그렇다면…."

그렇다면 그에게 세상의 무게를 잴 저울을 보여주어도 될 것인가? 헤지아나는 카람찬트의 겉옷을 벗기며 작게 신음을 흘렸다.

"너랑 하고 싶은 이야기가 있는데."

"어떤?"

"아…. 일단 지금 할 이야기는 아니야. 지금은 집중해야 할 게 따로 있잖아?"

헤지아나가 둘의 간격을 줄였다. 카람찬트의 붉은 입술이 더없이 유혹적으로 보였다. 그 유혹을 견디느라 내쉰 한숨이 뜨거웠다.

"나 지금 좀 쌓인 것 같거든."

스트레스가 말이지.

이러려고 부른 것은 아니었다. 자신과 남자의 몸을 탐구하고, 배우며, 실습도 하려고 했었다. 하지만 이성의 끈이 느슨했다. 몸이 예민하게 간질거렸고 간질거림이 충동을 자극했다. 약간의 술은 좋은 흥분제였을 것이다.

헤지아나가 공격적으로 키스하며 카람찬트의 몸을 쓰다듬었다. 분명히 근육질이지만, 마냥 단단하지만은 않고 부드럽고 감촉 좋은 몸이 손길에 따라 떨리고 신음했다. 탐욕스럽게 남자의 몸을 손끝으로 훑은 헤지아나가 이제는 입으로 그 몸을 훑었다.

"헤지아나. 아…."

욕구를 무작정 쏟아내는 손길에 카람찬트가 길게 신음했다. 그는 능숙하게, 그 무작정 쏟아 내는 욕구의 방향을 바꾸어 자신의 입술로 향하게 했다. 헤지아나가 정신없이 입술로 욕망을 쏟아 내는 사이, 옷은 녹는 것처럼 천천히 흘러내려 바닥으로 떨어졌고 손은 맨살을 더듬으며 아래로 내려갔다. 허벅지의 단단한 근육이 만들어 낸 틈 사이로 손가락이 떨어졌다가 다시 더 깊은 틈으로 파고들었다. 혀가 깊게 이어졌다.

"아."

입술이 떨어지고, 잠깐 신음이 흘렀다. 카람찬트가 눈을 감고 헤지아나 쪽으로 고개를 숙였다.

"아, 잠깐, 그렇게 더듬으면."

"혹시 약해?"

헤지아나가 고개 숙인 카람찬트를 따라 고개를 숙이며 말했다. 따라오는 입술이, 재미있다는 듯이 조금 휘어져 있었다. 헤지아나는 그 웃음을 보며 일부러, 등 사이로 갈라지는 근육의 결 사이로 손가락을 넣었다.

"여기가."

"으음…."

참으려는 듯이 카람찬트가 길게 신음했지만, 헤지아나는 부드러운 손끝으로 카람찬트의 등을 긁어내렸다. 그 손이 허리까지 내려와 옆을 매만진 순간, 결국 그가 참지 못하고 눈을 질끈 감았다. 잇새로 억눌린 신음이 흘러나왔다.

그 신음에 약간의 희열이 불붙었다. 동시에 장난기가 고개를 치들었다. 헤지아나는 손이 닿아 있는 허리부터 천천히 애무하며 그의 어디가 반응하는지를 체크했다. 손끝은 그가 짧게 몸을 흔든 부분부분을 다시 천천히 되짚었고, 헤지아나는 그의 턱 밑에 키스했다.

"아, 흐윽…."

카람찬트의 입이 벌어지고 짧게 뜨거운 숨이 쏟아졌다. 헤지아나의 손이 골반 옆, 그 사이, 등의 틈새를 따라 올라갔다가 다시 옆으로 헤집는 사이 헤지아나의 입술은 탄탄하게 솟아오른 가슴, 긴장한 젖꼭지나 힘이 들어간 복근 위에 점점 내려앉았다. 손은 올라갔고, 입술은 천천히 아래로 향했다.

배꼽까지 입술이 내려갔을 때, 이미 열기를 내뿜고 있는 것이 더 아래로 내려올 것을 기대하는 게 느껴졌다. 좀 더 아래로 고개를 숙이자 '으음' 하는, 작은 신음도 들려왔다. 쾌감과 기대가 섞인 신음이었다.

그 소리에, 헤지아나는 고개를 들었다.

"기대했어?"

"아—."

헤지아나가 작게 웃으며 카람찬트의 몸을 끌어안았다. 약간 실망한 듯한 카람찬트가 뭐라고 말하려고 했지만, 헤지아나가 그 입술을 덮고 아래로 손을 뻗었다. 기세 좋게 일어서긴 했지만 아직 성나지는 않은, 부드러운 것이 만져졌다.

"원래 도발적이긴 했지만…. 아."

그것을 위아래로 쓰다듬자, 입술을 뗀 카람찬트가 겨우 말을 꺼내다가 길게 신음했다. 깨물어 하얗게 변했다가 붉게 물드는 입술, 미간 사이에 가만히 잡히는 주름 하나하나가 전부 두근거렸다. 감겨진 눈두덩 위에 키스하자 낮은 한숨소리가 들려왔다.

"—오늘따라 더 그런데."

"싫어?"

"아니."

카람찬트가 헤지아나에게 다가가며 신음했다. 그 어투가 좋았다. 싫으냐고 묻지만, 싫든 말든 별로 신경 쓰이지 않는다는 듯한 말투.

카람찬트가 헤지아나의 목에 키스하고, 손으로 가슴을 애무하며 신음했다. 부드러운 손이 절묘하게 그의 중심을 쥐었다가 놓으면서 움직였다. 좀 더, 세게 해 줬으면. 그렇지만 오늘은 그런 건 말하지 않는 게 좋을 것 같았다.

그사이 카람찬트의 손이 아래로 내려갔다.

"아."

카람찬트의 손끝이 다리 사이에 닿자 헤지아나가 가볍게 몸을 튕겼다. 마른 손가락 끝이 젖은 틈새에 닿더니 흠뻑 젖어들었다. 젖은 손가락의 마디는 입구 근처를 문지르다가 위로 올라왔고, 올라오며 붙어 있던 음순을 갈랐다. 그리고 더 위로 올라와 붉게 달아오른 클리토리스를 건드렸다.

"음—앗."

바로 헤지아나의 입술이 벌어졌다. 헤지아나가 혀를 떼려고 했지만 카람찬트는 떨어지지 말라는 듯이 달라붙었고, 가늘게 눈을 뜬 채 입을 벌리고 다가오는 그의 모습은 아래쪽이 반응할 정도로 자극적이었다. 클리토리스가 저릿거렸다. 그리고 그가, 손끝으로 달아오른 그것을 굴렸다. 둔한 짜릿함이 약하게 몸 안으로 흩어졌다. 뜨겁고 열기에 데어 버릴 것 같은 쾌감이 무겁고 진하게 퍼졌다.

열정적으로 키스했다. 입 맞추고, 손으로 서로를 희롱하고, 사이에 신음하며, 떨어진 것에 달라붙으며 혀끝만이 아니라 손끝에도 끈적한 점액이 묻는 걸 느꼈다. 먼저 헤지아나가 가쁜 소리를 내며

카람찬트의 무릎 위에 앉았다.

"잠깐. 천천히 하지 그래. 너무…"

"충분하지 않아?"

헤지아나가 자신의 비부에 닿아 있는 카람찬트의 손을 잡더니 그것으로 자신의 클리토리스를 문질렀다. 흠뻑 젖은 손길이 부드럽게 성감대를 문지르자, 작은 신음과 함께 헤지아나의 얼굴이 일그러졌다. 카람찬트의 얼굴 바로 앞이었다.

"아니면 아직 자신이 없어?"

"아니거든?"

"자신 없어 보이는데."

"너 말이야."

누가 위에 올라탈지 경쟁하듯이, 둘의 몸이 조금 앞뒤로 흔들렸다. 하지만 올라탄 것은 헤지아나였다. 그녀가 먼저 무릎 위에 앉아 그의 단단하게 선 물건을 쥐었다. 금색 머리카락이 그의 어깨 위에 앉았고, 바짝 선 물건이 입구 끝에 닿았다. 그녀가 그것을 조심스럽게 문질렀다.

"아…. 일부러 이러는 거야?"

견딜 수 없다는 듯이 깊은 한숨을 내쉬며 카람찬트가 말했다. 숨은 뜨거웠고 눈은, 그 빛이 조금 흐려져 있었다. 헤지아나는 천천히 내려앉았다.

"아."

끝을 조금 머금자 눈이 감겼다.

"앗."

반쯤 들어왔을 때, 입술을 깨물었다.

"하ㅡ."

완전히 내려앉자, 다물었던 입술이 벌어지고 손끝에 힘이 들어갔다. 헤지아나가 자신을 움켜쥔 카람찬트의 손을 붙잡으며 만족스럽게 신음했다. 꽉 찬 느낌이었다. 그걸 확인해 보듯 허리를 조심스럽게 들자 등줄기를 긁어내리는 듯한 아찔한 쾌감이 퍼졌다. 그리고 몸에 꽉 차 있던 무언가가 부서지기 시작했다.

"급하게 안 해도, 아."

헤지아나의 머리칼을 쓸어내리던 카람찬트가 신음하며 입술을 깨물었다. 헤지아나가 그 입술 위에 키스를 퍼부으며 허리를 움직였다. 젖은 입구가 그의 단단하게 선 남근을 몸 안 가득히 머금었다가 마음껏 핥아대며 뱉어 내고, 다시 삼켰다. 삼키면 제일 깊은 끝까지 닿는다. 그 압박감 속에서 무언가 쌓이고 묵어 버린 것들이 소리 없이 깨졌다.

해방감. 아니면 무언가 벗어 낸 것 같은 기분이었다. 숨을 들이쉬자 그 짜릿한 감각이 온몸으로 퍼졌다. 어두운 짠맛 같은 무언가가 녹아내리고, 마치 새로 기운을 얻은 것처럼 헤지아나가 활기차게 움직였다.

"아, 앗, 카람찬트, 좋아, 앗, 아…."

금색 머리카락이 흔들거렸다. 허리가 위아래로 움직일 때마다 내벽을 문지르는 감각에 온몸이 움츠러들었다가 터져 나갔다. 서로 가쁜 숨을 주고받으며 혀끝을 이었다. 숨소리보다는 그 아래, 연결 부위에서 나는 지꺽거리는 소리가 더 컸다.

"헤지아나, 성급하게, 안, 해도…."

"아, 하아, 앗."

카람찬트의 허벅지 위에서 춤추듯이 허리를 놀리던 헤지아나가 신음하며 그와 입술을 겹쳤다. 둘 다 입술의 열기가 충만했고, 비부가 섞어드는 것만큼 격렬하게 혀도 움직이고 있었다.

   주도권 없이 정신없이 몰아붙여지던 카람찬트가 혀를 섞으며 깊은 한숨을 내쉬었다. 열기를 한 번 빼낸 듯한 한숨을 내쉰 그가 헤지아나의 움직임에 맞추어 허리를 움직였고, 정신없이 문질러대던 것이 빠져나가던 순간 다시 한번 깊은 안쪽으로 파고들어 오는 느낌에 헤지아나가 허리를 젖히고 신음했다.

   "아, 잠깐, 앗!"

   "으음. 알겠네. 오늘 물이 오른 거."

   "아——!!"

   헤지아나가 길게 신음했다. 카람찬트가 몸을 일으키려던 헤지아나를 붙잡아 아래로 눌러 붙이며, 반대로 자신의 몸은 위로 밀어 올렸다. 더 이상 결합할 수 없을 정도로 깊게 합일된 느낌에 몸 안쪽이 시큰거렸다. 그 상태에서 카람찬트가 허리를 굴리듯이 움직였다. 배 안쪽을 젓는 듯한 자극과 함께, 헤지아나의 몸이 카람찬트 쪽으로 기울어졌다. 그가 그렇게 이끌었다. 그리고 기울어진 젖가슴이 그의 입술 사이에서 짓눌렸다.

   "알아? 지금 너 덕분에 내 몸이 흠뻑 젖은 거."

   "으응, 핫, 어떻게, 지, 앗!"

   안을 휘젓더니, 위아래로 한 번 움직이고 꽉 눌러 채운다. 그러자 갈 곳 없는 끈적한 액체들이 밖으로 흘러나와 서로의 몸을 적셨다. 흥분으로 꿈틀거리는 안을 남근이 자극하고 물을 길어 오른다. 몸을 쓰다듬는 손길과 입술에 헤지아나가 신음하며 허리를 들썩거렸다.

하지만 카람찬트가 그 들썩이는 허리를 붙잡았다.

"밤은 기니까 급하게 할 필요 없잖아."

"카람찬트…."

"천천히…."

느긋하게 몸을 섞으며 카람찬트가 헤지아나의 입술에 키스했다. 짧게 혀를 섞으며 애타는 눈빛으로 카람찬트를 쳐다보던 헤지아나가 말했다.

"너…."

"왜?"

"오래 못 갈 것 같아서 이러는 거지."

찰싹. 자신의 허리를 붙잡고 있는 카람찬트의 손등을 때리며 헤지아나가 말했다. 앗 하고 신음하면서도 카람찬트는 그 손을 놓지 않았다.

"잠깐. 아니거든? 너 지금 사람을 뭘로 보는 거야? 좀 느긋하게 오래…."

"너 저번에도 그렇게 오래는 못 했잖아."

헤지아나는 카람찬트의 손등 거죽만 집어 당겼다. 결국 카람찬트가 헤지아나의 허리에서 손을 뗐고, 연결된 채로 헤지아나가 가만히 허리를 움직여 보았다.

"앗…. 하아, 이 정도면 좀 거칠게 해도 상관없잖아?"

"아…. 묘미는 느긋함에서 오는 거라고 옛 현인들이 말이야…."

"응, 네가 말이지."

헤지아나가 카람찬트의 어깨에 손을 얹고 이마에 키스했다. 감싸

안은 목 뒤로 닿는 머리카락의 느낌이 달콤했다. 부드러운 달빛이 몸에 녹아드는 기분. 달콤함이 온몸에 퍼져 있다. 애쓰려고 하는 것까지 포함해서, 전부 사랑스럽게 이마와 콧등에 키스하고 헤지아나가 붉은 입술로 먹어 치웠다. 그의 달콤함과, 부드러움과, 강한 것까지 전부.

◈━◈━◈

　어쨌든, 아직도 그는 그녀의 앞에서 슬프게도 작고 귀여운 한 마리의 토끼 같았다.

　하지만 토끼라고 해도 짐승이고, 그는 숙달된 짐승이었다. 카람찬트는 다양하게 상대를 만족시키는 법을 알았고, 그 다양한 방법과 건강한 덕분에 회복이 빠른 몸을 더하니 결과는 충분히 만족스러웠다.

　만족에 젖은 헤지아나가 소파 위에 나른하게 기대며 신음했다. 그녀의 위로 카람찬트도 나른하게 신음하며 몸을 겹쳐 왔다. 칭찬하듯이 끌어안으며, 헤지아나는 그의 흐트러진 하얀 머리카락을 쓰다듬었다.

　"결국 오늘도 오래는 못 했네."

　"야!"

　"그렇잖아. 시간은 못 쟀지만, 내가 만족하기도 전에…."

　"잠깐. 지금 시계를 봐. 내가 들어온 게 몇 시야?"

　"그게 아니라 지속시간."

"그래서 만족 못 했어? 좀 더 할까?"

도전정신을 가득 채우고 카람찬트가 헤지아나의 몸 위에서 고개를 들었다. 그가 내려다보자 머리카락이 헤지아나의 몸 위로 쏟아졌고 그 부드러움에 닿은 팔과 가슴이 달콤하게 간지러워졌다. 달빛이 몸에 스며드는 기분이었다.

낮은 한숨을 내쉬고, 헤지아나는 손을 뻗어 카람찬트의 머리를 끌어안았다. 그가 자세를 낮췄고, 헤지아나는 내려온 그의 입술을 자신의 입술과 겹쳤다.

입술과 혀끝을 교환하는 것으로 한참 시간이 흘렀다. 후희로는 충분했다.

"어쩔까? 같이 있다가 새벽에 돌아갈까?"

"아…. 그게 더 번거롭지 않겠어?"

"안 아쉽고?"

"자신만만하네. 정말."

카람찬트가 몸을 일으키며 입술을 뗐다. 그는 벗어 둔 옷에서 손수건 같아 보이는 것을 꺼내더니 한 번 더 서로의 몸을 정리하고 헤지아나의 옷을 입혀 주었다. 그 와중에도 중간중간 몸과 입술에 입맞춤이 끊이지 않았다.

정말 이런 남자에게 반하지 않는 게 무리겠지. 이렇게 녹아내릴 듯이 다정하고 섬세한 연인이라니. 계속 사랑받고 있고, 소중하게 다뤄진다는 느낌을 주는 데에 능숙한 상대에게 반하지 않기란 어려울 것이다.

"그런데 말이야."

헤지아나는 카람찬트의 구겨진 옷깃을 펴 주며 물었다.

"내가 지금 너 말고 다른 사람이랑 관계가 있어도 별로 신경 쓰지 않는 거 같다?"

아셔를 신경 쓰는 것엔 반응했지만, 그걸 캐묻지는 않았다. 리암에 대해서도 묻기는 했지만 그걸 따지고 싶다기보다는 궁금한 것 같았고. 헤지아나의 질문에 카람찬트는 딱 잘라 말했다.

"상관없잖아. 너 지금 나랑 결혼한 것도 아니고."

"앞으로도 안 할 텐데."

"그건 모르는 거지."

카람찬트가 웃으며 긴 겉옷을 걸쳤다. 펄럭 소리와 함께 옷깃이 휘날렸고, 카람찬트는 옷 사이에 낀 머리카락을 걷어 내며 고개를 흔들었다. 저 장면, 어떻게 그림으로 그려서 보존할 수는 없는 걸까.

"남자에 익숙하지 않고 맺고 끊을 줄 모르는 여자들이 이 남자 저 남자와 연 맺는 거 한두 번 본 거 아니라서 말이야."

"아, 그래?"

아니, 왜 나를 우유부단한 여자인 양 말하는 거지? 헤지아나가 기분 상한 듯이 말했지만 카람찬트는 신경 쓰지 않았다.

"상관없어. 인생 짧은데, 나에게 정착하기 전에 이것저것 즐겨 보는 것쯤이야."

헤지아나의 표정에서 어이가 사라졌다. 몸을 일으키며 헤지아나는 카람찬트에게 말했다.

"대체 왜 내가 너에게 정착할 거라고 생각하는데?"

"그건 네가 잘 알 거야. 하여간 나에게 올 때에 정리하기만 하면 돼."

이쯤 되면 뭐라고 반박해야 할지 감이 오지 않았다. 헤지아나는 손끝으로 가볍게 관자놀이를 문질렀다.

"파헨타움이 연애에 자유롭다고는 들었지만 이 정도인 줄은 몰랐는데."

"그렇긴 하지만, 내가 좀 더 그런 사람인 거지. 결국 경쟁자라는 건 내 승리를 돋보이게 만들어 줄 것들이니까."

"하."

대체 이 근거 없는 자신감은 어디서 오는 걸까요. 어떻게 나고 자라면 이런 생각을 할 수 있는 거죠. 지속시간도 짧으면서.

하지만 헤지아나는 자신의 코끝에 키스하는 카람찬트를 보고 이해했다는 표정으로 한숨을 내쉬었다. 방금 이런 남자에게 반하지 않는 거 무리라고 한 사람 누구였죠.

"내 꿈 꿔."

"으응, 귀엽고 보들보들하겠네."

"야."

❖

들어왔을 때만큼 깔끔한 모습으로, 저녁 아주 늦게 카람찬트는 헤지아나의 방에서 나왔다. 신경 써서 준비해 온 음료수는 방 안에 두었다. 빈 병은 내일 알아서 시단이 받아올 것이다.

방 밖으로 나온 카람찬트는 복도에 서 있던 사람을 발견했다. 그는 의외의 인물은 아니었다. 오히려 이 근처에 있고, 이 시간에 있는 게 당연한 인물이었다. 카람찬트는 웃음 지었다.

"주무시지 않는다 듣기는 하였습니다만 그 말이 사실인가 보군요. 아셔 경."

"아, 아…. 네. 폐하."

어쩐지 당황한 기색이 역력한 모습으로 아셔가 카람찬트에게 인사했다.

거기서 카람찬트는 생각했다. 이자는 자신의 방이 있을 텐데 왜 여기서 서성대는가. 그리고 왜 당황하는가. 카람찬트가 떠올린 것은 아셔의 신체 능력이었다. 헤지아나도 신경을 쓰지 않았는가. 만약 이자의 신체 능력이 자신과 비슷하다면 그는 '들었을 수도' 있다. 거기까지 생각하자 아셔의 반응이 설명되었다.

'잠깐, 그럼 이 자식 언제부터 여기서 듣고 있었던 거지?'

관음증이라도 있나? 갑자기 의심이 확 치솟아 아셔를 보는 카람찬트의 눈빛이 날카로워졌다. 그 시선에 아셔가 반걸음 정도 뒤로 물러서더니 방어적인 자세를 취했다. 본능적으로 전투에 대비하는 자세였다. 이렇게 반사적으로 반응하는 자는 좀 위험한데.

여하간 싸우려는 것은 아니었으므로 카람찬트는 몸에서 힘을 뺐고, 아셔에게서도 투기가 사라졌다. 물론, 아직 경계는 하는 것 같았다. 갑자기 적의를 드러냈는데 경계도 하지 않는 게 이상할 것이다.

경계하는 자세로 아셔가 물었다. 억지로 편안한 척하려는 모습이 영 어색했다.

"그런데 폐하께선 이 늦은 저녁, 성하의 침실에는 무슨 일로 방문하셨던 것인지…."

머뭇대며 묻는 자세가 영 어색했다. 말끝도 흐릿했고 말이다.

거기서 카람찬트는 또 생각했다.

'아무래도 이 녀석도 헤지아나 주위의 무언가 중 하나인 것 같은데.'

헤지아나가 신경 썼던 게 다시 한번 신경 쓰였다. 사실 오랜 심복이었으니 아무런 관계가 없다고 생각하는 게 더 이상하다. 카람찬트는 흘끔 아셔를 쳐다보며 말했다.

"아. 예. 별 건 아니고 재미있는 걸 좀 했습니다."

"예, 에?"

아셔가 뭔지 모르겠다는 표정을 짓자 카람찬트는 씩 웃었다. 네 포지션이 본처일지 오래된 짝사랑일지는 모르겠으나 그것은 오래 가지 못할 것이다. 성인 둘이 밤중에 하는 재미있는 것의 종류가 그렇게 다양하지 않다는 건, 뭐 아무리 네가 순결한 사제라도 알겠지. 지금 내가 내민 것은 도전장이란다. 대충 이런 의도로 한 말이었다.

"아. 성하와 친교하시는 거였군요."

그러나 아셔는 웃었다.

카람찬트는 생각했다. 이건 아닌 거 같은데.

"폐하께선 성하와 연배가 비슷하시니 통할 이야기가 많은 모양입니다. 저는 아쉽게도 나누는 이야기가 한정되어, 성하께서 무엇을 좋아하시는지도 잘 모릅니다. 리암 전하께서도 연배가 비슷한 덕분인지 자주 이야기를 나누시는데, 부러운…."

거기서 아셔의 표정이 조금 어두워졌다. 하지만 아셔는 바로 웃음 띤 얼굴로 말을 이었다.

"회의가 끝난 후에도 성하와 계속 친교를 나눠 주시면 감사하겠습니다. 그것이 대륙의 번영에도 도움이 될 것이며, 또한… 성하께서도 기뻐하실 것입니다."

"…아. 그렇게 될 것입니다."

잘못 짚은 건가? 그러고 보니 이자에 대한 다양한 소문을 들었다. 금욕주의학파의 영향을 받은 인물인 것 같다고 하던데, 그럼, 혹시, 이 녀석.

'동정인가?'

헤지아나와 어려서 눈 맞았다가 주변 사람들에게 들켜서 북쪽으로 쫓겨난 거라고 생각했는데… 성급한 추측이었던 걸까? 아니, 뭐 상황이 어떻든 상관없다. 쓸데없는 과거의 추측도 필요 없다. 이자가 어떤 자이건 최후의 승자는 자신일 테니까.

"밤이 늦었는데 경께서도 잠자리에 드셔야겠습니다. 저도 가 봐야겠군요. 제 시종도 걱정하고 있을 테니 서둘러 가 봐야 하겠습니다."

"모셔다 드릴까요?"

"아닙니다. 안전한 곳에서 호위라뇨. 스스로 몸을 지킬 힘이 없는 것도 아닌데."

웃으며 카람찬트는 인사를 받고 등을 돌렸다.

'분명히 서로 신경 쓰는 거 같기는 한데.'

등 뒤로 의미 없이 달라붙는 아셔의 시선을 느끼며 카람찬트가 생각했다.

대체 지금 이곳의 관계도는 어떻게 짜여 있는 걸까. 그건 그렇고 리암은 아셔에게도 뭐라고 한 건가. 리암이 자신에게 와서 사부람

댄 것을 생각하면 그는 이 구도에 적극적으로 개입하고 있는 것 같긴 한데….

"음, 잠깐."

카람찬트는 회랑 한가운데서 멈춰 섰다. 둘을 비교해 보자. 아셔는, 분명 튼튼하긴 하나 척 봐도 병자 같은 인상이고 리암은 건강한 일반인이긴 하나 전체적으로 부드러운 느낌이 있다. 그러니까, 둘 다 어딘가 좀 가늘고 유하며 약한 인상이 있다.

그러나 이 몸은 그냥 봐도 튼튼하고 건강해 보이지 않는가.

'…혹시 내가 취향 외인가?'

갑자기 위기감이 파고들었다. 사람은 취향 아닌 것도 선택하지만, 단 하나를 선택해야 할 때는 익숙함을 거스르는 선택을 하지 않는다. 그리고 아무래도 자신이 취향 외일 가능성을 이 자신만한 파헨타움의 황태자는 드디어 발견해 버렸던 것이다.

쟁탈전의 불리함, 그 가능성을 깨닫고 달빛 아래에서 황태자는 조금, 사실은 아주 많이 긴장했다.

※

역시 자신이 잘못 들은 모양이다. 둘이 즐겁게 웃고 떠드는 소리를 그만 이상한 소리로 착각해 버렸다. 그런 생각을 한 걸 보니 역시 마음이 맑지 못한 게 틀림없었다. 방에 들어가서 읽던 경전을 다시 읽고 묵상해야겠다.

아셔는 해 뜨기 전까지의 일과를 순식간에 결정하고 고개를 돌렸다.

"아셔 경?"

"루시올 님?"

부르는 소리에 옆을 보니, 문을 슬쩍 열고 주변을 두리번거리는 루시올이 보였다. 아셔는 그에게 다가가며 물었다.

"잠에서 깨셨습니까?"

"…어떻게 잠을 자요."

루시올은 문간을 잡은 채 볼멘 목소리로 말했다.

"아…. 네. 아직 불안하시겠군요. 그러면 궁내원을 부를까요? 마음을 편하게 해 주는 약도 있으니까요."

"아뇨, 아…. 그런 게 아니라."

루시올이 귀 끝을 파닥거리더니 길게 신음했다. 귀 끝도, 뺨도 발그스름했다. 아셔는 그게 불안 때문에 잠을 설친 탓이라고 생각했다. 전혀 아니었지만 말이다.

유감스럽게도 루시올은 반이 요정이다. 요정은 청력이 좋은 편이다. 낱낱이 들을 수 있는 것은 아니었지만, 들었다.

젠장.

'이거 만만치 않잖아.'

문을 부서뜨릴 듯이 움켜쥐며 루시올은 이를 악물었다. 뭐야, 대체 이 바닥 어떻게 된 거냐고. 대체 왜 교황과 황태자가 그렇고 그런 관계인 거지? 황태자가 유혹한 건가? 교황이 꼬드긴 건가? 대체 다들 어느 사이에 이런 관계가 된 거지? 인간은 원래 그런가?

의구심과 위기감 속에서 순수한 척하는 요정이 애꿎은 문을 뜯었다.

EIGHT OF PENTACLES
여덟 개의 동전

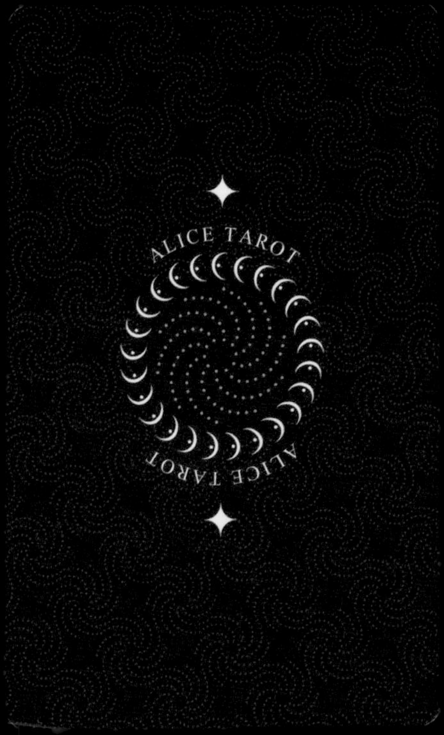
ALICE TAROT
ALICE TAROT

밤은 충분히 깊었다.

카람찬트와 좋은 시간을 보낸 후 짧게 잠들었던 헤지아나는, 자신이 해야 했던 일을 깜빡했음을 깨닫고 가볍게 옷을 차려입었다.

'그건 그렇고 몸이 생각보다 상쾌한데.'

겉옷을 걸치며 헤지아나는 뺨을 만져 보았다. 윤기 있고 매끄러웠다. 창조신의 가호로 체력이 좋아지면서 격무를 버틸 수 있게 되긴 했지만, 이런 빠른 회복은 그것과는 달랐다. 여태껏 솔직히 드러내놓고 표현하지는 못했다만, 만족스러운 관계를 하면 확실히 쌓여있던 피로도 가시고 회복도 빨라지는 것 같은… 게 아니라, 확실한데?

"그렇다면 이것은…."

헤지아나는 순간 스친 생각에 방문 앞에서 멈춰 섰다. 혹시, 이 여섯 명을 따먹, 아니, 하여간 하렘을 차리라는 계획은 분명 세계의 평화를 위해서라는 목적도 있는 것이겠지만, 그 이후에 이 관계가 자연히 소멸할 리가 없다.

설마 이것은 창조신이 자신이 지칠 때마다 회복시키기 위해 만들어둔 어떤 계획 일부가 아닐까? 분명 처음에 그런 이야기가 있었던 거 같은데. 지칠 때마다 스트레스 풀고 회복도 빠르게 해서, 그래서.

"죽을 때까지 열심히 부려먹으려고…."

[아 속고만 살았나, 왜 이렇게 피해의식이 터져?!]

문손잡이가 부러져라 움켜쥐는 헤지아나의 뒤통수로 신의 전언이 청량하고 신성하게 내리꽂혔다. 헤지아나는 놀라지도 않고 말했다.

　"아니, 그럼 저를 그런 상황에 처하게 해 놓고 좋은 말이 나올 거라고 생각하셨어요?"

　그런 상황이라 함은, 가일란의 방을 뒤질 때 창조신이 도움을 주지 않은 것을 말한다. 창조신은 가일란이 방에 늦게 들어오게 할 수도 있었고, 아니면 그가 나가지 않았음을 알려줄 수도 있었다.

　물론 그것은 신의 뜻이 있어 일어난 일일 것이다. 이해한다. 하지만 그 뜻을 알 수 없는 피조물에게 투덜거릴 기회까지 박탈하는 건 잘못된 것 아닌가. 헤지아나는 흥 하고 벌컥 문을 열었다.

　[다 뜻이 있어서 그런 거지. 그래서 결국 걔 백옥장에 짱박아 뒀잖아.]

　"짱박아 둔 게 아니라 사실 감금이고요…. 그래서, 지금 가도 괜찮을까요?"

　[아 충분해. 충분해.]

　"알았어요. 이제 일할 테니까 좀 저리 가세요."

　[아이고….]

　"우는소리 하지 마세요. 안 도와주실 거 알고 있어요. 답변 술술 하도록 도와줄 거 아니잖아요."

　[쳇.]

　하루 이틀 겪는 일이냐. 헤지아나는 손사래 치며 방 밖으로 나섰다.

　헤지아나가 나서자 대기하던 경비병들이 뒤따랐다. 그러나 헤지아나는 손짓으로 그들을 물리고 홀로 대표들이 머무는 남쪽 건물로 향했다. 회담을 위해 모인 손님들에게 제공한 곳이다.

손님들을 위해 준비된 공간이라고 하나 이 교황청에 머무는 이들의 지위는 보통이 아니거니와, 그들을 수발들 시종의 공간도 필요했으며, 더해 보안의 이유로 손님들의 방은 사제들의 방처럼 다닥다닥 붙어 있지 않았다.

물론 일직선인 건물이기 때문에 복도를 오가며 서로 얼굴을 마주 볼 수는 있으나 구조상 사람들이 덜 마주치게 해 두었고, 방 배치도 서로 멀찍이 떨어지도록 해 두었다. 복잡한 국제 관계에서 이 정도의 손님맞이는 상식이다.

그러므로, 가일란 엘리아스의 방문 앞에 갑자기 못 보던 시종이 한 명 경비병처럼 서 있다고 해서 그것을 알아챌 이도 없었을 것이다.

가일란의 방문 앞에 선 시종이 인사했다.

"만물에 임하고 계신 분께 순종하며 그 대리인의 말을 경청하나이다."

"보다 낮은 곳에서 만물에 임하고 계신 분의 축복을."

남부의 옷을 입고 있는 시종, 하지만 본디 교황청 소속인 사제에게 헤지아나가 말했다.

인사 소리가 들리자 시종 뒤의 문이 열리더니 두 명의 시종이 더 나타났다. 그들 역시 사제였고, 헤지아나에게 인사했다. 헤지아나는 먼저 문 안으로 들어갔다.

"가일란에게 심부름을 하는 시종이 있었던 것 같은데, 어찌 되었습니까?"

"지하에 가두어 두었습니다. 물론 일반인인 만큼 얕은 곳에 두었습니다."

"잘하셨습니다. 상태는 어떻습니까?"

"탈진했습니다."

"식사는?"

"조금만 주었습니다. 물은 최소한 주었습니다만, 갈증과 굶주림을 심하게 느끼고 있을 겁니다."

헤지아나는 고개를 끄덕였다. 고개를 들어 앞을 보자 덧문이 보였다. 헤지아나는 사람들을 뒤로 물러나게 하고 문을 열었다.

방 안은 어두웠다. 어슴푸레함 속에서 침대 위는 불룩 솟아 있는 것처럼 보였고, 헤지아나는 아무것도 없는 허공에 손을 뻗어 미닫이문을 열듯이 양옆으로 밀었다.

공간이 쪼개지고 백색의 세계가 열렸다.

아무것도 보이지 않는 공간이었다. 헤지아나는 그 안으로 발걸음을 옮겼다.

"후."

역시 공기가 다르다. 심호흡하고, 헤지아나는 감았던 눈을 떴다.

조금 전까지 가득하던 어둠은 한 조각도 보이지 않고 하얗기만하고 한계도 없는 백색의 세계가 눈앞에 펼쳐져 있었다. 침대도 무엇도 보이지 않았다. 그러나 헤지아나는 이 공간에서 어떻게 움직여야 하는지 알았다. 앞으로 나아가자 공간이 시시각각 변했다.

이것이 백옥장이다. 신과 대면할 때 펼쳐지는 순백의 공간이 시각적으로는 이 공간과 제일 비슷하다. 하지만 질이 다르다. 신이 있는 공간은 물질의 공간이 아니다. 산 것은, 이 땅의 물질은 거기 갈 수 없다. 그러나 이곳은 물질이 개입하는 것을 허락한다.

눈에 잘 띄지 않는 하얀 것들이 길을 만들고 벽을 이루고 확장하는 것을 보며 헤지아나는 이 광활한 공간에 덩그러니 놓여 있는 점을 발견했다. 점이 괴롭게 신음했다.

"가일란 엘리아스."

부름에 가일란이 탁한 눈을 들어 헤지아나를 쳐다보았다.

가일란은 어디에도 연결되지 않은 하얀 사슬에 붙잡혀 있었다. 벗어나려고 애써 봤는지 손목이나 목에 붉은 열상이 남아 있는 게 보였다. 만약 그가 이 공간의 원리를 이해했다면 그 사슬을 풀어낼 수 있겠지만, 그는 아마 영원히 이 공간의 원리를 이해하지 못할 것이다.

머리카락도, 피부도, 옷도, 일주일은 감금당한 사람처럼 지저분하고 피폐해 보였다. 몸이 혼란해하며 땀을 흘리고 기력을 소모했을 흔적이다. 지친 듯 이를 악물며 그는 고개를 들었다. 마주친 눈빛이 흐렸다. 아니, 흐린 정도가 아니다. 거의 풀렸다.

"바쁜… 가 보군."

"당연하죠."

흐릿하고 쉰 목소리였다. 지친 기색이 역력한 가일란을 내려다보며, 헤지아나는 그에게 다가갔다. 어정쩡하게 서 있던 가일란도 헤지아나를 향해 한 발 움직였지만, 그 순간 가일란의 발목을 쥐고 있던 사슬이 헤지아나의 눈짓을 따라 그의 발목을 잡아당겼다. 신음과 함께 그가 자리에 주저앉았다.

"꽤 지쳐 보이는군요."

헤지아나가 손을 가볍게 젓자 허공이 사각형 의자 모양으로 일어났다. 이 공간은 신의 축복을 받은 그녀의 뜻대로 움직였다.

헤지아나는 자리에 앉아 가일란을 내려다보았다. 턱을 찡은 그가 이맛살을 찌푸리며 신음했다.

"후우, 하아…."

헤지아나가 백옥장을 친 것이 점심 즈음이고 현재 자정은 확실히 지났다. 따라서 가일란은 대략 열두 시간을 백옥장에서 보낸 것이다.

백옥장에서 느끼는 시간의 흐름은 사람마다 다르지만, 평균적으로 한 시간을 하루같이 느낀다고 한다. 단순히 계산하자면 열두 시간 백옥장에 머무른 가일란은 12일을 감금된 만큼 지쳐 있을 가능성이 컸다.

"당연, 하지… 대체 며칠이 지난…."

길게 신음하던 가일란이 마른침을 삼켰다.

"물."

아마도, 그는 갈증 역시 심하게 느끼고 있을 것이다.

물론 그건 진짜 몸의 상태와는 관련이 없다. 정신이 혹사당하고 감각이 혼란해지며 그 몸에 굶주림과 갈증을 비롯해 수많은 고통이 가해지나, 그것은 정말 몸이 손상되는 것과는 다르다.

헤지아나는 가일란을 가만히 내려다보았다.

"이봐, 교황님…. 목이, 마르다고. 사람은 물이 없으면 죽어…. 가엾지도 않은 건가?"

"웃고 있는 것을 보니 아직 기운이 있는 것 같군요."

"물 좀 줘…. 대체, 여기는 어디야…."

잘그락거리며 사슬이 흔들렸다. 그가 이마를 짚으며 눈살을 찌푸렸다. 아마도 두통을 느끼는 듯했다.

"대체, 이렇게 긴 시간 동안 어떻게…. 대표를 숨기지…. 아니면…. 뭔가의 속임…."

헉, 하고 숨 넘기는 가일란을 조용히 내려다보며 헤지아나가 답했다.

"아파서 귀국했다고 하면 대부분은 납득하죠. 어차피 남부는 이 회의에서 필수적인 존재도 아니었으니까요."

"나를…. 기다리는…."

"남부 정치인이 정치적인 이유로 피살되는 것은 흔한 일 아닌가요? 여행 중 습격당했다고 여길 수도 있지요."

땀을 많이 흘린다. 몸을 가볍게 움찔거리기도 했다. 이 공간이 그에게 영향을 끼치고 있는 것이겠지. 그러나 '기다릴 텐데…'라고 계속 중얼거리던 가일란은, 갑자기 무언가 떠올린 것처럼 퍼뜩 고개를 들었다.

"며칠 지났지?"

흐릿하던 흑갈색 눈빛이 갑자기 맑아졌다. 헤지아나는 낮게 감탄했다. 아직 그토록 명료한 정신이 남아 있었단 말인가. 이 상황에서도 제정신을 차릴 수 있다니, 과연 이유 없이 대표로 뽑히진 않은 듯했다.

"이런 강인한 정신력이야말로 본디 영웅의 자질일 텐데 말입니다. 가일란 엘리아스."

완전히 탈진해서 정신이 왔다갔다 하는 것보다는 저런 날카로운 눈빛으로 쳐다볼 만한 기력이 있는 것이 나을 것이라는 생각이 들었다. 탈진해서 정신을 놓으면 헛소리만 하고, 그것은 앞으로 하려는 일에 좋은 상태라고 할 순 없었다.

"정신이 맑은 듯하니, 이야기를 하지요."

짜르르릉. 사슬은 가늘었지만, 사슬끼리 부딪치며 내는 소리는 맑고 둔했다. 헤지아나의 시선을 따라 바닥을 기어 달려온 사슬은 그녀의 손에 붙잡혔다. 그 사슬의 끝은 가일란의 목에 묶여 있었다.

"그럼."

"컥!"

찰그락. 헤지아나가 사슬을 반대쪽 손으로 붙잡아 끌어당겼다. 주인의 의지에 따라 앞서 나아간 사슬이 가일란의 목을 끌어당겼고, 가일란은 목을 내놓은 자세로 거친 숨을 들이쉬었다.

"설명해 보시죠. 가일란 엘리아스."

파란색 눈빛에는 자비가 없었다.

평소의 따뜻함, 온기가 전부 사라진 표정으로 헤지아나가 손에 감은 사슬을 잡아당겼다. 목이 더 당겨지자 가일란의 얼굴이 붉어지고 이마에 핏줄이 섰다. 이를 악물고 버티는 그의 이마에서 배어 나온 땀이 방울져 흘렀다.

"무슨, 말씀, 이신지…."

헉, 하고 가일란이 숨을 몰아 내뱉었다.

"당신이 가지고 있던 약물."

"아…. 네, 그게 뭐…."

"당신 목적은 뭐지? 왜 이곳에 왔지? 그 약물을 제국에게 넘기기 위해서?"

가일란은 대답하지 않았다. 웃으려고 한 듯, 입꼬리가 슬쩍 올라갔지만 다시 곧 내려왔다.

저 웃음은 뭐란 말인가. 헤지아나는 이맛살을 찌푸리며 목줄을 잡아당겼다. 가일란의 몸이 크게 흔들렸고, 그가 바닥에 무릎을 세워 자신을 뒤흔드는 헤지아나의 손길을 버텨내려고 했다.

"넌 중개상이겠지. 그 약물은 어디서 개발된 거지? 달라하? 달라하의 누가 대체 너를 중개상으로 내세웠지?"

"시간이…. 큽. 지났을 텐데 아무것도, 못, 알았나…."

"대체 어떤 자가 이 멜라스에 이런 재앙을 뿌릴 계획을 세웠지?! 누구의 뜻으로 이런 짓을 하는 거냐?!"

헤지아나의 목에 핏대가 섰다. 손은 사슬에 쓸려 붉게 물들었지만 그녀는 사슬을 놓을 생각을 하지 않고 더 세게 잡아당겼다. 가일란의 몸이 크게 흔들리고 그가 목눌림을 견디지 못하고 마른기침을 내뱉었다.

"허억, 허억…. 하아."

가일란은 마른기침을 몇 번 내뱉더니 가쁘게 숨을 쉬었다. 대답할 것 같지는 않았다.

"지금 어디에 그걸 넘기기로 한 거지? 대답해, 가일란 엘리아스. 당신은 누구를 주인으로 섬겨 이런 참률한 짓을 하나?!"

"주, 인?"

가일란의 목에서 쉰 웃음소리가 새어 나왔다. 웃음소리에 헤지아나는 잠시 움직임을 멈췄다.

시야에 손마디가 하얗게 변한 자신의 손이 보였다. 순간, 헤지아나는 자신이 사슬을 너무 강하게 잡아당기고 있음을 깨닫고 움켜쥔 손에서 힘을 뺐다. 사슬이 늘어졌고, 가일란의 목에서 헉하고 억눌렸던 숨이 튀어나왔다.

"주인, 이라고?"

가일란이 쉰 소리로 웃었다. 헤지아나가 미간을 찌푸렸다.

"그래. 네 주인. 네게 그것을 실행하라고 한 자!"

혼자일 리가 없었다. 이 약물은 혼자 만들 수 있는 것이 아니었다. 단체, 아니, 최소한 국가 단위에서 개발한 것이겠지. 그 재료로 용이 사용되었다면 필경 그러할 것이다. 대체 누가 용을 쉽사리 손에 넣을 수 있단 말인가? 이 약물의 유통은 또 간단한 것이었겠는가?

무엇보다 가일란은 정치인이다. 정치인을 움직이는 것은 단순히 돈이 아니다. 거대한 이익이었다. 돈 같은 것은 제일 표면적으로 드러나는 이익일 뿐. 그리고 이러한 것들을 움직이기 위해서는 반드시 더 큰 세력이 있다. 가일란은 발탁되어 온 말에 불과하다. 그러므로 반드시 배후가 있다.

"주인, 주인이라…. 주인! 있지…! 실행하라고 한 자, 주인 되는 자, 그것은 바로…!"

낮은 소리와 함께 가일란의 몸이 떨렸다. 그가 흑갈색의 눈동자를 굴려, 똑바로 위를 향해 치켜들었다. 시선 끝에 헤지아나가 있었다.

"바로 나 아닌가! 내가 나의 주인이지! 신이 네 주인이라고 하는 너희들과 다르게! 나는! 크흐흐흑, 킥!"

바닥에서 긴 기둥이 솟아 올라왔다. 그것은 헤지아나와 가일란 사이에 놓여 있던 사슬을 붙잡고 위로 솟아올랐고, 가일란은 숨 삼키는 소리와 함께 턱을 위로 치켜 올렸다. 헤지아나가 말없이 얼굴을 찌푸린 가일란을 지켜보고 있었다.

"공간을… 조종…."

다음 순간 기둥은 흔적도 없이 사라졌다. 지탱하는 것이 사라지자 사슬은 바닥에 떨어졌고 끌어올려졌던 가일란의 몸도 바닥으로 떨어졌다.

"큭!!"

소리도 없이 가일란의 몸이 바닥으로 떨어졌다. 신음과 함께 가일란이 엎드린 자세로 몸을 일으켰다. 그러나 제대로 일어나지는 못했다. 입은 벌어져 헐떡댔고, 시선은 헤지아나를 향하고 있지 않았다. 고개를 숙인 채 그가 마른기침과 가쁜 숨을 번갈아 쉬었다.

"대단하군…."

"가일란 엘리아스. 나는 당신이 짐작도 하지 못할 정도로 격분하고 있으며, 침착을 유지하기가 매우 어렵습니다. 알다시피, 내가 이미 당신의 통신 내용을 들었으니 발뺌할 생각은 하지 마십시오. 대체 그 약물을 어디에 팔기로 한 거죠?!"

"후우…."

가일란은 깊게 심호흡했다. 엎드린 등이 크게 솟아올랐다가 내려앉자, 그는 고개를 들어 위를 올려다보았다. 이채로 일그러진 눈동자 위에 비린 웃음이 떠 있었다.

"능숙하신데, 이런 거 많이 해 보셨나? 대단히…."

"…질문에 대답해!"

헤지아나의 목소리가 다시 높아졌다. 신에게 선택받은 자의 부름을 따라 현세에 강림한 신의 공간은 신의 대리인의 의지에 따라 모양을 바꿨다. 허공에서 만들어진 백색의 사각이 무릎 꿇고 앉은 죄인의 발목을 짓누르고 무릎을 으깼다.

"크윽!!"

"지금 어디에 그걸 넘기기로 한 거지? 대답해, 가일란 엘리아스. 당신이…!"

흥분해 외치던 헤지아나는 갑자기 말을 멈췄다. 발목과 무릎을 짓누르는 압력에 고개를 젖히고 길고 가늘게 신음하던 가일란이 갑자기 앞으로 푹 고꾸라졌던 것이다.

고개를 숙인 채 조용히 떠는 그의 모습이 이상했다. 헤지아나는 잠시 가일란을 쳐다보다가 사슬을 놓고 그에게 다가갔다.

단지, 가두어지는 것만으로, 방치되는 것만으로도 사람은 쉽게 두려움과 고통에 빠지고 나약해진다. 사실 육체에 무언가를 가해야만 고문인 것이 아니다. 시간의 흐름 자체도 충분한 고문이며 그것은 사람을 약하게 만든다.

모든 감각이 교란되는 이곳이라면 그 고통은 배가된다. 때문에 괴로움은 가두어진 이에게서 효율적인 정보를 빼낼 수 있을 만큼 섬세하게 주어져야 했다. 헤지아나는 그를 짓누르는 블록을 없앴다.

'지치긴 했겠지만, 벌써 정신이 나갈 리는 없을 텐데.'

헤지아나는 가볍게 경련하는 가일란의 머리를 움켜쥐었다.

늘 정갈하게 뒤로 넘기고 있던 짙은 밤색 머리칼이 땀에 젖어 흐트러져 있었다. 손가락 사이로 스며드는 짙은 습기와 열기를 느낀 순간, 헤지아나는 자신이 가일란을 과도히 거칠게 취급하고 있지 않은가 생각했다. 그러나 그를 제대로 대우하고 싶은 마음이 생긴 것도 아니었다.

획.

헤지아나는 그대로 가일란의 머리를 뒤로 젖혔다. 눈은 감기지 않았고 동공이 풀려 있는 것도 아니었다. 다만, 눈빛이 묘한 의미로 흐릿했다. 허술하게 벌어진 마른 입술에서는 가쁜 숨이 새어 나오고 있었다. 젖혀진 만큼 힘없이 벌어진 입에서는 옅게 단내가 났다.

"하…."

가일란의 탁한 눈동자가 굴러 헤지아나를 발견했다. 그가 가볍게 웃으며 말했다.

"그만두지 말고, 더…. 목줄도 당겨 주지 그래…."

이 여유라니. 헤지아나는 바로 눈살을 찌푸리더니 쥐고 있던 머리를 뒤로 던지듯이 놓았다.

"윽!"

가일란이 무게중심을 잃고 뒤로 넘어졌다. 그러나 헤지아나는 그가 넘어져 뒹굴게 내버려 두지 않았다.

"도발한다고 해서 그만둘 것 같나요?"

"커윽!!"

차르륵. 작은 소리를 내며 가일란의 목을 조이고 있는 사슬이 헤지아나의 뜻에 따라 그녀의 손에 감겼다. 가일란은 앞으로 끌려왔고, 헤지아나는 다시 자신에게 다가온 가일란의 턱을 붙잡으며 그의 흐린 눈동자를 똑바로 들여다보았다.

파란 눈동자는 어느 때보다도 선명한 빛깔이었고 독살스러울 정도로 짙고 날카로웠다. 그런 눈빛으로 헤지아나가 평소의, 조용한 어조로 속삭였다.

"고문의 전문가는 아니지만 폭력을 행사하는 법을 모르는 것 역

시 아닙니다."

"하, 하아."

가쁜 숨인지 웃음인지 알 수 없었다. 가일란은 마치 헤지아나에게 끌려가는 염소처럼 그 목줄에 기대 어중간하게 일어서 있었고, 헤지아나는 가일란의 풀린 눈을 가만히 들여다보고 있었다.

"폭력의, 방법을, 모르는, 건, 아니라…."

가일란이 만족스러운 듯이 히죽 웃었다.

뭔가 이상했다. 목의, 자신이 끌고 다니며 새롭게 생긴 열상과 핏방울. 근접해서 느낀 핏방울은 막 솟아오르고 있었고 쇠 냄새가 났다. 그러나 쇠 냄새와 겹쳐 피어오르는, 묘하게 쏘는 듯한 이 냄새.

헤지아나는 한 번 짧게 숨을 들이쉬었다. 어쩐지 많이 맡아 본 냄새가 났다. 시선을 좀 더 내리자 흐트러진 셔츠 끝단이 보였다. 그다음으로 보이는 것은 붉은 발목, 꿇은 무릎. 바지는 구겨져서 꼴사납고 지퍼 옆, 허벅지 쪽이 불룩하게 부풀어 있었다.

'불룩?'

헤지아나는 가볍게 인상을 찌푸렸다. 거기에 무언가 다른 게 들어 있는 것처럼 보였다. 뭔가 숨겼던 게 저기로 흘러내린 걸까. 지금의 쏘는 듯한 냄새도 그렇고— 헤지아나는 자유롭지 못한 손 대신 자유로운 발로 그것을 확인했다.

"흐읏…!"

갑자기 눈앞의 얼굴이 크게 일그러졌다. 허벅지와 발 사이에서 밟힌 것은, 상대의 살 때문인진 몰라도 물컹거리는 것처럼 느껴졌다. 얇지만 단단한 신발 밑창 아래에서 느껴지는 감촉을 확신하지 못해 헤지아나는 그것을 조금 더 힘을 주어 이기듯이 밟았다. 속이 단단하고 겉이 무른 무언가처럼 느껴졌다. 약물이 든 병은 아니었나?

"으, 으음!!"

그때, 눈앞의 얼굴에서 눈이 질끈 감겼다. 고통으로 뜨겁던 얼굴에서 짙은 땀이 배어 나와 턱으로 떨어졌고, 이는 악물렸다. 그때 얇은 신발 밑창 너머로 밟은 것이 꿈틀거리는 게 느껴졌다. 그리고 발바닥을 데우는 열기까지.

"아."

헤지아나는 자신이 뭔가, 심각하게 착각했다는 걸 깨달았다.

이런, 세상에. 아무리 그래도 그렇게까지 심한 고통을 줄 생각은 없었다. 헤지아나는 다급하게 발을 뺐지만, 발을 뗀 순간 확 치솟아 올라오는 이 냄새는 분명….

"…크읏!"

당황해 헤지아나가 크게 뒤로 물러섰지만, 여기에도 문제가 있었으니 자신의 손에 짧게 잡은 사슬이 쥐어 있단 것이었다. 뒤로 휙 물러선 헤지아나 덕분에 가일란의 목에 걸린 사슬이 조여들었고 그의 벌어진 입에서는 넘어갈 듯한, 틈새를 겨우 헤매는 듯한 바람소리가 새어 나왔다.

"하, 흐윽…!"

비틀린 숨소리를 토해 낸 후 그는 몸을 크게 떨었다.

바로 앞에서, 너무나 제정신인 상태에서 일그러지는 열기와 어떤 순간들을 헤지아나는 그대로 관람했다. 무릎 꿇은 자세로 가일란이 몸을 떨며 헐떡거렸다. 풀린 눈동자가 초점도 없이 자신을 응시하며 무언가를 더 요구하고 있었다.

묘한 고양감을, 아니, 전능감을 상대에게 주는 시선이었다.

제발 무언가를 더 달라고 구걸하는 듯한, 그것이 무엇인지는 모르지만 그래서 그것을 보는 순간 자신이 무엇이든 마음대로 해도 된다는 확신을 주는 시선. 벌어진 입과 열기로 흐려진 눈동자, 단정한 정장의 구겨짐과 육중한 육체의 무너진 틈새로 손을 뻗어 그 구걸 위에서 군림해도 될 것 같은 충동을 느끼게 했다.

손을 넣어 마구 휘저어 버리고 싶은 충동을 불러일으키는 그 모습.

아주 잠깐의 시선 끝에 가일란은 눈을 질끈 감고 작은 신음과 함께 전율했다. 곧 그는 계속 이어지는 전율 속에서 몸을 늘어뜨리며 거친 숨을 내쉬었다.

잠깐.

이거 말이지.

아무래도.

"크으, 하아, 아…. 으윽…."

가일란의 눈동자가 완전히 풀리고, 앞으로 쓰러졌다. 헤지아나는 쓰러진 그의 상태를 살펴본 다음 단순히 그가 기절했다는 것을 알아차리고 복잡한 기분에 빠졌다.

아, 그러니까, 저기, 잠깐. 이게 말이죠, 아무래도….

헤지아나는 조심스럽게 가일란의 방문을 닫고 나왔다.

백옥장은 아무나 들어갈 수 없긴 하나, 지금 가일란의 방에서
보초를 서고 있는 간수들은 출입할 수 있었다. 그러나 그 간수들에
게 가일란의 상태를 정리하라고 할 순 없었다. 아무리 생각해도 그
것은 양심이 허락하지 않았다.

　헤지아나는 가일란의 방에서 하의와 젖은 수건을 구해 옷을 갈
아입혔다. 물론 직접 갈아입히자니 뭔가 기분이 이상해서 백옥장의
구조를 이용해 갈아입혔다. 백옥장이 교황의 의지에 움직이는 장소
여서 다행이었다.

　헤지아나는 간수들의 인사를 뒤로하고 깊은 고민에 빠졌다.

　'그러니까 이걸.'

　어떻게 해야 하지?

　'그러고 보니까 쟤도 대표지?'

　그러니까 세상에 이런 취향도 존재한다는 건 알았는데, 설마 대
표 중에도 있을 줄은 몰랐다고! 나는 그런 것에는 취향이 전혀 없
거니와, 어떻게 해야 하는지도…!

　[아, 뭐가 문제야. 말 잘 듣는 노예라도 상관없다니까.]

　"그—런 문제가—!!!"

　헤지아나는 주먹을 꽉 움켜쥐었다. 이렇게 타이밍 좋게 나타나다
니! 아, 아니. 가기 전에도 대화했었지. 그렇다면 다 지켜보고 있었
다는 뜻인데!

　일단 헤지아나는 말을 삼켰다. 복도에서 말할 만한 화제가 아니
었다.

　'아, 아니. 그런 쪽 취향 아니거든요? 그, 아무래도 이상하잖아!
때리고 맞고!'

[내 생각에 너에게 자질은 충분한데….]

'또 남의 성격에 무슨 조작을 한 거야!!!'

[조작을 왜 해? 아무리 그래도 내가 그렇게 편의적으로 굴진 않아요. 편의적으로 굴 거면 지금 너에게 배후 사건을 쫙 알려 줬겠지.]

신뢰할 수 없었다. 물론 신뢰하지 않아도 방법은 없었다. 정말로 수정되었다면 자신이 알 수 있는 방법은 없으니까. 대신 다른 것에 분통을 터트렸다.

'원래 그런 건 사람의 일이랍시고 안 알려 주는 거 다 알고 있으니까 자꾸 말하지 마세요! 화나니까!!'

[하여간 이래서 눈치가 좋은 애들은 싫다니까….]

'뭐라는 거야, 여태껏 그래놓고 그걸 파악 못 하면 그게 사람이야?'

[어쨌든 네가 어떻게 하든 끌려오게 되어 있으니까 편하게 해. 편하게 하라니까. 야, 즐겨.]

목소리만 들리는데 어쩐지 휘적휘적 저어대는 가래떡 같은 손끝이 보이는 느낌이다. 헤지아나는 조금 해탈한 기분으로 자리에 멈춰 서서 이마를 짚었다.

'그러니까 결국 가일란도 대표라는 거군요….'

[그럼 당연하지. 애초에 여기 오게 된 이상 다 이유가 있게 됐다니까?]

'아니 대체, 말이 되나…. 이런 상대를…. 어떻게….'

[아 기집애 참. 편하게 받아들이라고. 그냥 여섯 가지 남자 맛 즐길 수 있는 기회라고 생각하라니까.]

'그러니까 지금 그게 너무 색다른 맛이라서 그것도 문제라고…!'

"성하?"

"까!"

그때였다. 갑자기 뒤에서 부르는 목소리에 헤지아나는 자신도 모르게 비명을 지르며 앞으로 도망쳤다. 그러다 자리에 멈춰 서서 뒤를 돌아보았다. 비명에 놀라 몸을 움츠린 채, 품의 상자를 꼭 안고 있는 로미나가 있었다.

"아, 아니. 성하. 뭐 그리 놀라십니까?"

"아, 로미나, 자네인가."

헤지아나는 가슴을 쓸어내리며 한숨을 내쉬었다.

"무슨 일로 이 새벽부터 거기 가만히 서 계셨던 건가요?"

"아, 잠깐 이야기를…."

"어머."

로미나는 입을 가렸다. 교황이 아무도 없는 곳에서 '이야기'를 한다고 했을 때, 그것이 누구와의 '이야기'인지 모를 사람은 없었다. 로미나가 걱정스러운 표정을 짓더니 목소리를 낮췄다.

"제가 방해한 것은 아니겠지요?"

"아니야. 걱정 말게. 오히려 대화를 끊어줘서 고마울…."

"그래서 오늘은 어느 분을 공략하라고 하시던가요?"

"─늑대를 피했더니 사자가 있군."

헤지아나는 고개를 돌렸다. 그러나 그 사자가 헤지아나를 그냥 놓을 리가 없었다.

"그러지 마시고요. 어서. 요 며칠간은 통 이야기도 안 하시고 서운합니다. 그리고 어디 갔다 오신 겁니까? 역시 밀회? 이 위치로 보건대…"

"밀회는 무슨 밀회!"

헤지아나가 로미나의 입을 막으며 말했다. 어디 복도에서 밀회 같은 말을 턱턱 내뱉고 있는지.

"가… 아, 아니. 백옥장에 다녀오는 길이네."

"구러엇군요."

헤지아나는 로미나의 입에서 손을 뗐다. 로미나는 자신의 뭉개진 발음을 굳이 정정하지 않았다.

리시와 로미나에게는 어제 오후, 리암과 아셔를 통해 가일란 대표에 대한 일을 전해 두었다. 둘은 회의 진행에도 깊게 관여하고 있으니 이 상황을 모르면 곤란했다.

"아, 아쉽군요. 오랜만에 좀 쓸 일이 있나 했는데."

"뭘 쓴단 말인가?"

"재미있는 거요. 보시겠어요? 성하께서 심문할 때 쓰실 수 있도록 준비하려던 것입니다."

그러며 로미나는 품에 들고 있는 상자의 뚜껑을 열었다. 그 안에는 무대용 가면 같은 것과 말채찍, 안대가 있었고…. 헤지아나는 그게 뭔지 알아차렸다.

"…로미나. 심문은 장난이 아닐세."

…라고 정색할 때가 아니었다. 이 도구는 사실 어떤 의미에서 헤지아나에게 제일 필요한 것이었다. 그렇다. 지금 눈앞에는 마침 그런 쪽의 정보를 잘 알 사람이 있었다. 역시 교황청 대표 썩은 동아줄답지 않은가. 이 역시 자신을 위한 신의 안배인가.

헤지아나는 덥석 로미나의 손을 잡았다.

"로미나."

"왜 그러십니까, 성하. 혹시 이걸 저와 함께 플레이 해 보고 싶어
졌다고 말씀하시려는 건 아니겠죠? 저는 아직 그쪽 취향은 아니라
서…"

순간 헤지아나의 표정이 걱정으로 물들었다. 그쪽 취향이 아니
면 도움을 얻기 어려운 것 아닐까? 아니, 그렇다고 하더라도 썩은
동아줄이라도 필요한 판이다.

"아니, 표정이 왜 그러십니까? 성하."

헤지아나는 다시 로미나의 손을 움켜쥐었다.

"잠깐 나랑 이야기 좀 하세."

"이야기한다고 해도 없는 취향을 만들어 낼 수는 없습…"

"허튼소리 좀 그만하고! 얼른 가세!"

헤지아나가 로미나를 끌고 자신의 방으로 향했다. 그에 대고 로
미나가 말했다.

"성하, 오늘따라 박력이 넘치시는군요. 조금 두근거립니다. 전 휘
둘리는 것도 좋아하거든요."

"자네가 어떤 취향이든 간에 자네는 결혼을 못 하네."

"아니, 성하. 그건 지금 저와 결혼을 생각하셨다는 건가요? 세상
에, 사귀는 것도 아니고 결혼이라니! 그 정도로 저를 생각하고 계셨
다니 조금 마음이 흔들리는군요. 제가 새로운 자신을 깨달아 버릴
것 같은 위기감이 듭니다."

"아니, 그런 위기감 필요 없네. 하여간 빨리 이야기를 할 만
한…"

반박하기도 지쳤다. 지금 중요한 것은 그 일이 아니기도 하고 말

이다. 헤지아나가 성큼성큼 걷자, 로미나는 따라서 성큼성큼 걸으며 헤지아나에게 속삭였다.

"성하께서 잘해 주실 거라고 믿습니다."

"뭘!"

바로 전에까지 없는 취향을 만들어 낼 수는 없다고 한 사람이 뭐라는지. 대체 뭘 잘해 준단 말인가, 뭘.

탕!

집무실에서, 로미나는 책상을 내리치며 결연한 목소리로 말했다.

"그렇죠. 이젠 대표 중에서 변태 성욕자 정도는 나와야죠."

"로―미―나―!"

탕. 헤지아나도 테이블을 내리치며 외쳤지만, 이런 거로 기가 죽으면 로미나가 아니다. 그녀는 당당하게 헤지아나를 향해 고개를 들이밀었다.

"아니, 왜 그런 반응이십니까 성하. 세상에는 수많은 취향이 있습니다. 우리가 편의상 그것을 변태 성욕이라고 하지만 그건 그냥 일반적이지 않다는 의미일 뿐입니다. 그리고 대표 중 변태 성욕자가 없는 것이 이상한 일입니다. 세상 만물 창조하신 창조신께서 성하를 위해 마련한 꽃밭에 한낱 인간의 눈에만 예쁜 것을 두셨을 리가 없지 않습니까? 이 또한 세상의 다양함을 창조하신 그분의 안배 아니겠습니까!"

설득될 것 같다. 하지만 문제가 그것이 아님을, 철학 교육을 받으며 논쟁하는 것이 필수 코스인 교황이 모를 리가 없다.

"로미나, 말은 바로 하도록 하게. 나는 지금 그런 사람이 있다는 데에 당혹한 게 아니라, 자네가 그걸 너무 흥미진진하게 여겨서 화를 낸 걸세."

"신께서 만들어 내신 조화에 감탄한 것뿐입니다. 이 작은 정원에도 미치는 손길에 감사드리며."

로미나는 성호를 긋더니 짧게 기도했다.

대체 거기서 기도할 게 뭐가 있단 말인가. 헤지아나는 짧게 한숨을 내쉬며 이마를 짚었다.

"그… 나는 이런 사람을 전혀 모르니까…. 이런 사람들은, 몸을 섞는 것으로 만족하지 않는 거지?"

"그건 사람마다 다르고요. 드디어 이것들도 좀 쓸 수 있겠군요. 역시 안대가 기본이겠죠. 인간은 시각에 의존하는 동물입니다. 보이지 않는다는 공포가 온몸의 신경을 날카롭게 하겠죠. 상대가 뭘 하는지 알 수 없으니까 말입니다. 언제 어디서 가해질지 모르는 손길에 긴장은 이어지고, 마침내 몸에 닿았을 때 느껴지는 고통, 그리고 긴장이 해소되며 느껴지는 안도감! 좋군요. 아주 좋아요."

"…아니, 그러니까 이런 거 지금 꺼내 놓지 말고…."

대체 가면 같은 건 왜 쓰는 걸까. 헤지아나는 로미나가 늘어놓는 물건들을 보며 생각했다. 수갑이나 채찍, 결 고운 로프. 이런 건 대체 어떻게 쓰는 걸까. 아니, 왜 쓰는 걸까. 이런 걸 써서 어떻게 하는지는 대충 안다. 그런 걸 하면 즐거운 걸까…. 깃털은 좀 알 것 같다.

"아, 그런데 가일란 님이 고통에 반응했다고 해서 피학적인 취향을 가졌다고 단정하기는 힘들지 않을까요? 그곳은 사람의 정신을 좀 이상하게 만드니까요. 아주 피폐해진 사람이 이상한 성적 반응을 보이는 것은 드물지 않다고 합니다만."

"아."

헤지아나는 낮게 신음했다. 로미나의 말대로 지친 상황이라 그런 반응을 한 걸 수도 있다. 사람은 극도의 스트레스 상황에서 비정상적인 반응을 보일 수도 있고, 백옥장은 사람의 몸과 정신을 이상하게 만드는 곳이었다. 그러니까….

라고 생각하고 있는데, 로미나가 채찍을 헤지아나 앞에 탕 하고 내려놓았다.

"하지만 하늘에 계신 그분께서 성하에게 차려 주신 만찬은 다종다양할 것이라고 믿어 의심치 않습니다. 자, 가시죠! 확인하러!"

"아, 아니. 일단은 조금 쉬었다가 식사를 하고 아침 일과를 진행해야겠네만…."

"그래요? 그럼 언제 가일란 대표, 음, 아직 대표 맞죠? 하여간 그에게 가실 건가요? 아, 그럼 이건 언제나 성하가 쓰실 수 있게 성하의 방에 두는 게 좋겠네요. 어디 둘까요?"

"로미나, 아니, 아무리 그래도 그런 걸 갖다 놓는 장면을 누군가 보는 건 좀…."

말하며 헤지아나는 로미나가 든 도구들을 흘깃거렸다.

여기는 집무실이고 방까지는 거리가 좀 있다. 무엇보다 저런 도구가 정말 필요할까? 만약 누군가 잘못 보았다가 자신의 취향을 의심하는 것도 싫고…. 잠시 고민하던 헤지아나는 로미나에게 결연하게 명했다.

"자네가 가지고 가서 내 방 눈에 안 띄는 곳에 놓아 주게. 침대 밑이라든가."

"알겠습니다."

있으면 쓰겠지. 언젠가는. 언젠가는 말이야.

루시올은 예배당 앞에서 헤지아나가 오기를 기다리고 있었다.

'아침 예배 시간이 다 되었는데, 왜.'

얼굴에는 약간의 초조함이 끼어 있었고, 발은 괜히 바닥을 차고 있었다. 대체 어떻게 해야 할까. 루시올은 자신도 모르게 바닥을 발로 세게 걷어찼다가 신음을 삼키며 입술을 깨물었다.

'이거 승산 있는 거야?'

어제 이 자리에서는 자신의 승리를 확신했으면서 지금은 걱정한다는 게 우습지만, 상황이 달라졌다. 사실 카람찬트와도 그런 사이일 거라고는 생각하지 못했다. 자신에게 시간이 있었다면 좀 더 낙관할 수 있었겠지만, 심지어 시간마저도 자신의 편이 아니었다. 헤지아나와 카람찬트는 몸으로도 이어진 깊은 관계로 보이고….

"루시올 님."

"아, 예?"

옆에서 부르는 소리에 루시올은 고개를 들었다. 아셔가 자신을 보고 옅게 웃고 있었다. 그는 소문대로 잠을 자지 않는 것 같았다.

오늘 아침 기도 시간에 늦지 않게 깨워준 것도 그였다.

"성하께서 빨리 오시길 바라는 것 같군요."

"아, 네…. 네."

"그렇게 성하가 좋으신가요?"

말하며 아셔가 활짝 웃었다. 신기하기도 하지. 이런 기이한 인간이 저렇게 평범한 사람같이 웃다니. 루시올은 잠시 쳐다보다가 고개를 끄덕거렸다. 여기서는 그렇게 행동하는 게 옳겠지.

"정말로 혈연 있는 가족이란 그런 느낌인 걸까요…. 성하께서도, 루시올 님께서도 서로 깊이 아끼시는 것 같아 보기 좋고 부럽습니다."

"아니, 그런 것은 아닐 거예요…. 물론 성하께서는 혈연으로 아끼기는 하시겠지만…."

하지만 혈육으로 아낀다면 육체관계를 허락하지 않았겠지. 적어도 인간은 그렇다. 인간의 육체관계는 성애적 욕구가 존재하지 않으면 이루어지지 않는다고 그랬다. 갑자기, 묘하게 울컥거리던 기분이 가라앉았다.

욕구가 있다는 건 원한다는 거겠지. 나를 원하고 있다는 거겠지. 그런 거겠지?

질문이 반복된 순간, 불안감이 휙 고개를 치들었다. 루시올은 재빨리 그 생각을 덮었다. 다른 말을 해야 할 것 같았다. 마침 옆에는 아셔가 있었다.

"…그런데 이런 걸 여쭤도 되는지 모르겠지만, 아셔 경."

"네?"

"아셔 경에겐 가족이 없었나요? 어릴 적에 귀의하신 건 압니다만 그래도…"

"아, 제가 버려졌다는 이야기를 듣지 못하신 모양이군요."

아셔가 활짝 웃으며 말한 순간, 루시올은 당황했다.

"아 저, 그게."

"제가 가진 능력들은 아마 태어났을 때부터 있었고, 어렸을 때는 너무나 불안정했기 때문에…. 제 부모님은 저를 감당하지 못하신 것 같습니다. 기억이 나지 않을 정도로 어릴 때의 일입니다."

상식적으로, 그런 이야기를 누가 좋다고 떠들어대겠는가. 거기다 전대 교황은 아셔의 과거를 함부로 말하고 다니지 못하게 했다. 물론 알 사람들은 다 아는 이야기였지만, 루시올은 지금 듣고서야 어렴풋이 들었던 소문이 기억났다. 괜히 물었다.

루시올은 자신이 불러온 재앙을 어떻게 해야 하는지 몰라 당황했다. 하지만 아셔는 그 무거운 분위기에 웃으며 쐐기를 박았다.

"아마 죽기를 바라셨겠죠. 하지만 먹지도 잠들지도 않고 살 수 있다 보니, 여태까지 살아남았습니다."

진짜 무겁다.

루시올은 입을 다물었다. 물론 루시올 본인의 사정도 복잡하기는 짝이 없긴 하지만, 그래도 친부모든 양부모든 자신을 죽이려고 하지는 않았다…. 아니, 요정여왕은 결국 죽이려고 했지만.

그래도 그녀 역시 평소에는 루시올을 꺼리기만 했을 뿐이다. 무엇보다 루시올은 요정여왕을 보호자로 여기지도 않았다. 그녀는 늘 자신을 적대했고 언젠가는 해를 끼칠 것이라고 생각했다. 예상한 대로 되었을 뿐이다.

하지만 믿고 사랑했던 자는 자신의 부모를 죽였고 자신을 도구로 여겼다.

그가 자신을 사랑하고 있지 않다는 것은 알았다. 다른 왕자들과 같이 자신을 대하지는 않았기 때문이다. 그래서 인정받고 싶어 했고….

'하지만 그는….'

갑자기 생각이 흐릿해진다. 이것을 어떤 감정으로 느껴야 하는 걸까? 또, 이 상황에선 어떤 감정을 느껴야 하는 걸까? 갑자기 마음이 몇 겹의 단단한 나무껍질로 둘러싸인 것 같았다. 모든 것이 무감해진 상황에서 루시올은 한 번 더 생각해보았다.

만약 헤지아나가 자신을 죽이려고 한다면.

"아."

루시올은 낮게 신음하며 얼굴을 찌푸렸다. 아팠다. 가슴이, 아니, 심장이 찢어지는 것같이 아프다. 한 번도 이런 통증을 느껴본 적 없었다.

"루시올 님?"

"아, 아뇨…. 조금…. 언제 오시나 해서요."

감정만으로도 이렇게 고통스러울 수 있는 걸까? 무서워졌다. 생각만으로도 이렇게 아프다. 진짜 죽고 싶어질지도 몰라.

아프고 싶지 않았다. 밀려나고 싶지 않았다. 어디선가 쫓겨나고 싶지 않아. 어차피 노리개일 뿐이겠지. 그렇다면 최고의 자리를 가져야 해. 밀려나지 않게. 헤지아나가 지켜 주고, 헤지아나를 방패 삼을 수 있는 자리로….

"…사람이 곤란한 상태에서 관심을 받으면 쉽게 취하는 것 같습니다."

"네?"

아셔의 목소리에 루시올이 생각에서 벗어나 고개를 들었다.

"그에만 골몰하고, 그에만 집착하고, 일거수일투족을 좇고, 처음에는 행복합니다. 하지만 곧 고통이 되죠. 상대가 자신을 버리면 어떻게 하나 괴로워하며 망념에서 벗어나질 못합니다."

"아…."

루시올은 신음하며 아셔를 올려다보았다. 아셔는 루시올을 보지 않고, 정면의 복도를 보고 있었다. 이런 이야기를 왜 하는 거지. 그것도 왜 자신의 마음을 들여다본 것 같은 소리를.

"그게 상대를 고통스럽게 합니다."

먼 곳을 보며 말하던 아셔가 루시올을 돌아보았다. 그는 어색하게 웃고 있었다.

"저도 최근 깨달은 겁니다. 아…. 그러니까 하고 싶었던 말은…. 너무 취하면 안 됩니다. 너무…."

아셔가 입안에서 말을 골랐다. 너무, 너무, 너무…. 이어질 말을 찾지 못하고 계속 반복하던 그가 깨달았다는 듯이 말했다.

"너무 그 사람에게만 매달리면 안 됩니다. 좋아한다면 간격이 필요해요. 자신의 여유를 되찾아야 해요. 없으면 서로… 괴로울 겁니다."

"…그 이야기를 왜 저에게 하시는 거죠?"

루시올이 묻자, 아셔는 조금 망설이더니 똑바로 루시올을 쳐다보고 말했다.

"초조해하시는 것으로 보입니다."

순간 루시올의 눈이 자신도 모르게 아셔를 피해 옆으로 기울었다. 그러나 다시 녹색 눈동자는 아무렇지도 않다는 듯이 아셔의 기이한 눈동자를 쳐다보았다.

그야 당연히 그렇게 보이겠지. 나는 교황과 카람찬트랑 그렇고 그런 관계인 걸 알아버렸으니까.

—아니, 하지만 어제는 자신의 승리를 확신하지 않았나. 그 확신을 계속 가져갈 수는 없는 거야? 어차피 카람찬트는 회의가 끝나면 떠나고, 계속 교황의 곁에 있을 수 있는 건 누구란 말인가. 좀 더 여유를 가질 순 없는 건가?

그렇게 생각은 한다. 하지만 도저히 여유가 생기지 않는다.

무서워.

"성하와 루시올 님의 관계, 그리고 루시올 님의 상황을 이해하지 못하는 것은 아닙니다. 특히 지지가 되는 관계라고 하니 더욱 그렇겠지요. 그 인연을 제가 감히 어떻게 알겠습니까. 그러나 이 상황에서 성하의 다정함이 정말로 루시올 님께 달콤할 것임은 짐작이 됩니다. 그것이 나쁜 것은 아닙니다만, 전 그저…. 걱정이 됩니다."

"걱정… 요?"

"…저와 같은 실수를 하지 않을까, 하는 걱정요."

잠깐 침묵이 흘렀다. 루시올은 말을 이어야 할 필요를 느끼지 못했던 것뿐이지만, 아셔는 그것을 불편함으로 생각한 듯했다. 아셔는 낮게 신음했다.

"주제넘은 말을 했습니다. 너무 신경 쓰지 마시기 바랍니다."

"아니요…."

루시올은 말끝을 흐리며 고개를 숙였다. 아셔는 고개를 돌렸고 어색한 침묵이 흘렀다. 그 사이에서 루시올이 생각했다.

'그건 당신에게만 그렇겠지.'

나는 그렇지 않아. 그렇게 눈치 없지 않다. 조절하지 못할 정도로 절박하지도 않고 눈멀지도 않았다. 당신이 생각하는 것처럼 순진하게 애타고 있는 게 아니란 말이야. 그리고 지금은 밀어붙일 때라는 걸 알아.

저 멀리서 헤지아나가 보였다. 밀어붙일 때다. 루시올은 헤지아나에게 달려갔고, 다가오는 자신을 발견한 헤지아나의 손을 붙잡았다.

"성하."

"루시올. 일찍 일어났군요. 아침 기도를 하러 온 건가요?"

부드럽게 웃는 헤지아나의 얼굴을 보고 루시올은 슬쩍 시선을 피했다. 그리고 불안한 듯이 말했다.

"예…. 그도 그렇지만 어제 많은 연락이 있었다고 들었습니다. 상황이…."

"아. 그것은 그대가 불안해할 것 없어요."

헤지아나는 루시올의 말을 끊었다. 단호하고도 부드러운 목소리였고, 깊은 바다같이 흔들리지 않는 눈빛이 루시올을 향했다. 손은 다정하게 루시올의 어깨를 쓸어내렸다.

"그건 잘 처리되고 있습니다. 신경 쓸 필요 없어요."

"하지만…."

"자신을 가다듬도록 하세요. 기도도 좋은 방법입니다. 신께서는 듣고 계십니다. 그리고 우리가 모르는 방법으로 위대한 길로 이끄시죠."

헤지아나가 몸을 숙이더니 루시올의 이마에 키스했다. 순간 루시올의 빰이 확 붉어졌다. 귀 끝까지 간질간질해져 견딜 수가 없었다. 물러선 루시올은 쫑긋거리는 귀를 붙잡고 고개를 숙였다. 이상할 정도로 부끄럽고, 기분 좋고, 행복했다.

"그럼, 갈까요?"

"예, 예."

헤지아나가 손을 내밀자 루시올은 그 손을 붙잡고 예배당에 들어섰다. 앞에 서 있던 아셔가 인사했고, 셋은 같이 예배당에 들어섰다. 제단 앞에 헤지아나가 무릎 꿇었고, 루시올은 그보다 한참 뒤에 앉아 손만 모아 쥐고 첫 햇살을 받아 맑은 색을 뽑내는 스테인드글라스를 쳐다보았다.

몸에 묘한 달콤함이 남았다. 그건 살을 섞었을 때와 비슷한 느낌이었다.

맨살을 맞대고, 입술을 비비고, 낮은 신음을 흘리며 혼란스러운 열기를 주고받을 때와 비슷한 쾌감. 눈을 뜨고 이 세상을 창조한 신의 일화를 재현한 그림들을 쳐다보며 루시올은 그것들을 생각했다. 그녀가 신이 듣고 있다고 했다. 그리고 우리를 위대한 길로 이끈다고 했다. 정말 듣고 있는 걸까? 루시올은 빌어 보았다.

'저 사람이 내 편이 되게 해 주세요.'

그녀는 이미 루시올의 편이라고 했다. 하지만 바라는 것은 그게 아니다. 좀 더 최상의 무언가. 확실한 자리. 그녀가 지배자라면, 그 옆에 앉는 것이 마땅한 자가 되고 싶다. 자신이 그녀에게 그런 자가 아님은 아주 잘 알고 있다.

[인간에게 혈육은 사랑의 대상이 아니잖아요!]

루시올은 흠칫 몸을 떨었다. 너무 많은 말을 했다. 그런 말들을 했다는 것을 떠올리자 귀 끝이 조금 뜨거웠다. 지나칠 정도로 과감하게 굴지 않았나.

하지만 다행이었다. 그 말들 때문에 헤지아나는 자신이 그녀를 사랑한다고 생각하겠지. 너무 몰려 있어서, 충격이 커서, 정신이 나가서, 위기감에 쉽게 그런 것들을 해 버렸다. 하지만 다행이다. 좀 더 그렇게 말하고 좀 더 그렇게 행동해야 해.

그러면 당신이 다정하게 나에게….

"아…."

루시올은 낮게 신음했다. 헤지아나가 키스해 주겠지. 세상 누구보다 부드럽고 달콤하게.

행복하다. 상상하는 것만으로도 녹아 버릴 것 같다. 잎사귀 사이로 흩어져 내리는 봄볕 아래 입 맞추며 웃고 있는 헤지아나와, 자신의 모습을 상상하고 있자니 손끝부터 흘러내릴 것 같았다. 녹아내린다.

깨달은 순간 루시올은 흠칫거리며 숨을 들이켰다.

'—잘하고 있어.'

순식간에 마음이 굳었다. 루시올은 맞잡은 손에 힘을 주었다.

'그게 행복하다고 생각해야 해.'

이 마음은 꾸민 것. 자신을 속여야 남도 속일 수 있다. 손끝에 힘을 주며 루시올은 이를 악물었다. 그런데 마음이 들끓는다. 이 극렬한 불안감은 뭘까. 속에서 무언가 들끓는다. 견딜 수가 없다.

"루시올?"

"아, 예?"

이를 악물던 루시올이 퍼뜩 고개를 들었다. 눈앞에는 어느새 다

가온 건지 모를 헤지아나가 걱정스럽게 자신을 쳐다보고 있었다. 헤지아나는 무릎을 꿇고 앉아 루시올과 눈높이를 맞췄다.

"상태가 안 좋은 것 같군요. 루시올도 힘들 텐데…. 쉬는 게 좋겠어요."

"아, 아뇨. 아프지 않아요. 그저."

"그저?"

헤지아나가 물으며 조심스럽게 루시올의 손을 감싸 쥐었다. 손이 붙잡힌 순간 온몸으로 무언가, 따스하고 간지러운 게 퍼졌다. 행복했다. 그 감각이 견딜 수 없었다. 루시올은 질겁한 표정으로 헤지아나의 손을 쳐냈다.

탁.

헤지아나가 눈을 둥그렇게 떴다. 루시올도 눈을 둥그렇게 떴다.

"아, 서, 성하. 이건."

정말 자신도 모르게 한 행동이었다. 가려운 곳을 긁는 것처럼, 답답하면 심호흡하는 것처럼 그만 자연스럽게 헤지아나의 손을 쳐내 버렸다. 헤지아나가 가볍게 입술을 달싹거렸다.

"죄, 죄송해요. 그냥 머릿속이 복잡해서…."

그러며 루시올은 헤지아나의 손을 붙잡았다가, 그만 견디지 못하고 놓아 버렸다.

뭐가 이렇게 견딜 수가 없는 거지? 헤지아나의 손을 잡을 수 없다. 이러면 안 되는데.

"아…. 성하. 죄송해요. 저는 지금."

당신 옆에 있기가 힘들어.

숨이 막힐 것 같아서 루시올은 자리에서 벌떡 일어났다. 그리고 도망치듯이 예배당을 빠져나갔다. 그 뒤를, 아셔가 빠르게 쫓았다.

　헤지아나는 자신에게 묵례하고 빠르게 루시올을 따라 나가는 아셔의 뒷모습을 쳐다보았다.

　교황의 기도는 특별한 일이 없는 이상 따로 이루어진다. 원하면 누구든 같이 기도할 수 있으나, 오는 이는 거의 없다.

　자신만을 위한 넓은 공간에 홀로 서서 헤지아나는 낮게 한숨을 쉬었다.

　'지금 제일 힘든 건 루시올이겠지.'

　헤지아나야 외교 문제는 전부 다른 이들에게 맡겨 버린 상황이므로, 이 무거운 짐은 자신이 아닌 사제들에게 맡겨져 있었다. 자신이 독선적으로 굴고 있으며, 그 결과 자신만 편한 것은 알지만 루시올을 보호하려면 그렇게 해야 했다. 지금은 직접 대응하면 안 된다.

　제단 앞에서 헤지아나는 한숨을 내쉬며 무릎을 꿇었다. 깍지 낀 손이 이마에 닿고 쥐고 있던 성물은 손안에 파고들었다. 침음하며 헤지아나가 기도했다.

　'창조신놈님 빨리 사라지셨으면….'

　[너 진짜 너무한다. 나 사라지면 이 세상 어쩌라고.]

　주변에 있었나. 머릿속에 울려 퍼지는 소리에 헤지아나는 이맛살을 찌푸렸다.

　'그래도 잘 돌아가겠죠.'

[와. 야, 내가 그사이에 대장벽 청소도 하고 왔는데, 나 아니면 대체 누가 청소할 거 같아?]

'별거 하지도 않았으면서.'

[아, 서럽다. 서러워. 이러니까 주부우울증이 생기는 거야. 가사노동 너무 얕보네. 해도 해도 끝없는 일인데 이런 취급이라니. 서러워서 살겠어?]

우는 소리까지 내는 목소리를 들으며 헤지아나는 깊이 한숨을 내쉬었다. 신이 왔으니 아침 기도는 안 해도 될 것 같았다.

'그게 당신께서 하실 일이잖아요.'

[내 일이라고 해서 당연한 건 아니다? 수고한다는 말 한마디로 아름다워지는 사회 모르냐? 내가 오늘 주어지는 곡식이 당연하지 않은 것이며 감사하는 마음 가지라고 말 안 했니?]

'아, 그래요. 알았어요. 수고하셨어요. 그래서 좀 하나하나 따져야겠는데.'

[무슨 옆구리 찔러 절 받기도 아니고…]

'지금 월성에 대한 반응이 어떤가요?'

[다들 뭐 난리지. 대부분은 네 예상대로 움직이고…. 그런데, 그건 그렇게 중요하지 않을 거야.]

헤지아나는 잠시 신음했다.

'루시올을 죽이러 여기까지 달려올 사람은 없다고 봐도 된다는 건가요?'

[이 회담이 잘 해결된다면.]

'정말 이렇게 다 하나로 몰아넣다니.'

[야, 애초에 그 문제들을 해결하려고 만들어진 회담인 거야!!]

하긴, 그게 맞다. 헤지아나는 다시 한번 '이 회담에 참석한 대표들은 이유가 있게 되었다'고 한 창조신의 말을 떠올렸다.

[그런 의미에서 가일란을 먼저 처리하는 걸 추천해.]

'처리라니, 죽이라는 건가요?'

[대체 너 누가 그렇게 키웠냐. 애가 뭐 그렇게 삭막해? 세상에. 처리하랬더니 죽인대.]

'아니…. 누가 그렇게 키웠냐니, 그건 님이 하실 말씀이…'

아, 아니. 바르고 고운 언어생활을 하자. 헤지아나가 어이없는 표정으로 쏘아보던 천장에서 시선을 치우고 눈을 감았다. 그러자 깊은 창조신의 한숨 소리가 들려왔다.

[하여간 그런 의미에서 개 좀 살펴보러 가 봐라.]

'왜요. 좀 더 가둬 놔도…'

되는 건 아니구나. 내일인 13일 오후 5차 회의가 열리기 때문이다.

지금 회담의 상황이 사실상 악살박살이라고 하나 회의에 가일란이 참석하지 않으면 양 제국의 대표들이 이상하게 여길 것이다. 카람찬트는 가일란을 의심하고 있고, 할센라비온은 거래를 하기로 한 듯하니 가일란이 없으면 위기감을 느끼고 극단적인 행동을 할 수도 있다. 그리고 바로 그 거래 때문에 가일란을 회의에 참석시킬 수도 없으니….

'…가일란을 노예로 만들어야 하네요.'

[진취적이네.]

5차 회의에는 반드시 웨스윌드가 안건으로 올라와야 했다. 그날 무조건 그 건에 대해서 끝장을 보고, 서명을 시켜 이 회의의 성과로 만들어야 했다. 그러기 위해서는.

'가일란을 노예로 만들어서 웨스월드에 합류시켜야 하는 거네요.'

[야, 진짜 정말 너무 진취적이고 좋다. 드디어 네가 그렇게 생각하게 됐구나. 그래, 그렇게 간단하게 생각해.]

'간단하긴 뭐가 간단해!'

헤지아나는 자리에서 벌떡 일어났다.

'대체 어떻게 하루 만에 사람을 그렇게 할 수 있냐고!!'

[뭔 소리야? 너 지금 여태껏 다 하루 이틀 만에 해치워 왔단다.]

'네? 뭐요?'

그럴리가. 생각하던 헤지아나는 잠시 자신의 일정을 되짚어 보았다. 오늘이 12일….

[얘가 자기가 뭐하고 사는지도 모르네. 아, 너무 바빠서 제정신이 아닌 건가? 그건 내가 그렇게 만든 거니 미안하네. 하여간 가일란에게 가 봐. 걔 상태가 조금 안 좋네.]

"네?"

헤지아나가 자신도 모르게 소리를 내며 위를 올려다보았다. 물론 거기에 신이 있는 건 아니다.

"가일란이 상태가—. 아니, 지금 말 돌리려고 일부러 그런 말 하는 거 아니죠?"

[야, 아까 봤을 때를 생각해봐. 걔 상태 솔직히 안 좋았잖아. 지금 다섯 시간쯤 지났지? 하여간 현재 탈진에 공황상태인 거 같네. 아까 너랑 이야기한 이후로 완전 흐트러졌어.]

"헉."

헤지아나는 놀라 몸을 돌렸다. 진짜 몸과 정신에 이상이 있으면 곤란하다. 헤지아나는 빠르게 예배당을 벗어나 가일란의 방으로 발걸음을 옮겼다.

"심각해요?"

[쉴 데는 준비해 둬야 할 거 같아. 하지만 정신이 완전 나간 건 아니니, 바로 이때다.]

"뭘요?"

옷깃이 휘날릴 정도로 빠르게 걸으며 헤지아나가 자신의 주인에게 여쭈었다. 그러자 창조신은 지엄한 목소리로 자신의 종에게 해야 할 일을 알렸다.

[심문.]

"…상태 안 좋다며! 상태 안 좋으면 헛소리만 하잖아!"

[아니야. 심문해라. 심문하려면 지금이 적기다. 심문해.]

"아니, 무슨 신이 이렇게 자비가 없어?!"

[심문을 빙자한 조교지. 빨리 가서 따먹어라. 일은 빠르면 좋은 거지.]

"저―기―요!"

가일란 역시 신의 창조물일 텐데 좀 자비로워야 하는 거 아닌가. 만물에 퍼지는 신의 은혜는 무슨.

헤지아나는 가일란의 방에 들어섰다.

손을 젖히자마자 백색의 공간이 펼쳐졌고, 발걸음을 옮기는 헤지
아나의 옆으로는 응급용품을 든 간수들이 동행했다.

그 한가운데, 가일란은 양 손목에 묶인 사슬에 매달려 있었다.
발끝이 겨우 바닥에 닿아 있는 그의 고개는 아래를 향하고 있었
고, 몸은 전체적으로 늘어져 기운이 없었다.

"이런."

미간을 찌푸리며 헤지아나는 가일란의 턱 밑에 손을 넣었다. 들
어 올린 가일란의 눈은 감기지도 못한 채 흐릿하게 뜨여 있었고, 입
은 벌어진 채로 짙게 단내 나는 숨을 뱉고 있었다. 삼키지 못한 침
이 턱으로 흘러내려 손에 묻었다.

"몸을 점검하죠. 강제적으로 안정시키도록 합시다."

"데리고 나가지는 않으십니까?"

"…아직은요."

심각한 것은 아니니, 굳이 안정적인 물질 공간으로 데리고 나가
야 할 필요성은 없어 보였다. 무엇보다 조교, 아니, 그러니까 심문
을 해야 할 필요성이 있고 말이다.

간수들은 가일란의 동공을 살펴보더니 입에 약물을 부어 넣었
고, 가일란은 그것을 저항 없이 삼켰다. 목이 말랐던 것인지 넘김이
거칠었다.

간수들은 사슬을 풀고 가일란의 겉옷을 벗겼다. 하얀 셔츠 아래
에서 풍채 좋은 구릿빛 피부가 드러났다. 육감적으로 풍만한 느낌
의 몸 아래에 굵고 둔한 선의 근육이 호흡에 따라 꿈틀거렸고, 그
피부 위에는 날카롭게 찢어진 선들의 흔적이 보였다. 오래된 상처였
다. 간수들은 상처 위를 덮은 땀을 물수건으로 닦았다.

상처를 내려다보며 혜지아나는 가일란의 조사 서류에 적혀 있던 것을 떠올렸다.

'10대 때 다수의 범죄 전과.'

물론 그것은 대부분 경범죄에 불과했지만, 다수의 기록은 그가 살았던 삶이 평화롭지 못하다는 것을 증언했다. 애초에 남부는 예나 지금이나 아이들이 살기 좋은 곳이 아니지 않은가.

혜지아나는 한 발자국 다가가 가일란의 팔과 가슴에 나 있는 상처를 천천히 둘러보았다. 매질을 당한 흔적이었다. 그것이 몇 번이고 쌓여서 성장한 성인의 몸에 그대로 남은 것이다.

곧, 간수들은 가일란의 바지도 벗겼다. 혜지아나는 조금 당황했고, 간수들도 조금 당황했다. 왜냐하면 속옷이 쉽게 내려가지 않기 때문이다. 그들 중 한 명이 말했다.

"붙었는데."

"네?"

혜지아나가 당황해 반응했다. 그러니까 저 부위에서 붙을 만한 일이 없고, 그럴 만한 점성을 가진 체액이라면 그것이고, 하여간 분명 옷을 갈아입혔는데?

그러나 혜지아나가 반응하자 간수들은 남사스러운 것을 보였다는 듯 당황하더니 머뭇거리며 설명했다.

"아, 다른 일이 아니오고, 성하. 아무래도 이 공간에서는 흔히 있는 일입니다. 고문이나 처형의 과정에서 남성이 사정하는 것은 흔한 일이오며… 감각이 교란되기 때문에 그러합니다."

"아, 아. 그렇군요."

그럼 그 이후 또 사정할 만한 일이 있었던 건가? 아니, 그 말대로라면 가일란이 딱히 '그쪽' 취향이어서 반응한 것이 아니었단 말인가?

헤지아나가 생각에 빠진 사이, 간수들은 정말 익숙한 일이라는 듯 들러붙은 옷을 떼어 내고 몸을 닦아 주었다. 다음 간수들은 간소한 하의만을 가일란에게 입혔다. 다음엔 양팔에 사슬을 묶고, 목에도 사슬을 다시 채웠다. 사슬 끝은 허공에서 사라졌다.

"으…."

그사이 가일란의 눈이 초점을 찾았다. 그는 처음 헤지아나가 들어왔을 때보다 안정되어 보였다. 호흡도 가쁘지 않고 신음도 하지 않는다. 다만 입은 여전히 벌어져 있고 눈도 풀려 있었다.

"성하. 도구는 준비되어 있습니다만 시작하실 것인지요?"

간수 중 한 명이 가일란을 쳐다보고 있던 헤지아나에게 물었다. 헤지아나는 의아하다는 듯이 고개 숙인 간수를 쳐다보았다.

"도구요?"

"예, 준비되었습니다."

간수가 옆을 가리켰고, 헤지아나는 그쪽을 돌아보았다가 자신도 모르게 낮은 신음을 뱉었다. 그들이 치료 도구와 함께 가지고 온 고문 도구가 담긴 손수레가 거기 있었다.

"아니…. 그보다, 이제 나가 보시는 것이 좋지 않겠습니까?"

"저희는 훈련받았으므로 이보다 오래 있어도 괜찮습니다."

그들이 받는 훈련에는 고문도 포함되어 있다.

즉, 그들은 헤지아나가 명하면 대신 고문을 하겠다고 말하고 있는 것이었다. 헤지아나는 뽑고, 자르며, 지지는 도구를 가만히 쳐다보다가 낮은 한숨과 함께 이마를 짚었다.

헤지아나 역시 저걸 사용하는 법을 안다. 말했듯 교황청은 유혈에 순결한 집단이 아니며, 교황은 또한 대의를 위해 누군가의 피를 뽑아내야 했다. 이 공간을 움직여 가일란에게 고통을 준 것도 그렇게 전달받은, 대대로 내려오는 기술 중 하나였다. 그러나 날붙이 달린 도구들은 보는 것만으로도 섬뜩하고 속이 메스꺼웠다.

"아뇨. 혼자 심문하도록 하겠습니다."

헤지아나가 말하자, 가일란의 머리에 손을 대고 치유의 주문을 읊던 간수가 손을 떼고 자리에서 일어났다. 가일란이 삼킨 약물이 혈관을 따라 빛을 내는 것이 보였다. 빛은 느리게 사라졌다.

간수들이 헤지아나를 남기고 백옥장에서 나갔다. 그러나 그들은 고문 도구를 가지고 나가지는 않았다. 그것을 헤지아나가 사용할 것이라 생각한 걸까.

"보고 싶지 않은데."

입술을 깨물며 헤지아나는 늘어놓은 고문도구를 흘끔 쳐다보았다.

어차피 소도구들이라 대단한 것은 없다. 살을 터지게 하는 총채 모양의 채찍, 발이나 손, 가슴 등을 조이게 하고 파고드는 구속기구들, 손톱이나 이를 빼는 기구, 눈꺼풀을 자를 수 있는 날카롭고 작은 나이프. 뒤의 물건들을 본 순간 헤지아나는 자신도 모르게 미간을 찌푸리며 눈을 감았다.

날붙이는 피하고 싶었다. 헤지아나는 채찍을 집었다. 위협도 되고, 적당한 고통도 주니 이것 정도면 될 것 같았다. 술이 여러 개 달리고 그 끝 하나하나에 날카로운 금속이 달려 피부를 긁는 것이었다.

"…을 떠나고…."

쉰 목소리에 헤지아나가 몸을 돌렸다. 가일란이 중얼거리고 있었다.

"그것들을 죽여서…."

"뭘 죽이죠?"

헤지아나가 가일란에게 다가가며 말했다. 가일란은 급히 숨을 들이쉬더니 고개를 들어 헤지아나를 올려다보았다. 시선은 흔들리지 않았지만 눈동자 자체는 고통에 절어 탁했다. 상한 몸을 치유력을 써 강제로 일으킨 덕에 정신은 맑겠지만, 그것은 몸이 완전히 회복했다는 의미는 아니다.

"하…. 성하께서 이제 한가하신 모양이군…."

"그렇죠. 당신을 손수 고문할 수 있을 정도로."

헤지아나가 손에 든 채찍으로 손을 가볍게 치며 말했다. 약간 따끔한 정도였다.

"혹시 교황청의 고문에 대해 들어본 바가 있나요?"

"아니…."

가일란이 자신에게 다가오는 헤지아나를 곁눈질하며 대답했다. 미간이 가볍게 일그러지는 것이, 아직 속에서 올라오는 고통을 억누르지는 못한 듯했다.

"손톱을 다 뽑아내면 더 뽑을 손톱이 없지요. 눈도 두 개 뽑아내면 끝이고, 발가락도 사지도 뭉개 버리면 그거로 끝입니다. 하지만 교황청의 고문은 그렇지 않습니다."

신과 가까운 공간에서는 발자국 소리가 들리지 않는다. 헤지아나는 가일란의 정면에 서서 말했다.

"신의 축복이 당신의 몸에 끊임없이, 당신이 이곳에 있다는 것을 자각하게 할 것입니다. 고통으로 미친 자도 존재하지 않지요. 만물에 관여하시는 신께서 당신의 영혼을 다시 이곳으로 데리고 오실 것이니 말입니다."

"호오."

가소롭다는 듯이 가일란이 웃었다. 무슨 배짱으로 저렇게 웃는 것일까. 가일란은 쉬익 새는 것 같은 웃음을 터트리며 헤지아나를 똑바로 응시했다.

"가일란 엘리아스. 당신이 가진 약물에 대해 이야기를 하도록 하지요."

"그게 어디서 난 건지 그렇게 궁금한가?"

쉰 목소리로 가일란이 웃었다. 헤지아나의 표정이 무섭게 굳었다.

"당신은 그거로 뭘 하려고 한 거죠?"

"무슨 상관이지?"

"그걸 팔기 위해서 북쪽을 봉쇄하라고 나에게 속삭인 겁니까?"

"그걸 알아서 어쩌려고."

"황제에게 그것을 팔 생각이었나요?"

"그럴 수도 있고."

"나와 카람찬트 황태자를 이간질하려고 수작을 부리고?"

"그럼 어쩔 거지?"

짝. 빈 공간에 둔한 소리가 울렸다. 공기가 단절된 공간에서 그 소리는 멀리 흘러나가지도 못한 채 막혀 버렸고, 가일란은 고개가 돌아간 채 멍하게 입을 벌리고 있었다. 헤지아나의 손가락은 날카롭게 모여 있었고 하얀 손바닥 안쪽이 발갛게 달아올라 있었다.

"자신의 처지를 이해하지 못하신 듯하군요."

아래를 향하던 흑갈색 눈동자가 데굴, 굴러 위를 쳐다보았다. 헤지아나가 말했다.

"건방지게 굴지 마시죠."

"…허."

가일란이 손을 들자, 절그럭거리며 사슬이 움직였다. 아마 자기 뺨을 만져 보려고 했을 것이다. 그러나 사슬은 짧았고, 뺨은커녕 어깨에도 손이 닿지 않았다.

"교황 성하께서는 손수 사람을 때릴 줄도 아셨군."

"신의 종은 신의 뜻을 위한 힘을 가지고 있고, 그 힘을 쓰는 방법도 배우지요."

"이 종교 말이야, 사람을 사랑하고 아끼고…. 뭐 그렇게 가르치지 않나?"

"복종하지 않는 자는 처단하라고도 가르쳤죠."

헤지아나는 잠시 붉게 물든 손바닥을 쳐다보았다. 그 손은 곧 뒤집어져 가일란의 머리 위에 얹어졌다. 사제가 아이들에게 축복을 줄 때 그 머리에 손을 얹듯이 말이다.

"이미 오래전의 이야기지만 말입니다."

"끅…."

하얗고 긴 손가락이 흐트러진 밤색 머리카락 사이로 파고들었다. 가볍게 누른 순간 복종하듯 머리가 아래로 향하고, 머리가 아래로 향함에 따라 붙잡힌 팔이 양옆으로 당겨졌다.

훈련되지 않는 근육까지 잡아당겨지는 고통에 가일란이 신음했다. 헤지아나는 시선을 돌려 사슬을 쳐다보았다. 사슬은 헤지아나의 의지에 따라 위로 길게 당겨졌다. 왼손 밑에서는 고통에 겨워 숨삼키는 소리가 들렸다.

"진지한 대답을 바라요. 서쪽을 언급하며 북쪽을 폐쇄하라 했던 것은 당신이 무기를 팔기 위해서였습니까?"

입술 사이에서 흘러나오는 목소리는 차분했다. 대체 어째서 이렇게나 차가운 걸까. 그러나 마음 역시 얼어붙은 호수처럼 차분해서, 이런 냉막한 목소리는 너무나 당연하게 느껴졌다.

헤지아나가 길고 가느다란 손가락으로 가일란의 머리를 눌렀다.

"사슬이 좀 더 강하게 당신의 팔을 잡아당기게 할 수 있어요. 탈골할 수도, 근육이 찢어질 수 있겠죠. 무서워하지 않아도 돼요. 저는 당신의 몸을 완벽히 치료할 수 있으니까. 당연히, 당신의 팔은 다시 같은 고통을 얻을 것입니다."

"허어, 하…"

가일란의 팔에 힘이 들어가는 것이 보였다. 부풀어 오른 근육 위로 땀방울이 끈적하게 흘렀다. 큰 고통은 아니지만 몸이, 그리고 계속되는 고통에 정신이 버티기 힘든 상황일 것이다. 가일란의 머리에서 솟아오르는 후끈한 열기가 헤지아나의 턱 밑을 데웠다.

"끝내주는데."

가일란이 미간을 찌푸리며 가쁘게 숨 쉬었다. 내려다보는 자세에서는 미간밖에 보이지 않았지만, 숨결에서 스며 나오는 열기가 고통을 대신 알려 주었다.

"좀 더 해 주지 그래. 난 이 정도로는 흥이 안 나. 팔이 빠질 정도는 되어야지."

흑갈색 눈동자가 위를 치켜보며 말했다. 헤지아나의 미간에 곱게 주름이 잡혔다.

건방지다. 그리고 동시에, 그런 의문이 들었다.

'정말 그쪽 취향인가?'

눈가에 미묘하게 낀 열기. 그것이 이 방의 문제인지, 아니면 그의 본성인지. 헐떡거리는 숨소리와 열기 오른 피부, 날카로운 시선 사이에서 헤지아나가 가볍게 입술을 핥았다. 그리고.

"흐악!"

가일란의 입에서 비명이 튀어나왔다. 사슬이 그의 팔을 양옆으로 세게 한 번 잡아당겼다. 가일란의 얼굴이 일그러졌고, 사슬은 다시 자비롭게 그의 몸을 내려놓았다. 그러나 이미 한계까지 잡아당겨진 근육은 비명을 지르며 더 긴 시간 동안 고통스러워할 것이다.

정말로 이걸 원해? 헤지아나는 가일란을 내려다보며 그의 반응을 살폈다. 걱정이나 염려는 없었다. 그저 차가웠다.

"자신의 육신을 과신하지 마세요."

"컥, 흐어…."

신음을 내쉬며 헐떡거리던 가일란이 헤지아나의 목소리에 이를 악물었다. 그는 고개를 치켜들더니 오기를 담은 눈으로 주변을 둘러보았다.

"화끈하긴 하군. 그런데 대체 이 염병할 방은 뭐야? 이것도 신의 능력인가?"

"내가 묻는 말에만 대답하세요."

가볍게, 가일란의 목에 매달린 사슬이 당겨져 그의 주의를 끌었다. 헤지아나가 물었다.

"황제와는 언제, 어디서, 어떻게 그 검은 약을 거래하기로 한 거죠?"

"황제? 무슨 이야기를 하는 건지…."

기운이 없지만 비웃는 웃음이었다. 헤지아나는 살짝 미간을 찌푸렸다.

"건방지군요. 이 상황이 도발할 상황이라고 생각하나요?"

"도발이라니, 그런. 내가 감히 교황 성하께 그런 일을 하겠나?"

"방금 당신은 황제에게 그 약물을 팔 수도 있다고 했습니다."

"아…. 미안한데 지금 내가 제정신이 아니라서 말이야. 그러니까…. 알잖아? 당신도…. 컥."

농담 따먹기라도 하듯 실실 웃어대는 가일란의 표정에서 웃음이 사라지고, 천천히 일그러졌다. 그는 똑바로 헤지아나를 쳐다보고 있었고, 헤지아나도 그의 일그러지는 시선을 응시했다. 손은 가일란의 가슴 위에 놓인 채찍을 지긋이 짓누르고 있었다.

채찍에 박힌 징이 가일란의 두툼한 가슴을 느릿하고 묵직하게 파고들었다.

낮은 압력은 천천히 피부를 누르고, 날카로운 끝으로 뚫으며, 부드럽게 눌려 살의 틈새를 벌렸다. 천천히 연약한 곳으로 파고들며 짓뭉개지는 감촉에 가일란의 표정이 일그러졌고, 일그러진 신음이 조금씩 커졌다.

어디까지 견딜 수 있을까? 헤지아나는 천천히 일그러지는 그의 표정을 관찰했다. 고통의 사이사이에서 치솟았다 사라지는 광기가 보였다. 그건 이 방이 당신에게 선물한 것일까, 아니면 본디 가지고 있던 것일까?

좀 더 알고 싶었다. 그 광기는 고통에 대한 분노인가, 아니면 감각을 일깨우는 선연함에 대한 갈구일까? 갈구는 어느 순간 순수한 고통으로 변할까? 언제 '그만'이라고 외칠까?

징이 땀과 섞인 붉은 핏방울을 머금고 찍힌 틈새를 파고들었다.

"혼란스럽겠지만, 말을 할 정신 정도는 있겠죠."

"크…. 으읍, 뭐야 이거. 독이라도 발랐어? 간지러운데."

이맛살을 찌푸리면서도 가일란은 능글맞게 웃는 것을 그만두지 않았다.

"내가 손을 쓸 수 없어서 그런데 말이야. 좀 긁어 줄래? 아 참, 그런 하얗고 가느다란 손으로 긁으면 오히려 가렵겠어. 아니, 어쩌면 다른 곳이 반응할 수도 있…."

가일란이 헤지아나를 향해 가슴을 들이댔다. 절그럭거리며 사슬이 움직인 그 순간, 헤지아나는 손에 든 채찍을 가슴을 향해 내리쳤다. 가죽과 징이 부딪히며 거친 파열음과 타격음을 냈고, 가일란은 강한 충격에 숨을 삼켰다.

"교육이 필요하군요."

"크, 핫…!"

핏방울 냄새가 열기와 함께 터졌다. 땀과 섞인 냄새가 비렸다.

가일란이 이를 악물며 신음을 삼켰고, 헤지아나가 그를 내려다보며 냉랭한 목소리로 말했다.

"다시 말하죠. 건방지게 굴지 마세요."

"컥…. 크…."

발간 핏방울은 상처 틈새에 방울방울 맺혀 있고, 가일란은 견딜 수 없다는 듯이 몸을 비틀며 신음했다. 선 굵은 육체가 꿈틀거리며 흔들렸다.

"아…. 젠장…. 간지러워…."

가일란이 예상했듯 징에는 독이 발려 있다. 사람을 죽게 하는 것은 아니라 염증이나 간지러움을 일으키는 독으로, 상처에 소금을 뿌리는 것과 다르지 않았다. 헤지아나가 말했다.

"달라하의 어떤 나라가 이 멜라스에 개입하려는 거죠?"

"크…. 하, 이봐. 그런 거 내가…."

짝!

가일란이 말한 순간 헤지아나는 그의 뺨을 때렸다. 뺨을 맞아 가일란의 고개가 돌아갔고, 말은 당연히 중간에 끊겼다.

"말 안 해도 돼요. 그냥 물어봤어요."

"이년이 장난…!!"

다시 한번 헤지아나가 뺨을 때렸다. 동시에 사슬이 절그럭거리며 양옆으로 팽팽하게 당겨졌다.

"그건 우리도 곧 알게 될 거거든."

"하…. 윽. 너희가 조사한 게 제대로 된 것일 거라고는…."

"그러니까 달라하의 어느 나라가 여기 개입하는 건 맞는 모양이군요. 참 궁금해. 당신은 중개상이잖아. 그들이 왜 당신을 중개상으로 선택했지요?"

가일란은 남쪽 사람이다. 내전과 내분으로 혼란스럽고, 그 지역에서 발생하는 난민만으로도 골치가 아픈 남부, 엘리아스의 정치인.

리암이 말했듯이 열강이 분열된 나라에 물건을 팔고 부를 얻는 일은 흔하다. 멜라스의 역학상 무기를 주로 생산하는 북부를 식료

품을 쥐고 있는 동부의 국가와 제국이 쥐고 흔들고 있긴 하다만, 다른 국가들이 남부에 물건을 팔아 이익을 얻는다는 결과는 변하지 않았다.

그런데 왜 가일란에게.

'아니, 잠깐.'

헤지아나는 한 가지 생각을 떠올렸다. 열강은 분열한 나라에게 무기를 팔아 부를 얻는다 — 그렇다면.

"본디 당신에게 팔려고 했던 건가?"

"…하."

가일란이 씩 웃었다. 비웃음이 아니라, 대단하다는 듯한 눈빛이었다. 그런 걸 생각하다니 재미있다고 말하는 듯한 눈빛과 웃음. 그 눈빛을 본 순간 헤지아나의 속에서 무언가 끓어올랐다.

"컥!"

발이 움직인 것은, 그에게 닿기에는 손보다 발이 가까웠기 때문이다. 발끝이 구부정한 배 끝으로 파고들었고, 가일란의 얼굴이 일그러지며 입에서 신음이 터졌다. 억눌린 공기가 터지는 소리는 쉰 목소리와 구분이 가지 않았다.

"그걸 사서 이곳으로 온 거고? 더 비싼 값에 팔기 위해서?"

분노는 고요했고 목소리는 가라앉았다. 발끝으로 어깨를 밀어 고개를 들게 했지만, 일그러진 눈꼬리에 묻어 있는 묘한 광기가 불쾌함을 불러일으켰다. 즐거워?

"스스로 그 재앙을 퍼트릴 자가 되기 위해 여기 왔다고?!"

목소리가 드디어 터졌다. 사슬이 시끄럽게 움직였다.

그는 혼란의 나라에서 태어나 인생 대부분을 분열과 전쟁에 희생당하며 자랐다. 어린 시절 교황청에 구제되어 교황으로서 그나마 안전하게 살아온 자신과는 비교도 할 수 없이 힘들게 살았을 게 뻔하다. 그는 혼세의 고통을 안다. 안전하지 못하다는 공포감, 배고픔, 무자비하게 육신을 꿰뚫는 자연의 모든 것의 고통을 구제받은 자보다 더 자세히 알 것이다.

그런데 그런 자가, 이 세상에 고통을 불러올 것들을 팔기 위해 움직인다니.

사슬이 제멋대로 움직이고 방이 분노의 의지를 받아 맘대로 가일란을 짓눌렀다. 고통에 젖은 신음과 헐떡대는 소리를 내며 가일란이 헤지아나 앞에 머리를 숙였다. 헤지아나가 그 머리를 강제로 들어 올렸다.

"그래서 당신이 얻는 게 뭐지? 이 세상이 망하길 바라?"

"그래도 상관없지만…. 망하면 안 되지…. 그래서야…."

괴로움에 찡그려진 얼굴로 가일란이 말했다.

"망하면 안 된다고? 그 약을 써서 사람들이 얼마나 죽을지 생각이 안 닿나?"

"해약이…."

쉰 목소리가 말한 순간 헤지아나의 눈이 크게 떠졌다. 헤지아나는 자리에 앉아 가일란과 시선을 맞췄다.

"해약이? 어디에?"

"…개발 중이지만."

그 약도 시험 중이라는 건가? 헤지아나가 이해하지 못하고 가일란을 쳐다본 순간, 가일란은 빤히 헤지아나를 쳐다보더니 씩 웃었다.

장난친 거다. 헤지아나는 바로 얼굴을 구겼다. 그러자 가일란은 웃음을 터트렸고, 그 웃음에서 헤지아나는 가일란이 확실히 자신을 조롱했다는 것을 알아차렸다. 헤지아나는 분기탱천한 표정으로 일어나 그의 등을 채찍으로 후려쳤다.

"크윽!!"

고통에 젖은 땀이 등 위에서 파도치듯 일어나고, 근육이 꿈틀거렸다. 가일란이 숨을 삼키며 몸을 웅크렸고, 쉰 비명을 내지르며 점점 고개를 숙였다. 살이 부딪히는 소리와 함께 거친 숨소리, 고통에 찬 땀방울과 핏줄기가 뒤섞여 비산했다. 등이 온통 붉게 부어올랐고, 핏방울은 뭉쳐져 길게 한 가닥으로 흘렀다. 그 위에서 헤지아나가 소리쳤다.

"중개상으로서 당신이 얻는 이익은 뭐지?"

"…편안한 인생?"

가일란은 거친 숨을 내뱉으며 말하더니 갑자기 끌끌 웃었다. 흘깃, 자신에게 벌주는 자를 올려다보는 그의 눈에는 묘한 만족감이 흐르고 있었고— 헤지아나는 그것에 조금 불쾌감을 느꼈다.

등에 피가 흐르고 있다고. 그런데 만족감을 느끼는 거야? 조금 따끔한, 조금의 구속과 약간의 자극이 아니라, 그런 것에서 만족감을 느껴?

"편안한 인생이라니. 세상에 죽음을 팔고 그런 걸 바라나?"

그건 아셔의 자기징벌과 비슷하지만, 결정적인 부분이 달랐다. 그것을 말로 표현할 수 없지만 분명히 달랐다. 아셔는 행위의 대가를, 마음의 짐을 덜 것을 요구하는 것이고, 이것은— 그러니까, 아마 확인을 요구한다. 확인하는 것으로 그는 즐거워한다. 이 육체에 쏟아지는 고통이라는 실감이 그를 즐겁게 한다.

아마도.

"어떻게 세상에 파멸을 팔고 안락함을 바랄 수 있지?!"

"왜 안 되지?!"

갑자기, 가일란이 고개를 치켜들며 목소리를 높였다.

마침 등을 향해 휘둘러지던 채찍이 가일란의 얼굴을 후려쳤고, 그의 뺨에 길게 붉은 자국이 남았다. 깊게 파인 상처에서 피가 한 방울 흘러나와 가일란의 눈꺼풀 위로 흘렀다. 하지만 그는 눈 감지 않았다. 상처 입은 얼굴로 똑바로 헤지아나를 보며 그가 말했다.

"왜 세상에 죽음을 팔면 안 되지? 너희들은 되고, 우리는, 나는 안 되나?!"

"뭐…."

헤지아나의 움직임이 순간 멈췄다.

"서제국이 분열을 부추겼지. 동제국이 무기를 주었지. 왕국들도 무기를 팔고, 생필품으로 협박하고, 식량으로 조롱했지. 너희들은 우리에게 죽음을 넘치도록 팔았어! 너희는, 교황청은 한 줌의 자비로 우리를 기만하고!"

가일란이 말하는 것은 역사였다.

현 황제인 할센라비온 전부터 이비아네라는 남부와 서부가 손을 잡아 협력하는 것을 경계했으며 분열하도록 계책을 써 왔다. 이 분열의 계략이 제일 성공적으로 시행된 곳이 남부였다.

남부는 본디 소규모 씨족, 부족 단위의 집단들이 발달해 있었다. 남부 역시 정치체계를 갖추고 발전하는 과정에서 많은 싸움이 있었고, 싸움에서 져 흡수된 하위 부족들은 정당한 대우를 받지 못한 경우도 많았다. 그들에게 독립이라는 단어는 달콤했을 것이다. 서쪽 나라는 그들에게 조잡한 무기를 팔았다.

동제국은 피지배자들을 억누르려는 지배자들에게 무기를 팔았다. 그들이 끊임없이 북부에서 무기나 원재료를 공급받아야 했던 이유는 여기에 있다. 그들은 그 무기의 수출로 많은 차익을 얻었고, 그 나라의 부강함 중 상당수는 여기에서 온다.

싸움이 이어지고, 자주성을 주장하며 분열로 이익을 챙기는 열강의 개입을 거부하는 자들이 생겼다. 왕국들은 이들에게 손을 뻗었다. 역시 무기를 팔고, 식량을 팔고, 생필품을 팔았다. 그들의 궁핍한 환경을 이용해서.

이런 외부 개입 사이에서 이념 싸움은 더욱 격렬하고 첨예해졌으며, 그들 중 극단론자들은 외부에서 지원해 준 식량을 먹은 자들의 내장을 쳐내야 한다고 주장하기에 이르렀다.

대륙의 많은 나라들이 그들의 곤궁함을 곤란해하면서도, 동시에 지속되기를 바랐다. 그러면 계속 착취할 수 있으므로. 이미 그것은 이 대륙을 지탱하는 하나의 순환체계다.

영원불멸 영속할. 그러므로 너무나 당연하여 아무도 이상하게 여기지 않는.

"그런데 왜 나는 그러면 안 되지?"

손끝의 핏방울마저 강탈당한 자가 반역을 원하노라.

"그건…."

헤지아나는 말을 멈추고 가만히 서 있었다.

이것은 보복을 원하는 마음이며, 그 마음을 이해할 수 있었다. 어쩌면 그것은 정당하기까지 하지 않은가? 그것은 당연한….

"─아니."

헤지아나는 고개를 저었다. 깊이 숨을 들이쉬자 가슴이 부풀고 답답함이 사라졌다. 헤지아나는 고개를 들어 똑바로 가일란을 쳐다보았다.

"그렇다고 해서 이런 학살의 도구가 용인되는 것은 아닙니다. 죽는 것은 결국 죄 없는 자들일 뿐!"

"죄가 없어?"

사슬이 절그렁거렸다. 가일란이 목소리를 높였다.

"전부 남부의 말라붙은 살을 뜯어 비계를 늘리고 있지. 그 말단의 말단까지 그러한데, 정말로 죄가 없나?! 관계가 없어? 응?!"

관계가 없을 리가 없다. 헤지아나는 잠시 가만히 있었다.

그의 말은 틀림없이 옳으며 어쩌면 그는 정당한 복수자이다.

그러나 정말 그에게 심판할 권한이 있는가? 누구에게 그런 권한이 있는가? 심지어 이 세상의 창조자조차 심판하지 않는 것을, 이런 흉악한 것으로 심판할 권한이 그에게 있다고?

"─그렇다고 해서."

헤지아나가 입술을 깨물었다.

"당신의 행위가 용서되는 것은 아닙니다."

"하, 이래서 곱게 자란 놈들이란. 하하, 하하!!"

"저 또한 전쟁을 겪었던 몸입니다. 그것이 어떤 고통을 주는지…!"

"닥쳐!"

치솟아 오른 목소리였다. 메말라 부러지는 나뭇가지같이 부서지는 목소리로 가일란이 소리쳤다.

"그래 봤자 넌 여덟 살에 교황청에 들어왔잖아! 넌 네 부모가 누군지 알지?! 나는 몰라! 도둑질로 연명해 본 적 있나? 앵벌이 할당량을 못 채워서 맞아 본 적 있어? 도둑질하다가 뼈가 부러질 정도로 맞고, 사기 치다가 칼에 맞아 봤나? 바람 막을 널빤지 있는 곳이 집이라고 살아 봤고? 그리고 그 가난은 단순히 한 나라의, 한 지역의 문제가 아니지! 내가 그런 걸 겪지 않을 수도 있었어!"

"당신이 나보다 더 오랜 기간 고난을 겪었을 것임은 알 수 있습니다만."

헤지아나의 표정이 일그러졌다. 그가 말하는 고통에 뼈마디를 파고드는 시림이 느껴졌다. 내장을 쥐어뜯는 듯한 굶주림을 느꼈다. 고통에는 쉽게 동조한다. 그리하여 고통을 쉽게 연민해 버린다. 그러나.

"고통을 겪었다고 하여 타인에게 고통을 주는 일이 허락되진 않습니다. 괴로움은 면죄부가 되지 않습니다. 그 누구도…."

―그런데, 잠깐.

헤지아나는 뭔가 좀 이상하다는 걸 느꼈다. 괴로움은 면죄부가 아니다. 남을 괴롭게 한다고 하여 괴로움이 해결되는 것도 아니다. 그러나 복수를 원하는 건 이해할 수 있는데….

"…복수를 원합니까?"

"그래."

갈라진 목소리가 대답했다. 숨은 안정되어 있었다. 눈빛은, 여전히 흐트러져 있지만 선명했다.

헤지아나는 그 눈동자를 똑바로 들여다보며 말했다.

"그럼 왜 황제와 황태자에게 팔려고 했죠?"

흑갈색 눈동자가 한 바퀴 돌았다. ―이건.

"복수를 원하면 쓰면 될 일이지, 팔 필요는 없어. 제국들이 약물을 쓰면 남부가 피해 입을 것은 자명하거니와."

헤지아나의 손에 힘이 들어갔다. 갑자기 심장박동 소리가 들렸고, 숨이 거칠어졌다.

물론 제국들은 가까운 나라에 약물을 사용하겠지만, 그것은 전쟁의 시작이다. 전쟁이 시작되면 리암의 말대로 남부에 가던 물자가 끊긴다. 곤란해지는 것은 남부다.

"약물이 하나일 리는 없어. 황제에게 주는 건 샘플이라고 했으니까. 최소한 두 개는 더 있겠지. 황제에게 팔고, 그리고 황제를 견제할 황태자에게, 또는 어딘가에 팔겠지. 그 과정에서 과연 10년의 유효기간을 가진 이 독이 남부까지 스며들지 않을까? 어쩌면 안전하지 않다고 생각되는 곡식을 남부에 비싸게 팔아넘길 수도 있겠지. 그러면."

"아…."

가일란이 짧게 신음했다. 곧 그는,

"맞아, 들었지. 젠장."

헤지아나의 숨이 멈췄다.

깨달은 것은 조금 뒤였다. 눈앞에 아무것도 보이지 않았고, 시력을 되찾았을 때 시야를 채운 것은 가일란의 일그러진 얼굴이었다. 자신은 왜인지 이를 악물고 손에 무언가를 움켜쥐고 있었다. 두 손으로 움켜쥔 그것. 그것은 가일란의 목이었다.

"크… 윽!!"

"대체 왜 당신이 대표인 거지? 당신이 살아야 할 이유가 있나?"

심장이 빠르게 뛰었다. 이런 말이 옳지 않은 것을 알고 있다. 그러나 그 외의 어떤 다른 말을 할 수 있단 말인가? 대체 그 외의 다른 어떤 말이 어울린단 말입니까, 신이시여.

"지금 나를 현혹하기 위해 그런 말을 한 건가요? 그 고통을 아는 사람이? 실은 사람들이 죽든 말든 신경 쓰지 않으면서? 자기가 고통받은 땅이 더한 고통으로 얼룩지는 것은 생각하지 않고? 당신도 이 땅에서 벗어날 수 없을 텐데?"

"커헉, 큽, 쿨럭."

"아니, 아니겠지. 당신 같은 인간이 자기 보신을 하지 않았을 리가 없어. 남부 대륙에서 거처라도 주겠다고 하던가? 아니면 이미 마련했나?"

헐떡거리던 가일란의 얼굴에 희미하게 웃음이 떠올랐다. 어떻게 알았냐는 듯한 웃음이라니. 헤지아나가 일그러진 얼굴로 손끝에 힘을 주었다. 바로 가일란의 얼굴이 고통으로 구겨졌다.

"흐읍…!"

"어째서 당신 같은 것이…!"

이렇게 분노해 본 적이 있던가?

양 손바닥 안을 꽉 채운 목은 굵고 단단했다. 이 가느다란 손가락으로 쥘 생각도 하지 않았을 목이었다. 그러나 손가락은 붉은 자국을 남기며 목을 한껏 조였다. 살의가 들끓었다.

"커헙…."

숨이 막히는지 가일란의 얼굴이 붉어지고, 마른 재채기가 목구멍에서 꿀럭댔다. 그러나 헤지아나의 손이 숨길을 찾는 맥동을 짓눌러 버렸다. 휙, 뒤집어질 것 같은 흑갈색 눈동자가 헤지아나를 쳐다보았다.

붉게, 달아오른 얼굴에서 그 눈동자가 뿜어내는 환희란.

만족스러워 보였다.

그 시선에 흠칫거린 사이 짤막하게 그의 입술이 달싹거렸다. 그 순간, 갑자기 자신을 쳐다보던 흑갈색 눈동자가 휙 뒤로 젖혀지고.

"헉."

혜지아나는 가일란의 목을 조르던 손에서 힘을 뺐다.

설마 죽은 건가?

격앙하던 감정이 찬물 맞은 듯 가라앉았고, 혜지아나는 잠시 굳어 있었다. 죽어서는 안 되는데. 죽일 생각은 아니었다. 아니, 하지만. 정말로. 이 녀석은. 그렇지만.

"허억."

혜지아나가 잠시 굳어 있던 순간, 가일란의 입에서 크게 숨 들이쉬는 소리가 났다. 가일란의 가슴이 크게 부풀어 오르더니 몸이 앞으로 기울었고, 곧 가일란의 어깨가 급하게 들썩였다.

"하아, 하아, 허억, 흑, 혁. 아, 젠, 장, 하아."

요란하게 숨을 몰아쉬며 가일란이 혜지아나를 쳐다보았다. 탁한 눈동자가 묘한 열기와 해방감을 가지고 혜지아나를 쳐다보았다.

"정말, 대체, 허억, 흡."

가일란이 어깨를 들어 입가를 훔쳤다. 그가 말했다.

"당신 말이지…"

요구하는 눈빛이었다. 강렬한 시선에 혜지아나의 몸이 가볍게 움찔거렸다. 동시에 가일란은 상대의 동요를 쉽게 눈치챘다. 말을 지어내던 가일란의 혀가 멈췄고, 그의 입술 사이엔 가쁜 숨만 오갔다.

눈빛은 뱀처럼 요동치며 빛나고 있었고, 헤지아나는 그 눈빛에 묘한 섬뜩함을 느꼈다.

"—내가 복수를 하는 게 왜 나라를 위해서라고 생각하는 거야?"

"…무슨 말이죠?"

한참 후, 숨이 잦아들고 가일란의 입에서 나온 말에 헤지아나가 뻣뻣하게 반응했다. 똑바로 말하는 걸 보니 몸에 문제는 없는 것 같았다. 그러나 어쨌든 자신이 사람의 눈이 뒤집어질 정도로 목을 졸랐다는, 그 정도로 감정에 치우쳤다는 데에서 오는 충격이 있었다.

이 남자에게 너무 쉽게 분노하고 있었다. 그것은 그에게 끌려다닌다는 말과 비슷했다.

"흔하디흔한 민족주의자라고 생각하지 말라고. 나는 내 복수를 하고 싶은 거야."

"—그게 제국에게 무기를 파는 이유가 되진 않죠."

헤지아나는 그가 무슨 말을 하는지를 알아차리고 대답했다. 아직 완전히 진정하지는 못했다.

"궤변은 그만두시죠. 그래서 왜 그 무기를 제국에게—"

"이젠 내가 너희들의 살을 뜯어먹을 차례니까."

가일란이 웃음을 흘리며 말했다.

"멜라스는 전부 남부를 뜯어먹으면서 살았잖아. 그러니 이젠 내 차례가 오는 게 공평하지 않아? 내가 그것으로 배를 불린다고 해도 무슨 상관이야. 가져간 만큼 나도 얻을 뿐이야. 내 차례라고! 아니라고 할 수 있어?!"

"그 과정에서 죽는 당신 나라의 사람들은 생각하지도 않는 건가요?!"

다시 분노가 치솟았다. 다만 그 분노로 또 충동적으로 행동하지 않도록 자신을 억눌렀다. 가일란이 입술을 핥으며 목소리 높인 헤지아나를 쳐다보았다. 그 흐릿한 눈동자가 무언가를 살피고 있었다. 대체, 무엇을 살피는 것인가.

"알 게 뭐야?"

헤지아나의 표정이 굳었다.

가일란은 계속 쳐다보고 있었다. 관찰하는 듯한 그 눈빛이란. 마치, 자신의 눈동자를 뚫어볼 듯한 그 시선이란. 변화를 낱낱이 캐내려는 듯한 그 집요한 시선이란, 마치, 자신의 분노를 관찰하는 것 같아서.

"죽든 말든 알 게 뭐지? 누가 그런 걸 신경 썼다고. 대체 누가 그 동네 약한 것들 죽는 것에 신경 썼어? 네가? 구호품이나 조금 보내고 할 일을 다 했다고 생각하는 네가?"

"당신."

헤지아나의 입술이 가만히 떨렸다. 그건 정곡을 찔린 굴욕감일 수도 있고 분노일 수도 있었다. 가일란은 웃었다. 눈동자는 여전히 헤지아나를 관찰하고 있었고, 헤지아나가 한 발자국 다가온 순간 그 눈빛이 날카롭게 빛났다.

"원래 약한 것들부터 죽어. 죽기 싫으면 강해지면 되는 거잖아? 약한 게 문제 아냐? 나도 약했어. 하지만 봐! 착취되고 더럽고 역겨운 판에서 사기 치고 죽이면서 살아남았고, 이제 다른 놈들을 잡아먹을 수 있게 됐다고! 살면 되잖아. 살아서 기어 올라오면 되잖아.

살아남아서, 몸집을 키워서 다 잡아먹으면 되잖아! 그게 왜 내 탓이지? 나는 내가—!"

컥, 하고 숨 들이키는 소리가 말을 끊었다. 사슬이 당겨지고 가일란의 턱 끝이 다시 위를 향했다. 올려다본 위에는 새파랗게 타오르는 불꽃 같은 눈동자로 자신을 내려다보는 여자가.

"그러니까 당신의 말은."

신의 사자가.

"자신의 이익을 위해서 그 독을 이 멜라스에 푼다는 것이군요."

"커, 흑…"

목이 당겨지고 자세를 잡는 것이 힘들었다. 힘줄이 한계까지 당겨지고 관절 사이사이가 벌어지는 듯한 느낌. 몸에 뭉근하게 열기가 올랐고 땀이 물안개처럼 피부 위에 얹혔다. 그리고 정신은, 고통으로 조금씩 희미해지고, 그것은 미묘하게 달콤한 감각이어서.

"당신의 고통으로 당신의 행동을 정당화하지 마십시오. 당신의 불행은 분명 동정할 일이지만."

"허억, 허억…"

숨이 찼다. 비틀린 자세로 온몸이 호소하는 고통을, 육신이 질러내는 존재의 증명을 느끼며 열띤 눈으로 올려다보았다. 냉엄한 증오가 찬 시선을 받으며 생각했다.

"역시."

몸이 떨리고 가볍게 전율이 일었다.

흥분했다.

정확해. 확실해.

등골이 오싹했고 신경이 날카롭게 되살아났다. 흥분과 냉정 사이에서 흐르는 번개 같은 자극이 몸 중심을 자극했다.

"그것도, 그 어떤 것도 당신의 면죄부가 될 수는 없습니다."

"당신이, 나에게."

확신했다. 역시 당신인 것 같아. 당신일 수밖에 없지. 신의 사자. 그 외에 누가 적합하겠어. 대체 누가? 그 냉정한 얼굴. 차가운 분노의 표정. 늘 생각해 왔던 징벌자의 모습. 허공에서 쏘아질 화살촉의 차가움. 납의 심장을 가진 무정한 이.

"…가일란?"

"드디어."

가일란이 작게 웃었다. 그가 소리 죽여 웃다가, 조금 더 소리를 높여 웃었다.

"드디어 찾았군"

쉰 웃음이었다. 그러나 마치 깨달음을 얻은 고행자처럼, 안식을 얻은 여행자 같은 웃음이었다. 헤지아나가 그 이상한 웃음에 움직임을 멈췄다.

"당신이 내게 고통을 주는 사람인가?"

그러니까.

세상은 불공평하다. 그것은 어렸을 때부터 알고 있었던 일이다. 그때의 이름은 기억나지 않는다. 그러나 그 눈에 서린 갈 곳 없는 분노가 자신이 누군지 증명해 주었다. 나는 나였다.

고통이 가득한 시대였다. 속을 쥐어뜯는 굶주림에 비해 각다귀가 물어뜯는 것은 별일 아니었다. 벌레가 들끓어 피부를 긁어대는 것은 별 것 아니었다. 전염병이 도는 것은 별 것 아니었다.

쉽게 불구가 되었고 쉽게 죽었다. 그중에서도 약한 것들이 먹을 것을 빼앗겼고 약한 것들이 쉽게 아팠으며 약한 것들이 쉽게 죽었다. 죽은 것들은 쉽게 진흙처럼 눅진해지고 흐물해졌다.

살아남는 것이 선이다. 그 명제가 참이며 진리였으므로 살아남기 위해 저지르는 모든 일들은 절대선의 기준으로 모두에게 용납되었다. 묵언의 규칙이었고 침잠된 공모였다. 그 공모에 힘입어 약삭빠르게 피하는 법을 익혔고 기척을 죽이는 법을 배웠으며 거짓을 유연하게 말했다.

불합리가 불화살처럼 쏟아지는 시대였다. 죽음과 같은 숫자로 덮쳐 오는 화살비. 굶주림과 모멸과 고통과 생사의 갈림길 사이에서 소년은 생각했다.

생이 이렇게 고통으로 가득할 리가 없다.

그도 그럴 것이 같은 가난함에 시달리고 있다고 하더라도 누군가는 누군가를 착취해서 잘 먹고 잘살고 있지 않은가. 이상할 정도로 자신에게만 고통과, 배신과, 사기와, 폭력이 쏟아지지 않는가. 물론 이것이 자신과 비슷한 소년들에게 그렇게 특별한 일이었느냐 하면, 그건 또 아니라고 하겠다. 어쨌든 나는 왜 '저러한 사람들'이 되지 못하는가.

소년은 사람들이 죽어 가는 어둡고 좁은 골목에 서서 말했다.

"무언가가 나를 괴롭히고 있어."

하늘이 보이지 않는 골목이었다.

허황된 생각이라고도 몇 번 자신을 다독여보았다. 그러나, 그러지 않고서야 이런 고통이 있을 리가 없었다. 이것은 그야말로 잘 계산된 덫이었다. 벗어날 수 없도록 조형된 미로였다. 이 세계가 덫이고 미로였다. 육신 있는 이가 벗어날 수 없는 거미줄이었다.

그렇다면 세상은 왜 이 고통을 조장하는가. 왜 자신의 적의를 배양하는가. 그들에게 그것이 즐겁기 때문인가?

그렇다면 나는 그 고통에 저항하겠다.

분노를 삼키며 소년이 벌레를 긁어 낸 마른고기를 씹었고 곰팡이 슨 빵을 잘라 냈다.

청년이 냉소를 흘렸다. 신의 사자여, 시체의 살을 뜯는 것이 그리도 비극이라고 생각하십니까? 나는 이미 그것을 겪었다오. 그렇다면 나는 이미 미래에 도래할 지옥을 겪고 온 자겠군. 말하건대 그것은 별 것 아니야. 그저, 기회가 주어질 때 놓치지 않으면 돼.

도둑질할 기회가 있으면 놓치지 말 것. 도망칠 수 있을 때 도망칠 것. 먹을 수 있을 때 먹어 둘 것. 거래할 수 있을 때 빠르게 해치울 것. 누군가가 손을 뻗으면 붙잡을 것. 그의 신임을 얻을 수 있을 때 얻어 둘 것. 그가 연줄을 제공한다면 그 줄을 타고 올라갈 것.

신뢰는 중요한 것이지. 파디르 이아르니는 긴 시간에 걸쳐 곁에 둔 나를 신임했고 현재의 이름을 얻었다. 덕분에 나는 지금 이 자리까지 올라왔다. 믿을 수 없겠지만, 이래 봬도 나는 언제나 신뢰를 중요하게 여겼어. 신뢰가 있어야 손을 잡을 수 있거든. 그리고 배신할 수 있지. 동료는 언제나 최강의 방패이고 희생양이며 번제물 아니겠는가.

뭐라고? 내가 이럴 줄 몰랐다고? 내가 그럴 줄이야 몰랐겠지. 당연한 거야. 넌 나를 믿었으니까. 그러나 세상의 규칙을 모르면 곤란하잖아. 세상이 나의 적이듯이, 세상은 너의 적이야.

사방이 적이고 적은 무형이며 공기는 나를 배척한다. 그러니 모든 것과 싸우도록 해. 곁에 있는 자는 언제든지 네 목을 찌를 때만 노리고 있어. 그래야 네 빵을 훔칠 수 있거든. 언제 어디서 쏘아질지 모르는 납화살의 뾰족함이 피부를 가르는 것을 예상해야 해. 그것에 도전하고, 응전하려는 투기로 맞서야 하지.

괴롭혀 봐라. 이름 없는 자여, 혹은 신이라고 불리는 허깨비여, 나는 이유도 모르는 것으로 벌 받지 않는다. 너는 세상이니 나는 나에게 고통을 주는 네게 고통을 주며 살 것이다. 네가 준 고통만큼 너에게서 받아 낼 것이다. 네가 고통을 주기 전에 내게 고통 줄 너의 도구들을 먼저 꺾어낼 것이다. 그것이 내 승리다.

나는 고통받기 전에 너희 모두를 죽여 버릴 거야.

그리고.

세상과 싸운다는 것은 세상이 날릴 화살을 감당해야 한다는 것을 말한다.

늘 신경 끝은 바늘처럼 예리하고 발끝은 날 위를 걷는 듯 선뜩하지. 경계하고 있고 한시도 안심하지 않는다. 이번엔 어디서 날아올까. 날아올 것은 피할 수 있을까.

그것에 모양이 있다면 덜 두려울 텐데.

사방은 적이고 적은 무형이며 공기는 나를 배척한다. 어디서, 어떻게, 어떤 형태로 날아올지 모르는 적. 형태가 있다면 좋겠어. 알 수 있는 것이면 좋겠어. 예측할 수 있는 것이면 좋겠어.

그래서 늘, 언제나 적을 만들었다. 모습이 보인다면 두렵지 않으니까. 보이지 않는 화살, 보이지 않는 무게에 형태를 씌운다. 조그만 불씨를 키워 모양을 만들고, 가능성을 제거한다. 나를 배척하는 세계의 의지를 낱낱이 제거하며 두려워한다.

하지만 아니야. 그것들은 세계의 사도일 뿐, 그 자체가 아니야.

진짜로 내게 고통을 주는 건 무엇이지? 어디에 있지?

두려워하면서도 찾아온 꼭두각시도, 허상도, 껍질도 아닌 실체.

마침내 그것이 드디어, 예측 가능한 형태로서 나타났다.

"윽."

헤지아나가 퍼뜩 고개를 들었다.

꿈을 꾸었다. 그것은 끝없는 고통과 협잡이 가득한 삶이고, 거짓과 방향 없는 증오, 분노가 가득한 생의 꿈이었다. 그리고 그 꿈의 주인은 자신이 아니었다.

"…가일란."

헤지아나는 이마에 밴 땀을 닦으며 몸을 일으켰다.

아마도 신이 보여 준 꿈이겠지. 신의 뜻을 정확히 알 수는 없지만, 이대로라면 헤지아나가 가일란을 죽여 버릴까 싶어 일부러 보여 준 것 아닐까. 이런 것으로 동정이, 일지 않는 것은 아니지만 불행은 가해의 변명이 되지 않는다.

"헤지아나."

그때였다. 부드러운 면 손수건이 뺨에 닿았고, 손수건은 조심스럽게 헤지아나의 이마와 목덜미에 맺힌 땀을 닦아 냈다. 고개를 돌리자 리암이 헤지아나를 쳐다보고 있었다. 무심한 표정이었지만 그의 손길은 조심스럽고 섬세했다.

"나쁜 꿈을 꿨나요? 몸도 뜨겁군요. 피곤한 거 아닌가요?"

"아, 네. 안 좋은 꿈을 꾸긴 했지만….''

헤지아나는 주변을 둘러보았다. 자신의 집무실이었다. 가일란을 방에 내버려 두고 나와 집무실로 돌아온 후, 헤지아나는 리암과 짧게 일을 하다가 피로감에 잠들었었다. 아직 꿈에서 완전히 분리되지 않은 의식을 곁에 있는 상대의 실감으로 해소하며 헤지아나는 낮게 한숨을 내쉬었다.

"아마 그건 신의 인도일 것인지라."

"신이 보여 준 꿈이란 말입니까?"

헤지아나는 작게 고개를 끄덕였다. 손이 리암의 손목을 더듬고 있었다. 다른 남자들처럼 굵고 힘 있지는 않지만 그래도 자신보다는 굵었고, 하얀 피부 아래로 손목을 타고 흐르는 핏줄이 드러나 보였다. 헤지아나는 그 핏줄을 따라 조금씩 손을 움직였다.

"피곤한 꿈이었어요."

"아."

흠칫, 리암이 몸을 움츠렸다. 헤지아나가 놀라 움직임을 멈추고 리암의 눈동자를 쳐다보자, 리암은 가볍게 웃음 지었다.

"그렇다면 무슨 꿈인진 묻지 않는 게 좋겠군요."

리암은 헤지아나의 입술에 가볍게 입 맞췄다. 입술이 가볍게 닿았다. 자신도 모르게 눈을 감은 순간 몸을 짓누르던 무거운 공기가 떨어졌고 집무실의 밝고 가벼운 공기가 피부에 스며들었다. 눈을 뜨자 웃는 리암의 얼굴이 있어, 헤지아나는 그에게 가볍게 입 맞췄다.

"미안해요, 잠들어서. 너무 피곤했어요."

"어젯밤에 잘 잠들지 못했던 건가요?"

"아뇨, 그렇다기보단…."

헤지아나는 리암의 손에 이끌려 자리에서 일어났다. 빛 들어오는 창문은 열려 새 우는 소리가 들렸고, 산들바람이 불어 레이스 커튼을 하늘하늘 춤추게 했다. 평화로웠다.

"—이해할 수 없었어요."

헤지아나가 미간을 찌푸렸다.

"고통을 겪었다면, 그것을 퍼트리고 싶지 않은 게 당연하지 않나요. 나와 같은 사람을 만들고 싶지 않은 게 당연하지 않은가요?"

도저히 이해할 수 없었다. 대체 사람이 어떻게 그럴 수 있단 말인가.

이해할 수 없는 것을 앞에 두고 심신이 깎여 나갔다. 자신의 안에, 그토록 들끓을 줄 몰랐던 증오를 억누르는 것도 피곤했다. 폭력을 행한다는 것도 이토록이나 피곤한 일인데, 어째서 누군가는 그것을 적극적으로 행하려고 하고, 심지어….

"가일란 대표 이야기군요."

리암이 짧게 고개를 끄덕였다. 헤지아나는 리암의 손을 가볍게 주무르며 고개를 끄덕였다가 자신의 손이 차갑다는 것을 깨닫고 신음했다. 리암은 헤지아나의 손끝을 주물러 주며 턱 끝으로 책상을 가리켰다. 리암의 손은 햇살처럼 따뜻했다.

"그러지 않아도 성하께서 휴식하시는 사이 리시 추기경과 같이 수집한 정보를 정리했습니다."

그리고 완전히 몸을 돌려 테이블을 쳐다본 순간, 헤지아나는 이쪽을 쳐다보고 있는 리시를 발견했다.

"흠흠."

리시는 헛기침하며 헤지아나의 손을 주무르는 리암의 손을 흘끔 쳐다보았다가 시선을 돌렸다. 순간 헤지아나의 얼굴이 확 달아올랐다. 세상에! 헤지아나는 재빨리 리암의 손에서 자신의 손을 빼냈다.

"결론부터 말하자면 아셔 경이 잡았던 용의 피가 드로마에서 거래된 기록이 있습니다."

"아, 아니. 리암. 아니, 리암 왕. 그, 저!"

헤지아나가 리암에게 눈치를 주었지만, 리암은 잠시 이해하지 못하겠다는 듯이 가볍게 눈살을 찌푸리더니 다시 헤지아나의 손끝을 주물렀다.

"손끝이 평소보다 차갑습니다. 스트레스가 많아 혈행이 좋지 않은 것이 분명합니다. 주물러주면 조금 나아지겠죠. 하여간 드로마의 영주와 연락을 해 보니 별다른 경계심이 없더군요. 그는 어떠한 마법사에게 판매하였다고 합니다."

"네⋯. 그렇군요."

'평소보다' 차갑다니. 헤지아나는 흘끔 이쪽을 쳐다보는 리시를 곁눈질하며 입을 가렸다. 저 시선 때문인지 더 부끄럽게 느껴졌다. 리시가 헛기침을 하더니 말을 이어받았다.

"본디 판매된 피는 극소량이어서 그것으로 약물을 만들기 충분한지 의심스럽습니다만, 그 이후 몇 번 용의 사체로 인해 독기가 있는 땅에 어떤 사람들이 출입한 흔적이 있다고 합니다. 그리고 아무래도 우리가 달라하를 의심하기 때문에 그 나라들 중 특별한 움직임이 있는 곳이 있는지 찾아보았습니다."

"의심스러운 곳이 있습니까?"

전혀 사심 없이 그저 혜지아나를 염려하여 손을 주무르는 채로 리암이 고개를 끄덕였다.

"리스아시와 맞닿은 마나크입니다. 몇 년 전 주술사들을 왕명으로 소집했다는 소식도 들었고, 무엇보다 요 일이 년간 리스아시를 후원하며 가일란과 접점을 맺은 나라인지라. 그리고 그 나라에 소수의 난민들이 흘러들었는데, 그들 중 일부의 행방이 석연찮은 점도 있습니다."

혜지아나는 입을 가린 채 낮게 신음했다.

그래, 세계는 하나의 유기체이고 한 곳이 흐를 때 다른 곳이 흐르지 않을 방도는 없다. 이 대륙에서 일어나는 전운 역시 그러한 흐름의 일종 아닌가.

"근원을 발본색원하는 것은 중요합니다. 그러나 그것이 멜라스에서 만들어진 것이 아니라면, 당장 우리가 집중해야 할 일은 아니겠지요. 멜라스의 전운이 독을 풀 수 있는 틈을 만든 것이니, 그 전운을 걷어 내는 것이 선결되어야 합니다. 지금 그들을 공박해봤자 아무런 득이 없어요…."

혜지아나는 잠시 말을 멈추더니, 고개를 들어 리암을 쳐다보았다.

"내일, 마지막 회의에서 웨스월드의 비준을 강행할 필요가 있습니다."

신의 의지가 담긴 저울이다. 필히 그 저울에 세계를 올려야 할 필요가 있었다. 리암이 고개를 끄덕였다.

"저와 아셔 경, 루시올 님이 계시니 반은 됩니다만 과반수는 되지 못합니다. 가일란과 황제는 불가한 존재로 확인되니 남은 것은…"

"카람찬트가 가능할 리가…"

헤지아나가 낮게 중얼거렸다.

"차라리 가일란을 하룻밤 사이 노예로 만들어 내게 따르게 하는 게 낫겠군요."

창조신과 나눴던 이야기가 떠올랐다. 무심코 그 말을 툭 내뱉은 헤지아나는 순간 앗차 싶어 입을 다물고 리암을 쳐다보았다. 리암이 얼마나 이상하게 생각할까.

"그렇군요."

그러나 리암은 눈썹 하나 까딱하지 않고 헤지아나의 손을 붙잡은 채 내려놓았다.

"그렇다면 황태자와는 제가 이야기를 나눠 보도록 하겠습…"

"성하."

그때였다. 문 두들기는 소리가 들리고 궁내원이 들어와 말했다.

"카람찬트 황태자께서 알현을 청하십니다."

"―황태자는 제가 만나 보는 게 좋겠군요."

헤지아나가 아직 자신을 붙잡고 있는 리암의 손을 맞잡으며 말했다.

분명, 카람찬트가 그렇게 말하기는 했다.

[난 깨지지 않는 세상을 원해.]

그렇지만 그건 아무리 생각해도 '파헨타움이 지배하는 하나 된 세상'을 전제한 말일 텐데. 헤지아나는 긴 옷자락을 젖히고 자리에 앉는 카람찬트를 보며 생각했다.

"무슨 일이야?"

"너야말로 무슨 일 하고 있는 거야?"

카람찬트가 헤지아나가 따라 내놓는 화사한 향의 홍차 잔을 쳐다보며 말했다.

"왜 그 성기사는 나에게 보내고?"

헤지아나는 당황하지 않았다. 리암이 아셔를 카람찬트에게 보냈다고 귀띔해 주었기 때문이다. 그에게는 투박한 아셔의 태도가 더 설득력이 있을 것이라며.

"그가 뭐라고 말했는데?"

"내가 나쁜 사람으로 보이지 않는다더군."

카람찬트가 팔짱을 끼며 말했다.

"그래서 당신과 리암의 뜻에 동조해 줄 것 같대."

"안 그래도 하려고 했던 이야기긴 해."

아셔는 아직 사람 보는 눈이 부족한 것 아닐까. 물론 카람찬트는 악인은 아니다만⋯. 물론 리암은 아셔를 연결고리로만 사용했을 것이다. 헤지아나는 카람찬트 앞에 앉아서 힘겹게 우물쭈물했을 아셔를 생각하며 이마를 문질렀다.

"어쨌든 이 세상은 떨어지기 직전의 유리구슬이지. 떨어지면 깨질 거고."

"…그래서?"

"네가 짐작했듯이, 나와 리암 왕은 이 세계가 깨지지 않게 할 도구를 만들어 냈어."

카람찬트의 미간이 조심스럽게 구겨졌다. 깊게 주름 새겨진 미간은 마치 그림으로 그린 듯 정확했고, 그 위로는 부드럽게 흐트러진 머리카락이 움직임에 따라 흔들거렸다. 정말로 그림 같은 모습이군. 헤지아나는 속으로만 감탄하기로 했다.

"계속하던 그 이야기군. 그게 리암 왕과 속살대던 이야기고."

카람찬트가 팔짱을 끼고 의자에 깊게 기대앉았다. 긴 손가락으로 금장 테를 두른 화려한 홍차 잔을 들어 입가에 대는 일련의 움직임은 거의 춤과 같이 우아하게 느껴졌다. 어째서 저런 체격도 좋은 녀석이 움직임마저 우아하단 말인가. 물론 보는 입장에선 좋다만.

"그래. 간략하게 말하자면, 상호 불가침 조약을 맺을 생각이야. 그를 어떻게 구성할 것인지는 전부 마련이 되었어. 이 기구의 창설은 싸움이 쓸데없이 늘어나지 않길 바라는 너에게도 좋은 이야기일 거야. 안 그래?"

속내는 전혀 다를 카람찬트의 동조를 구하며 헤지아나는 카람찬트의 눈을 쳐다보았다. 예상대로 그의 눈꼬리에 가볍게 주름이 잡혔다.

"좋은 이야기긴 하네."

찻잔을 내려놓으며 카람찬트가 말했다.

"회의기간 동안 이 사람 저 사람 만나느라 바쁘다 싶었더니 그거 때문이었나 보군. 내게 말을 꺼냈다면, 내가 피하기 어려운 상황을 만들어 두었다는 거겠고. 안 그래?"

"눈치가 빨라서 좋네."

그렇게 생각해 준다면야 이쪽이 감사하지만. 실제로는 카람찬트가 들어와야 이 상황의 승기를 잡을 수 있다.

헤지아나는 홍차 잔을 들어 기울였다. 화사한 수레국화 향기가 기분 좋게 혀끝을 맴돌았다.

"좋아. 일단 리암 왕은 네 편이겠지. 아셔 경 역시 당연히 네 편이고, 루시올… 7월성 또한 네 편인데. 그러면."

작게 중얼거리던 카람찬트가 슬금 눈살을 찌푸렸다.

"과반수가 되지 않는데?"

"글쎄."

"여섯 명 중 세 명이 네 편인 건 알겠어. 황제가 여기 속할 리가 없지. 나는 아직 속하지 않았어. 그러면 가일란 엘리아스가 네 편이라는 건가?"

"그렇게 될 거야."

헤지아나가 아무렇지도 않은 듯 말했다. 그러나 카람찬트는 의심이 가득한 표정이었다. 그럴 만도 했다. 그제만 해도 서로 가일란이 수상하다고 이야기한 처지 아닌가. 그렇게 의심스러운 상대를 금방 자기편으로 만든다니. 믿을 수 없는 게 당연했다.

"너도 알다시피, 더 많은 추가 얹힌 쪽의 의견을 따르는 것이 오랜 전통이자 이 회의의 법칙이야."

"하지만 아직 기울지 않았잖아?"

카람찬트가 테이블을 타닥, 손끝으로 두들기며 말했다. 적당한 음률을 가지고 반복되는 소리는 연주되는 악기 소리처럼 들렸다.

"기울면 나도 이동을 해야겠지. 하지만 기울지 않았으니 이동을 할 이유가 없어."

"그는 전쟁에 시달려 온 남쪽 사람이야. 평화를 원하지 않을 리가 없지."

"내 생각은 둘 중 하나야. 네가 속고 있든지, 가일란에게 다른 속셈이 있든지. 이상한 놈이라고 알아보라고 했더니 편으로 꼬드기다니."

"정치적으로 못 할 선택은 아니지 않아?"

"그도 그러네."

테이블 두들기는 소리가 끝났다. 카람찬트는 바람처럼 자리에서 일어나며 말했다.

"어쨌든 상황이 이상하군. 나도 가일란을 만나 봐야겠어."

그제야, 헤지아나는 속으로 '아차' 하고 탄식을 내뱉었다.

카람찬트는 예의와 법도를 아는 남자였다.

다행이었다. 황제였다면 다짜고짜 가일란에게 찾아가 방문을 열었을 수도 있으니 말이다. 헤지아나는 카람찬트가 가일란에게 보낸 편지를 쥐고 달리며, 카람찬트가 황궁에서 잘 배우고 자란 상식이 있는 인간이라는 점에 깊이 감사했다.

가일란의 방에 도착하자마자 헤지아나는 백옥장을 걷어 내고 가
일란을 케어한 뒤, 그를 온전한 사람의 몰골처럼 만들어 놓은 다음
뺨을 때렸다.

짝!

경쾌한 소리가 난 다음 헤지아나는 손을 움켜쥐었다. 아무래도
뺨을 때리는 건 내 손도 아프기 마련이다. 다행히 효과는 있었는
지, 최면에 멍해져 있던 가일란의 눈에 빛이 돌아왔다.

"여긴…."

"당신 방이죠."

가일란은 잠시 상황을 받아들이지 못하는 것 같았다. 바닥에 꿇
어앉은 자세로 있던 그는 무심코 발을 딛고 일어서려다가, 자신의
몸에 끼얹어지는 고통에 크게 신음했다. 상처는 남지 않았지만 사
정없이 당기고 늘어나던 근육에 통증이 남지 않을 리는 없었다.

"꿈은…. 아니군."

"그렇게까지 비현실적이었나요?"

"원하던 게 이루어지는 건 꿈…."

중얼거린 순간, 가일란은 갑자기 입을 다물더니 고개를 들어 헤
지아나를 올려다보았다. 묘한 집착이 느껴지는 눈빛이었다. 그는 잠
시 뺨에 남은 미미한 통감을 더듬으며 신음했다.

"저녁 식사 전에 카람찬트 황태자가 올 겁니다."

"카람찬트 황태자가 온다고…?"

가일란은 뺨에 손을 얹은 채로 되물었다. 뺨의 통감과 손의 열기
가 합쳐져 따끔거리는 감촉이 혈관을 파고 스며들고, 온몸을 정신

없이 찔러대는 실감의 와중에도 그는 생각하며 말했다.

"—회의가 끝나지 않았다고?"

"그렇지만 알아 두는 게 좋을 겁니다."

헤지아나가 일어선 가일란의 앞에 서더니, 그의 목에 가느다란 가죽 줄을 둘렀다. 헤지아나는 그것의 양 끝을 한 번 세게 잡아당겼고,

"큭!"

신음하며 뒤로 물러선 가일란은 자신의 목을 조여 맨 그것을 만져 보았다. 촉감으로는 평범하고 얇은 가죽끈 느낌이었지만, 어디에도 매듭이 만져지지 않았다. 목젖 밑을 누르는 버클이 느껴지기는 하나, 그것 역시 매듭은 아니었다.

"오직 저만이 풀 수 있는 것이니 풀려고 해 봤자 소용없습니다. 그리고 그것을 맨 동안, 말을 조심해야 할 겁니다."

헤지아나가 손을 뻗어 버클을 가만히 눌렀다. 아직 체온에 데워지지 않은 금속의 느낌이 차갑게 피부를 파고들었다.

"그 목줄은 당신이 듣는 말과 하는 말을 모두 나에게 전달해 주니까요."

"듣는 말과 하는 말…?"

"그렇습니다."

가일란은 잠시 목줄을 만지더니 헤지아나의 귀에 걸려 있는 반투명한 이어커프를 보고 미묘한 표정으로 웃었다.

"당신이 나를 감시하는 건가?"

"그렇죠. 언제나. 24시간."

"일곱 날 동안, 1초도 쉬지 않고?"

가일란이 물었다. 그 눈가에 끼어 있는 미묘한 열기는 대체 뭐란 말인가. 왜 여기에서 열기를 드러낸단 말인가. 헤지아나는 차갑게 대답했다.

"그래요."

그리고 문을 닫았다.

군이 상황을 이해시킬 필요는 없었다. 그렇게 머리가 나쁘다면 대표의 자리에 앉지도 못했을 테니 말이다. 그건 그렇고 가일란은 어떻게 공략해야 하는 걸까. 일단 오늘 밤 묶어 놓고 억지로라도 관계를 가져 볼까. 아니, 그거 너무 강제적이지 않나.

아니야. 피학적인 취향이 있으니 좋아할지도 모른다. 아니, 그렇다고 하더라도 복종하는 취향인지 아닌지는 알 수 없지 않나. 어쨌든 피학적인 취향이 있는 것은 완전히 확실한데, 그걸 어떻게 해야 잘 이용할 수 있을까….

'하여간 웨스월드 제안에 카람찬트는 부정적이지는 않고, 상황을 재는 것 같긴 한데.'

부정적이지 않아 보인다는 건 공략이 됐다는 걸까. 사실상 전쟁 의지가 제일 강한 제국의 대표가 보인 반응치곤 굉장히 긍정적이었다. 세계를 정복하고자 하는 그의 의지대로라면, 배가 기울지 않은 걸 깨달았을 때 그냥 무시했어도 이상하지 않으니까.

'어쨌든 신의 뜻대로 일이 진행된다고 하더라도 인력을 무작정

거스를 수는 없는 법. 그렇다면 이제는 가일란을 협박이든 뭐든 해서 어떻게든 이쪽으로…'

그때였다.

[하아, 하아, 하아.]

거친 숨소리가 귓전에서 울려 퍼졌다. 헤지아나는 무심코 귓가를 만졌고, 귓바퀴를 감싸는 이어커프가 손에 닿았다. 이어커프가 부드럽게 떨렸다. 그것은 가일란의 목을 조심스럽게 조이는 목줄에서부터 전달되는 진동이었다. 진동은 귓바퀴를 따라 흘러들었고 소리로 변했다.

[윽, 씨발. 하아, 하아….]

다친 건가? 뭔가 몸 상태가 안 좋은 건가? 헤지아나는 걱정스러운 얼굴로 몸을 돌렸다. 그리고 그때, 들렸다.

[헤지아나, 그년….]

열기 띤 목소리와 신음, 거친 숨소리. 살갗이 부딪히는 작은 소리. 그 다음 들리는 온갖 추잡한 소리. 목소리는 달떠서 허공을 찌르고, 점점 탁한 교성으로 변해 갔다. 이것은.

쾅!

문을 열었을 때 바로 가일란이 보이지는 않았다. 그러나 신음은 더욱 커졌다. 마치 들으라는 듯 더욱 음탕하고 지저분해진 숨소리를 들으며 헤지아나는 문을 잠갔다. 안쪽 방에 있을 것이다. 그렇게 생각하며 안쪽 방으로 들어선 순간.

"늦어."

오른쪽에서 손이 헤지아나를 붙잡았다. 그와 동시에 헤지아나의 왼손이 호를 그렸다.

짝! 커다란 소리가 들리고 헤지아나의 손목을 붙잡은 가일란의 고개가 왼쪽으로 돌아갔다.

"건방지게 뭐 하는 짓이죠?"

"아…."

가일란이 뺨 위에 손을 얹었다가, 이번에는 고통을 참는 듯 이를 악물며 손을 뗐다.

"아프군."

가일란이 작게 킬킬거리며 웃었다. 그는 헤지아나의 손목을 쥔 왼손에 힘을 주며 헤지아나에게 한 걸음 다가섰다.

"역시 당신이 내게 고통을 주는 사람이군."

"—무슨 말이지?"

미세하게 광기가 묻어 있는 말이었다. 그 광기를 경계하며 헤지아나가 뒤로 물러섰지만 가일란이 헤지아나를 물러서지 못하게 했다. 다음 순간 그 광기는 사라졌다.

"난 여태까지 때리는 쪽이라고 생각했거든. 맞는 것도 괜찮은 거 같아."

"원래 맞는 취향이었던 거 아니고?"

헤지아나는 가일란의 손을 뿌리치며 말했다.

"맞을 때마다 눈빛이 달라지던데. 더 원하는 표정으로 쳐다보고. 그래서…."

그때, 헤지아나는 한 가지를 깨달았다. 묘하게 도발하던 그의 말투, 자신의 불쾌함을 자극하려고 애썼던 그의 모습. 집요하게 무언가를 관찰하는 듯한 표정.

그리고 지금, 이것까지도.

"…나를 일부러 도발한 거군."

"오, 이봐. 교황 성하. 그러지 마. 그러지 말라고."

헤지아나가 일그러진 모습으로 한 발자국 다가섰을 때 가일란은 헤지아나의 양손을 맞잡으며 그녀와 간격을 줄였다. 대뜸 다가온 남부인 특유의 체취와 열기에 헤지아나는 잠시 숨을 멈췄다.

향신료와 짐승의 둔탁한 냄새가 뒤섞인 열기. 그 열기가 머무는 손끝이 헤지아나의 입술을 건드렸다.

"내 탓인 양 말하지 마. 당신이 진정 선량했다면 나에게 그러지 않았겠지."

눈은 비웃음을 띠고, 손은 입술을 매만지고, 턱을 훑어서.

"교황청이 유혈에 순결한 집단이 아니라면, 그렇다면 헤지아나, 당신의 분노는 어디 간 걸까. 세상이 고통스러울 때, 타인이 원하는 교황의 선량한 모습으로 꾸미면서 인간이라면 쌓일 수밖에 없는 분노와 시커먼 감정은 어디다 담아둔 걸까. 너는 그걸 나라는, 핍박해도 되는 핑계를 찾아서 쏟아낸 것뿐이잖아. 그러니 내 탓인 양 말하면 안 되지. 그건 너야."

가슴을 찔렀다.

"…아니라고 한 적 없어."

헤지아나가 말하며, 손에 힘을 주었다. 그 순간 눈앞의 가일란의 얼굴이 일그러졌고, 헤지아나는 손안에 쥔 것을 천천히 비틀었다.

손안에 붙잡힌 고환이 천천히 비틀렸고, 헤지아나는 뒤로 물러서는 가일란의 어깨를 붙잡았다.

"크, 윽…!"

"내가 나 자신을 어두운 점 하나 없는 성녀라고 여기며 살아왔다고 생각한다면, 네 머릿속 착각부터 씻어 내는 게 좋겠어. 어때. 기분 좋아?"

"하아, 하아, 하아."

고통에 찬 숨이 바로 가일란의 입에서 쏟아졌다. 헤지아나는 손에 움켜쥔 고환을 조금씩 힘주어 느긋하게 문질렀고, 그러자 가일란의 얼굴이 종이처럼 우그러졌다. 붉어진 그의 얼굴에서는 땀이 천천히 스며 나왔다.

"으학, 앗, 흐아…"

다만 문제가 있었다. 그건 손목에 닿는 그의 물건이 서 있다는 것이었다.

"…당신 정말 이런 거로 느껴?"

"으흣!"

헤지아나가 고환을 잡지 않은 왼손으로 옷 위로 솟아오른 기둥을 눌렀다. 가일란의 몸이 눈에 띄게 움찔거리며 신음을 터트렸고, 그게 조금 우스웠다.

"아니면 내가 오기 전에 정말로 한 거야? 아니, 어쩌면 뺨 맞으면서…?"

"셋."

가쁜 숨을 내쉬며 가일란이 말했다. 헤지아나가 쳐다보자, 가일란은 다시 말했다.

"셋 다."

다음 순간, 가일란이 헤지아나의 어깨를 붙잡고 뒤로 밀었다. 옷
더미가 쌓인 바닥에 헤지아나의 몸이 눕혀졌고, 가일란은 헤지아나
의 목에 입 맞췄다. 헤지아나는 깜짝 놀라 그를 밀어냈지만, 가일란
은 헤지아나를 누르고 옷 위에서 가슴에 입 맞췄다.

이대로라면 당한다.

'아, 아니. 잠깐.'

헤지아나는 진정하고 자신의 몸 위에서 씨근대는 남자를 쳐다보
았다. 생각해 보니 오늘 저녁 묶어서라도 강간하려고 하지 않았어?
그러면 뭐 지금 이렇게 된 거 여기서 하면 서로 좋은 거 아닌가?

그런데 왜인지, 이렇게 은근슬쩍 합의가 된, 겉보기엔 폭력적이
어도 속내는 아름답고 편안한 관계를 맺고 싶은 기분은 그다지 들
지 않았다. 헤지아나는 무릎을 들어 가일란의 가랑이 사이를 무릎
으로 찍었다. 물컹하고 단단한 감촉이 무릎을 훑고 지나갔다.

"크흑!"

신음과 함께 가일란의 움직임이 멈췄다. 그가 번개에라도 맞은
듯 헤지아나의 몸 위에서 부들부들 떨었고, 헤지아나는 손을 뻗어
가일란의 페니스를 움켜쥐었다.

"추하군요. 맞았다고 흥분한 것도 변태 같은 일인데, 발정 난 개
처럼 굴고."

"큭, 하, 그 발정 난 개의 물건 맛을 보면 이야기가 바뀔 텐데."

"아하…. 발정 난 개라는 건 부정하지 않는군요."

헤지아나가 손톱을 세워 발기한 페니스를 눌렀다. 얇은 옷 위에
서 민감한 성기를 자극하는 통증에 그가 거친 숨을 내쉬었다.

"정말로 이런 변태가 있군요. 이렇게 고통을 줄 때마다 꿈틀거리는 게 느껴지는데, 정말로 이런 게 좋은 건가요?"

"하, 아. 교황이라고 해서 처녀인 줄 알았더니 닳고 닳은 걸레인가 보군. 남자 좆에 대해 어떻게 그렇게 잘 알, 윽!!"

꽈악, 헤지아나의 손이 가일란의 페니스를 움켜쥐고 비틀었다. 좀 더 길고 큰 비명소리가 터졌고, 손에 힘을 빼자 거친 숨만이 둘이 있는 공간에 날뛰었다. 그리고 그 숨이 잦아든 다음, 다시 자신을 향하는 그의 눈빛이란.

"…당신 정말 변태군."

헤지아나가 가일란의 어깨를 가볍게 툭, 쳐냈다.

"일부러 도발해서 고통을 얻고, 그 고통으로도 만족 못 해서 그렇게 탐욕스러운 눈빛으로 쳐다보고."

"괴물 보듯이 쳐다보기는."

그렇지만 그렇게 말하는 가일란의 목소리나 표정은 굉장한 만족감에 차 있는 것처럼 보였다.

"너는 너 자신이야말로 괴물이라는 걸 알아야 해. 보통은 말이야, 타인에게 고통을 주는 게 허락이 되어도 쉽게 그렇게 하지 못해. 자질이 충분한 거겠지. 너도 알고 있잖아?"

"―너라고?"

헤지아나가 자신의 위로 올라온 가일란을 쳐다보았다.

차가운 눈빛이었다. 그 차가운 눈빛으로, 헤지아나는 그의 목에 묶여 있는 목줄을 낚아챘다.

"그게 아니지. 호칭부터 똑바로 부르도록 해."

"큭…."

"교황 성하. 아니면, 주인님이 좋겠어?"

"하! 주인님은, 염병할…!"

헤지아나는 목줄을 옆으로 잡아당겨 가일란을 쓰러뜨렸다. 육중한 몸이 큰 소리를 내며 바닥에 쓰러졌고, 헤지아나는 고통과 쾌락의 열기에 뒤섞인 몸 위에 올라탔다. 올라타자마자 다리 사이, 비부의 갈라진 틈새에 발기한 기둥이 닿았다. 둔중하게 느껴지는 굵기에 약간의 입맛이 돌았다.

"머리고 입이고 쓰레기인 것치고 몸은 좋은 거 같네."

"뭐야, 진짜 걸레였―."

짝! 바로 헤지아나가 뺨을 갈겼고, 동시에 다리 사이에서 기둥이 불끈거리며 더욱 단단해지는 게 느껴졌다. 헤지아나는 허리띠를 풀고 옷을 벗으려 했다. 그렇지만 그때, 누워 있던 가일란이 몸을 일으키더니 헤지아나에게 입 맞췄다.

"읍…!"

입술 위로 닿는, 잘 면도 되지 않은 콧수염의 느낌이 까끌거렸다. 그러나 입술은 두텁고 혀는 묵직했다. 입맞춤의 부드러움이나 쾌감은 약했고, 그보다는 묶어 놓기 위한 입맞춤이라는 느낌이 들었다. 그사이 서로의 손이 바쁘게 움직였다.

가일란의 손이 헤지아나의 상의 단추를 풀었다. 웃옷이 그의 두터운 손의 움직임을 따라 흘러내렸고, 천이 흘러내리자 입은 바로 아래로 내려가 헤지아나의 가슴을 물었다.

"아…!"

헤지아나의 몸이 짧게 요동치자 가일란은 오른손으로 헤지아나의 허리를 붙잡고 헤지아나의 가슴에 잇자국을 냈다. 짧게 신음하며 헤지아나가 가일란의 어깨를 움켜쥐자, 그는 왼손으로 헤지아나의 스커트를 걷고 허벅지 사이로 손을 넣었다. 그리고 바로 다리 사이로 손을 넣었고.

"아야."

짧은 신음과 함께 가일란이 손을 뗐다. 헤지아나가 그의 손등을 꼬집었기 때문이다. 그가 다시 허벅지 사이로 손을 넣으려고 했지만 헤지아나는 그의 손을 쳐내며 거부했다. 대체 뭐가 불만이냐는 듯 가일란이 헤지아나를 쳐다보았다.

"핥아."

헤지아나가 열기 오른 얼굴로 말했다.

"다짜고짜 손부터 대지 말고, 정성껏 핥아."

"하… 요구도 참…."

"싫어?"

헤지아나가 발끝으로 밀어냈다.

"발정 난 개라며. 그러면 개처럼 핥아 봐."

가일란은 자신을 밀어내는 헤지아나의 발끝을 쳐다보았다. 잠시 그대로 가만히 있던 가일란은 홱 헤지아나의 몸을 잡아당기더니 그녀를 바닥에 눕혔다. 그가 다리를 들어 올려 속옷을 벗기자, 헤지아나는 엉덩이를 들어 그에게 협조했다. 비부가 드러나자 가일란은 허벅지를 벌리듯이 누르며 몸을 일으켰다. 내려다보는 자세였다. 그러나 곧 그는 헤지아나의 다리 사이로 얼굴을 파묻었다. 두텁고, 조금은 까칠한 혀가 비부를 헤집었다.

"으, 응!!"

헤지아나의 허리가 튀었다. 제멋대로 자극만 줄 것 같은 겉모습과는 달리 혀 움직임은 섬세했다. 속이 젖어들기 시작한, 그렇지만 충분히 열이 오르지는 않은 몸의 상태를 파악한 그의 입술이 조심스럽게 주변부터 애무하기 시작했다. 두툼한 입술이 얇은 살덩이를 가볍게 짓누르며 뭉개고 혀끝이 간질일 때마다 헤지아나가 짧게 몸을 떨었다.

"아, 흐윽, 앗."

제법이었다. 자기 맘대로 강한 자극만 주면서 과시만 할 줄 알았는데, 제법 상대를 살필 줄 아는 것 같았다. 아직 열이 덜 오른 몸이 받아들이기는 적당한, 몸의 온도에 맞는 자극이 부드럽게 민감한 부분을 감쌌다.

"아!!"

헤지아나가 길게 신음했다. 입술이 음순 아래 아직 숨어 있는 클리토리스를 가볍게 물더니 짓누르고 잡아당겼다. 가볍게 입술이 씹듯이 누를 때마다 허벅지에 힘이 들어갔고, 몸 깊은 안쪽이 꿈틀거렸다. 그다음에는 빨아들이며 입술의 부드러운 부분과 마찰시켰다.

"아, 하앗, 아…! 응!! 하아, 하아, 앗…!"

저릿저릿한 자극이 중심에서부터 허리를 타고 손끝으로, 발끝으로 퍼졌다. 클리토리스가 열기를 띠고 부풀어 오르자 그의 혀는 아래쪽으로 파고들어 예민한 부분을 건드렸다. 짧게 간질이는, 긁어내는 듯한 혀의 움직임에 발끝에 힘이 가득 찼다.

"하, 아아앗!!"

여태까지 겪은 방식과 달랐다. 부드럽게 애무하던 상대들과 달리, 거칠고 뜨겁게 문지르는 듯한 느낌. 그러나 고통은 아니고, 화끈거리며 달아오르게 만드는 자극적인 애무였다.

헤지아나가 가쁘게 신음하는 것을 보며, 가일란은 일어나며 입가를 닦았다.

"개새끼 혀끝에 잘 놀아나고 계시군."

"하아, 하아… 개라 그런지 핥는 건 잘하네."

"그럼….."

"그만."

　가일란이 몸을 일으킨 순간이었다. 헤지아나는 발을 들더니 가일란의 이마에 얹었고, 몸을 일으킨 그를 그대로 밀어냈다.

"누가 바지를 내리라고 했지?"

"—이봐, 지금 장난해?"

　가일란이 헤지아나의 발을 치우고 몸을 겹쳤다. 그의 바지 버클은 풀려 있었고 그 틈새로 바짝 솟아오른 귀두가 보였다. 틈새에서 흘러나오는 맑은 액이 옷을 적시는 것도 보였다.

"이렇게 흥분시켜 놓고 이제 와서 빼겠다고? 그렇게 흥분시키고 만지고 빨게 한 주제에?"

"네가 맞아도 서는 변태성욕자인 게 내 책임은 아니지."

　말은 이렇게 하고 있지만, 하지 않을 생각은 없었다. 충분히 젖은 속이 미끌거리며 다음 단계를 원했다. 하지만 다른 충동이 우선했을 뿐이다.

　좀 더 괴롭히고 싶었다. 녹록하게 다음 단계로 넘어가서, 저 정욕을 만족시켜 줄 생각은 추호도 없었다. 어떻게 하면 괴롭힐 수 있을까, 약 올리고 달아오르고 초조하게 할 수 있을까, 그런 생각이 자꾸 들어서.

　'역시 그런 기질이 있긴 한 건가?'

그러니까, 아셔가 수줍어하고 부끄러워하는 걸 보면서 뭔가 무너진다고 느꼈던 때 이미 알아차렸어야 했던 거 아닐까. 아셔가 자신을 거절하면서도 욕구에 무너지고 있었던 것처럼, 그런 자신을 억누르려고 애썼던 것처럼 가일란도 거친 말 뒤에 진짜 원하는 것을 숨기고 있었다.

차이점이 있다면 아셔는 정말로 억누르려고 하는 거겠고, 가일란은 자신의 목적을 위해 위악하고 있다는 거겠지. 시건방진 말은 그저 도발을 위한 장막일 뿐이었다. 건방지게 덤빈 죄로 벌을 받고 싶어 하는, 음험한 쾌락을 요구하는 눈빛. 그 욕망이 일그러진 눈빛으로 변해 헤지아나를 응시했다.

일종의 게임이었다. 저항할 테니 징벌해 줘. 멋대로 굴 테니 때려 줘. 일그러진 눈동자로 애타게 쳐다보고 있으면, 그런 취향이 없던 사람이라고 해도 가학적인 욕구가 생기지 않기는 어려웠다.

그러니까 그렇게 애타게 원하면서 아닌 척하고 건방지게 구는 당신이 문제인 거지.

"못 참겠으면 혼자서 하든지."

헤지아나가 손가락을 뻗었다. 긴 손가락 끝이 가일란의 바지춤 사이에서 드러난 것을 눌렀다. 검붉은 색으로 한껏 달아오른 성기의 끝부분이 움찔거렸다.

"윽…."

가일란이 얼굴을 일그러뜨리며 짧게 신음한 순간, 갈라진 부분에서 맑고 끈적한 액체가 솟아올라 왔다. 한 방울 주룩 흐른 액체는 헤지아나의 손끝에 묻었고, 헤지아나는 자신의 손놀림에 따라 일그러지는 가일란의 얼굴을 쳐다보며 손가락을 갈라진 틈새 사이로 미끄러뜨렸다.

"흐, 학!"

가일란의 허리가 뒤로 빠져나갔다. 헤지아나는 손으로 가일란의
성기를 꽉 쥐었고, 뒤로 빠져나가던 허리는 그녀의 손길에 따라 다
시 앞으로 끌려왔다. 헤지아나를 쳐다보는 눈은 엉망으로 일그러져
있고 입은 열려 고통스러운 신음과 달뜬 숨을 번갈아 뱉어 냈다.

헤지아나는 자신을 일그러진 표정으로 쳐다보는 가일란과 시선
을 마주한 채로 다시 엄지손가락을 움직였다. 손가락이 귀두 부분
을 스쳐 올라가자 가일란의 입술이 신음과 함께 닫혔고, 점액이 흘
러나온 요도를 가르며 지나가자 이번엔 눈이 닫혔다. 손가락이 그
사이를 비비자, 이번에는.

"크윽!!"

견딜 수 없다는 듯한 신음과 함께, 치켜 올라갔던 고개가 눈앞에
서 숙여졌다.

묘한 쾌감이었다. 그건 아마 정복감이라고 해도 좋을 것 같았다.

손가락을 좀 더 빠르게 움직이자, 고작 이 한 부분을 건드린 것
만으로도 가일란의 몸이 흠칫흠칫 떨리며 신음이 흘러나왔다.

"아, 앗, 아…."

짧은 신음이 연달아 터져 나왔다. 그 목소리는 흘러나오는 신음
은 완만한 노래처럼 천천히 상승해갔고, 복종하듯 숙였던 머리는
천천히 기어 올라와 자신을 농락하는 상대를 쳐다보았다.

경계하는 표정을 짓고 있지만, 눈동자는 달떠서 더 많은 것을 원
하고 있고, 입술은 일그러져 있지만 그 신음이 즐거움의 노래여서,
천천히 정점을 향해가는 그때,

"으…."

헤지아나가 손을 놓았다. 눈앞의 표정은 정말로 일그러졌고, 어쩐지 그 불만족하고 애타 하는 모습이 깊은 만족감을 주었다. 채워 주고 싶지 않다. 불만족하게 내버려 두고 싶다.

그렇지만 동시에, 원하는 것을 채워 주고 싶었다.

너는 뭘 원해?

"왜?"

헤지아나가 입술을 핥으며 말했다. 입술이 말라 있었다. 자신도 모르게 가쁜 숨을 내쉬었던 탓일까. 자신의 가슴이 가쁘게 오르내리는 걸 보며 헤지아나는 일그러진 표정으로 자신을 쳐다보는 가일란에게 말했다.

"불만스러워?"

하지만, 그렇게 아무 말도 하지 않고, 그저 쾌락을 얻기만 바라면 아무것도 해 줄 수 없어. 어떻게 해 주길 바라? 터질 것 같은 성욕을 억눌러서 괴롭혀 주길 바라? 아니면 좀 더 이 몸에 봉사하게 해 줘?

그때였다. 가일란이 일그러진 얼굴로 헤지아나의 허벅지를 붙잡았다.

"앗―."

헤지아나가 짧게 신음하는 사이 가일란이 헤지아나에게 자신의 상체를 들이밀었다. 반사적으로 뒤로 물러선 헤지아나의 균형이 무너져 뒤로 쓰러졌고, 그녀를 내려다보며 가일란이 하반신을 밀어붙였다. 뭉툭한 끝이 닿는 것이 느껴졌다.

"잠깐…."

터질 듯 발기한 것이 헤지아나의 비부 위에서 한 번 미끄러졌다. 헤지아나는 짧은 신음과 함께 잠시 눈을 감았다. 서로 미끄러지며 생긴 감칠나는 쾌감이 안으로 통하는 길을 타고 올라와 몸 안으로 깊게 퍼졌다.

다음번엔 미끄러지지 않고 꽉, 눌렸다. 맞물린 자리에서 아래로 눌리며 파고들었다. 아릿하게 입구를 관통한 다음에는, 미끄럽게 안을 파고드는 익숙한 느낌. 그렇지만 그건 절대 다정하고 부드러운 느낌은 아니었다. 단번에, 찍어 누르듯이 파고들어 꿰뚫는 느낌이 깊은 안쪽을 찔렀다.

"앗, 아!!"

헤지아나가 높게 신음하며 허리를 들썩거렸다. 억지로 벌려 틈새를 파고든다. 거칠게 내벽을 훑으며 틈새의 끝까지 파고드는 그 느낌은 차라리 공격에 가까웠다. 그리고 그것이 끝까지 닿아, 한 번 요동쳤다.

"흐윽…!"

헤지아나의 위에서 가일란이 미간을 일그러뜨리며 신음했다. 풍채 좋은 몸에서 뿜어진 열기가 헤지아나에게 쏟아졌다. 카람찬트처럼 내실 있게 다져진 몸이라기보다는, 부풀려진 느낌의 몸. 그 몸에서 무턱대고 쏟아진 열기가 숨을 짓눌렀다.

헤지아나는 숨을 깊게 들이쉬었다. 그리고 가일란의 부드러운 허벅지 근육 위에 발을 올리고, 걷어찼다.

"누가 이런 거 하라고 했지?"

"—내가."

가일란이 신음하더니 헤지아나의 발목을 붙잡았다. 무릎을 세우고 앉은 자세로 그가 허리를 움직였다. 시작부터 허리가 앞뒤로 왕복하는 속도가 짧고 빨랐다.

"웃, 흐응!!"

몇 번 움직이자마자 지꺽거리는 소리가 들렸다. 생각보다 많이 젖어 있었지만, 그럼에도 불구하고 내벽에 닿는 상대의 몸은 거칠고 예민하게 느껴졌다. 안에서 움직이는 페니스가 어떻게 자신을 자극하는지 알 수 있을 정도로.

"교황 성하께서도 어쩔 수 없으시군, 그래. 박히면 신음하고, 느끼고."

"앗…!"

짧고 빠르게, 그리고 마치 긁어내듯이 가일란의 허리가 움직였다.

"많은 여자들이 일단 박히면 좋아하더라고. 내가 특이하긴 하잖아, 교황 성하께서도 그러신가?"

"아, 흐읏, 으응…! 하아, 조금…!"

조금 다르긴 하다고 말하려는 순간, 가일란은 허리를 뒤로 길게 빼더니 그대로 꾹 누르며 다시 안쪽으로 들어왔다. 헤지아나의 입에서 말이 끊겼다.

"흐—웃…."

확실하게 느껴졌다. 볼 때와는 다르게, 크게 휜 물건이 내벽을 넓히며 자극했다. 그리고 그것은 단순히 휘기만 한 것이 아니라, 마치 얽은 것처럼 울퉁불퉁한 부분까지 있어서 그것이 어떤 민감한 부분을.

"아앗!!"

헤지아나의 허리가 요동쳤다. 몸 안의 곡선에 맞추어 앞쪽을 자극하는 듯한 느낌. 잘 닿지 않았던 부분이 자극당하는 느낌에 헤지아나의 허벅지에 힘이 들어갔고, 그 부분을 계속 자극당하자 발끝이 떨리기 시작했다.

"어때?"

가일란이 거친 숨을 내쉬며 말했다.

헤지아나는 자신을 내려다보는 가일란을 쳐다보았다. 가일란의 시선이 자신을 향하고 있었다. 쾌락으로 일그러진 얼굴. 그러나 동시에 애끓음이 가득했다.

"개새끼에게 박혀서 앙앙대는 기분은? 응? 교황 성하."

기대하듯이 입술을 핥는 혀끝에 가득 찬 것은, 불만족이었다. 헤지아나는 그것을 알아차렸다.

"얌전히, 즐기게 내버려 두지를…."

"응? 즐기고 있잖아. 변태 개새끼 좆맛을…."

말이 이어지던 와중, 가일란의 얼굴이 일그러졌다.

헤지아나의 손이 가일란의 어깨에 내려앉았다. 그 손은 땀에 젖은 가일란의 가슴을 쓸어내렸고, 그의 가슴 한가운데에서 움직임을 멈췄다.

"크, 으…."

"호칭은 잘 지켰군요. 그렇지만 말투를 조심해야겠어요."

헤지아나의 손끝이 가일란의 유두를 붙잡았다. 보통 남자보다는 훨씬 발달된 가슴과 유두를 붙잡고 손톱으로 누르자, 안에서 움직이던 가일란의 물건이 꿈틀거리며 내벽을 쳐댔다. 드문 감각에 헤지아나가 허리를 떨었다.

"앗, 안에서…."

"윽, 하아, 크윽…!"

헤지아나가 움찔거리며 유두를 붙잡고 있던 손에 힘을 주자 가일란의 신음이 더욱 굵어졌다. 안에서 떨리는 느낌은 곧 사라지고, 긁어내는 듯한 느낌이 몸 안을 자극했다. 그리고 긁으며 들어왔다. 흰 물건은 잘 닿지 않는 부분의, 익숙하지 않은 감각들을 자극했다.

"좀, 더."

헤지아나가 달콤하게 신음하며 손가락에 힘을 주었다. 손가락 사이의 유두가 짓눌렀다.

"빠르게, 해요."

"읍…!"

가일란의 얼굴이 일그러졌다. 그것보다 빨리 안에서 왕복하는 가일란의 물건이 박동하며 팽창했고, 깊이 박힐 때 물건이 까닥대면 맛 본 적 없는 종류의 쾌감이 배 속을 적셨다. 헤지아나는 한 번 더 가일란의 유두를 비틀었다.

"크윽, 하, 으윽…!"

"아, 하아, 앗, 아아아…!"

마치 버튼을 누르면 작동하는 기계장치처럼, 가일란은 유두를 잡아당기고 짓눌러 괴롭히면, 자신의 쾌락에 대한 보상을 주듯이 헤지아나에게 격렬하게 박아댔다. 기계장치를 조종하는 기분이었다. 헤지아나는 비틀면 즐거움을 주는 기계를, 죄책감 없이 마음껏 사용했다.

생소한 쾌락에 애액이 흐를 듯이 흘러나왔다. 그것은 질척거리고

미끈거리지 않고 그저 흘러내리며, 가일란이 한 번 깊게 박아 넣고 뒤로 빼낼 때마다 같이 끌려 나와 허벅지 사이로 흘러내렸다. 그러면, 다시 윤활액이 적은 안으로 가일란의 물건이 내벽 위쪽을 문지르며 들어왔고 지나친, 그렇지만 너무 지나치지도 않은 자극이 온몸을 경직시켰다.

절대 이 자극으로는 절정까지 갈 수 없다. 그렇지만 끝없이 즐기기에는 전혀 부족함이 없는 자극이라서.

"으, 응, 좀 더…!"

"하, 허억, 윽, 앗…!"

가일란이 거친 허리놀림 사이에도 움찔거리며 헤지아나를 쳐다보았다. 헤지아나는 자신을 향해 고개를 숙이는 가일란을 피했다. 애타는 표정으로 다가오는 그가 원하는 것은 입맞춤이 아니다.

"으흑…!"

헤지아나가 숨을 삼켰다. 다가온 가일란이 헤지아나를 꽉 끌어안았던 탓이다. 가일란은 헤지아나를 끌어안은 상태로 몸으로 헤지아나의 허벅지를 밀었다. 하체가 위를 향했고, 다리는 허공으로 떴다. 가일란은 그 몸 위에 자신의 몸을 얹고— 거칠게 허리를 움직였다.

"으으으으응!!"

헤지아나가 높아지는 신음을 억눌러 참았다. 그의 휜 물건이 정상위로 할 때보다 더 잘, 내벽을 빈틈없이 마찰하며 들어갔다가 나오는 것이 느껴졌다.

"이, 이건, 너무…!"

이건 너무 자극이 강했다. 헤지아나는 가일란을 밀어냈다.

"앗, 아, 앗, 가일, 란, 조금…!"

가일란의 입에서는 이제 신음이 들리지 않았다. 그에게서는 거친 숨소리만 들렸다. 벗어나려고 했지만, 위에서 눌린 채 꿰뚫리는 상황에서는 움직이기 어려웠다. 헤지아나는 손을 뻗어 가일란의 등에 올렸다.

"적당, 히."

"—싫어."

저항이었다. 헤지아나는 눈살을 찌푸렸다. 그가 끝을 향해 가고 있는 것은 확실해 보였다. 그렇지만 누구 맘대로 혼자 진행한단 말인가?

"정말이지 건방, 지, 긴, 으응!"

헤지아나의 손이 가일란의 허리를 움켜쥐었다. 그러나 그것으로는 그의 움직임이 멈추지 않았다. 반응도 하지 않았다. 헤지아나의 손이 들렸다.

찰싹!

"크흑!!"

끌어안은 남자의 몸이 요동쳤다. 가일란의 몸이 움직임을 멈췄고, 동시에 안에 든 것 역시, 열기를 머금고 더욱 단단해지는 게 느껴졌다.

"말도 안 듣고 건방지군요. 누가 맘대로 싫다고 하라고 했죠?"

"흡!"

다시 한번 헤지아나의 손이 가일란의 엉덩이를 찰싹, 소리 나게 때렸다. 손이 화끈거렸지만, 쾌락에 젖은 몸에서 느껴지는 미약한 통감은 흥분을 돋우기만 할 뿐이었다.

"하아, 하아. 하아."

가일란이 헤지아나의 몸 위에서 숨을 몰아쉬었다. 헤지아나는 또 가일란의 엉덩이를 손으로 때렸다. 단단하고 각 잡힌 엉덩이가 손찌검을 하자 파들거리며 흔들렸고, 그와 동시에 눈앞에 있는 가일란의 미간도 일그러졌다.

"맞을 때마다 당신 물건이 반응하네요."

"그런 걸, 일일이…."

"누가 멈추라고 했죠?"

"큭!"

찰싹, 소리 나도록 얻어맞은 가일란이 다시 입술을 깨물었다. 그 참는 듯한 표정이, 일그러진 표정이 계속 입맛을 돋웠다. 헤지아나가 말했다.

"계속 움직여."

"이봐, 이대로라면…."

"어서."

아직 부족했다. 헤지아나가 손바닥이 붉게 물들도록 엉덩이를 때리자 가일란의 얼굴이 확 일그러졌고, 동시에 군말 없이 허리를 움직였다.

"앗, 응…!"

"윽, 하아, 크윽…."

가일란의 숨소리에도 다시 쾌락 섞인 신음이 흐르기 시작했다. 헤지아나는 말에 채찍질을 하듯이 가일란의 엉덩이를 때렸다.

"좋아, 잘, 하고, 있, 하아, 으응!!"

"허억, 허억, 윽, 아…!"

기계처럼 움직이기만 하던 아까 전까지와 다르게, 가일란의 몸이 요동치다가 멈추고, 부르르 떨다가 견딜 수 없다는 듯이 교성을 질러댔고 성기는 쾌락을 견디지 못하겠다는 듯이 꿈틀대다가 부풀기를 반복했다. 조금만 더 하면, 절정은 아니더라도 충분히 만족할 수 있을 것 같았다. 말에 박차를 가하듯, 젖꼭지를 비틀고 엉덩이를 쓰다듬다가— 짝, 하고 내리친 순간.

　"흐윽…!"

　가일란의 몸이 크게 움츠러들었다. 그리고, 곧.

　"아아, 아아아아!! 흐억, 아, 크으으읏…!!"

　가일란이 헤지아나의 몸 위에서 고개를 젖히며 짐승처럼 소리 질렀다. 그리고 안에서 꿀럭거리는 그 감각. 얻어맞은 순간, 그가 사정했다.

　"앗…."

　나쁘진 않았다. 헤지아나는 견디지 못하고 무너진 상대의 증거를 느끼며 가늘게 신음했다. 견디다 못해 결국 터트려 버린 신음과, 그 몸의 반응, 증거를 느끼는 지금, 육체적 쾌락과는 다른 종류의 쾌감이 배 속을 데웠다.

　그렇지만.

　"하아, 하아, 하아…."

　"대체 누가."

　헤지아나가 조금 불만족한 표정으로 가일란의 목에 걸린 줄 밑에 손가락을 넣었다. 그 손가락의 움직임에 따라 가일란의 목이 끌려왔다.

　"누가 사정해도 된다고 했죠?"

"—그런 걸, 누가 허락받아서…."

"나는 만족 못 했는데."

숨을 몰아쉬던 가일란이 살짝 인상을 찌푸렸다. 미묘한 비웃음이 섞인 표정이었다.

"정말 대단히 놀아나신 모양이군. 만족까지 따지고…."

"예의가 없군요. 혼자 하는 것도 아닌데 혼자 끝내서야 되겠어요?"

헤지아나가 몸을 일으켰다. 가일란의 몸도 따라 뒤로 젖혀지고, 이윽고 둘이 연결되어 있던 부분이 분리되었다. 헤지아나는 자리에서 일어나며 무릎 꿇고 앉은 가일란의 어깨를 붙잡았다. 그리고 신발을 벗었다.

"좋아요. 그렇게 사정하고 싶으면 더 하게 해 주죠."

신발 벗겨진 발이, 아직 체액이 묻어 미끈미끈하고 풀이 죽지 않은 가일란의 페니스를 밟았다.

"흡…!"

"역시, 이런 게 좋은 거죠?"

방금 절정을 맞은 성기에 예민하게 가해지는 쾌락과 고통에 가일란이 눈을 질끈 감았다. 이 예민함은 쾌락도 쉽게 고통으로 바뀌어 버리고, 고통은 그대로 쾌락이 된다. 무한히 일그러지는 감각 속에서 가일란은 자신의 물건을 밟고 있는 헤지아나의 허벅지를 움켜쥐었다. 허벅지는 미끄럽고 축축했으며, 자신이 사정한 정액이 흘러나와 손가락을 적시고 있었다.

"윽, 하. 하아. 아…."

가일란은 자신도 모르게 쉴 새 없이 몸을 움찔거리며 헤지아나를 올려다보았다. 자신을 관찰하듯이 쳐다보며, 자신의 성기를 고통스럽게 짓밟고 있었다.

"이런 걸 원해서 이런 짓 한 거 아닌가요?"

"으, 하아."

가일란의 입술이 떨렸다. 마치 구걸하듯이 헤지아나의 허벅지를 붙잡은 자세로, 가일란이 숨을 몰아쉬었다. 그가 말했다.

"당신도, 원하지?"

"당신?"

헤지아나의 눈이 가늘어졌다. 헤지아나가 발끝으로 가일란의 귀두 끝을 짓눌렀고, 가일란은 몸을 움츠리며 헤지아나의 허벅지를 붙잡았다.

"뭐라고 부르라고 했죠?"

"성하…."

숨을 몰아쉬며 가일란이 말을 이었다.

"성하도 나에게 고통을 주는 걸 원하지?"

"왜 그럴 거라고 생각하죠?"

"윽, 하아…!!"

헤지아나의 발이 힘을 주었다가 놓을 때마다 가일란의 어깨가 들썩거렸다. 경련하는 허리를 쳐다보며 헤지아나는 답을 기다렸다.

"당신… 성하는 내게 그래야 되는 사람이니까."

가쁜 숨과 함께 섞여 나온 가일란의 말은, 무슨 뜻인지 이해할 수 없었다.

"성하도 나에게 고통을 주는 건 좋아하잖아?"

"—남에게 고통을 주는 게 좋다고 생각하진 않지만."

헤지아나가 발끝으로 가일란의 페니스를 건드리며 말했다. 고통을 주지 않자 물건과 몸이 움찔움찔거리며 자극을 갈구했다. 헤지아나의 발끝을 따라 그의 온 신경이 쏠려 있었다.

"당신에게는 자비를 가지지 않아도 될 것 같다고 생각하거든."

순간, 가일란의 움직임이 멈췄다. 쾌락을 좇아 진동하던 몸의 움직임도 멈췄다. 헤지아나는 가일란을 쳐다보았다. 그가 자신을 쳐다보고 있었다. 그는 아직 열기가 남은 표정으로, 달뜬 입술로 천천히,

"그러면, 나는."

몸을 조금 더 위로 올려서 묻기를.

"당신에게 특별한 거군?"

헤지아나는 인상을 찌푸렸다. 그리고 발에 닿는 그의 페니스 밑둥을 꽉 짓눌렀고,

"크흑!!"

비명에 가까운 신음과 함께 검붉은 페니스 끝에서 하얀 점액이 뒤섞인 투명한 액체가 솟아올랐다. 가일란의 얼굴이 붉었고, 질끈 감았던 눈은 다시 뜨자 열기에 흔들리는 것이 보였다. 그 시선이 헤지아나를 응시하고 있었다.

"헤지아나… 아니, 성하…."

"정말 이런 거로도 잘 느끼는군요. 금방 사정해서 둔감할 텐데, 이렇게 빨리 두 번째로 사정하다니."

"으, 크흣!"

흔들리는 가일란의 표정과 상관없이 헤지아나의 발이 무심하게 가일란의 페니스, 제일 민감한 끝부분을 건드려댔다. 가일란의 얼

굴이 엉망으로 일그러졌다. 일그러진 이마가 헤지아나의 허벅지에 닿았다. 그리고 입술 또한, 젖은 허벅지에 닿았다.

"읏."

헤지아나가 가볍게 몸을 떨었다. 가일란의 혀가 허벅지에 닿았기 때문이었다. 그의 혀는 길게, 허벅지 아래에서부터 위로 타고 올라와 제일 안쪽까지 닿았다.

"앗… 하아, 뭐 하는 거…."

가일란의 혀가 허벅지 제일 안쪽에서 떨어졌다. 그리고 다시 고개 숙인 그가, 허벅지 안쪽을 따라 흐르는 투명한 액체를 혀끝에 담았다. 그리고 그 정액과 뒤섞인 그 액체의 굴러떨어진 흔적을 따라 위로 올라왔다.

"뭐 하는 거죠?"

신음과 함께 흘러나온 질문에, 대답 없이 가일란이 한 번 더 체액을 핥아 입안으로 삼켰다. 보여 주듯이 꿀꺽, 삼킨 다음 가일란은 헤지아나를 올려다보았다.

"복종의 증거?"

웃음은 여전히 사이했고, 속내는 검은색으로 보였다. 헤지아나는 잠시 그를 쳐다보다가, 그의 머리를 쥐고 자신의 허벅지를 향해 끌어당겼다.

"그럼 핥아요."

가일란이 흘끔, 헤지아나를 올려다보았다.

"핥아서 깨끗하게 해요."

"—그런 거라면야."

가일란이 자세를 바꿔, 무릎을 꿇고 손으로 바닥을 짚었다. 그리고 고개를 들어, 개처럼 허벅지와 비부를 핥아 자신이 남긴 체액을 전부 삼켜 버렸다.

❈⋙⋘❈

시간이 꽤 흘렀다.

뒤처리도 끝나고, 옷매무시도 다 가다듬었다. 심지어 헤지아나는 창문까지 열어 환기도 시켰다. 그리고 생각했다.

'내가 뭘 한 거지?!'

창문을 연 자세 그대로, 헤지아나는 이마를 짚었다.

노을 져 가는 하늘은 아름답고 편안했다. 그러나 속은 도저히 편안하고 안온하지 못하고 평화를 맞이하기에도 너무나 멀었다.

대체 다짜고짜 섹스라니. 아니, 섹스를 한 건 잘못되지 않았다. 애초에 가일란이 도발한 데다가 덮치기도 했으니까. 그런데 한 행위 가 좀, 너무 변태적이지 않아? 아닌 거 같지 않아?

"—아나."

아무렇지도 않게 가학적인 행위를 하는 거 아니야? 그래, 뭐 백 번 양보해서 꼬집고 때리는 거 정도는 할 수 있다고 쳐. 핥아 먹게 시켰다고! 그거 괜찮은 거야? 그래도 돼?

"—하."

너무 막가는 거 아니야? 사람을 이렇게 다뤄도 되는 건가? 아 니, 하지만 솔직히 좀 좋았는데. 아니지, 뭐라고 해야 할까. '좋다'는 아니야. 짜릿하다? 어느 정도 있지만 정확진 않아. 흥분된다? 어쨌든 너무 분위기 타 버린 거 아니야? 상대가 뭘 원하는지 알면서, 너무 자기 기분에 따라 놀아나 준 거 아니야? 좀 더 밀당을 하든 어쨌든 해야 했던 거 아냐???

"주인님."

턱. 감색 소매가 뒤에서부터 다가와 창틀을 짚은 헤지아나의 손 옆에 놓였다. 두텁고 핏줄이 솟은, 거친 갈색 손.

헤지아나는 팔을 따라 시선을 들고, 고개를 돌렸다. 가일란이 뒤에서 씩 웃고 있었다.

"주인님이라고 불러야 쳐다보다니 언제까지 조련할 셈이지?"

그게 의도한 건 아닙니다만. 약간 자신에 대한 평가를 수정하느라 심신이 복잡하니 닥치고 계셔 주지 않겠습니까.

그건 그렇고 가일란의 분위기가 갑자기 부드러워졌다. 잡아 죽일 듯이 덤벼들더니 섹스 한 번에 나긋나긋해지다니. 어떤 대표도 이렇게 격변하지 않았다.

'아니, 물론 고통을 주는 것에 쾌락을 느끼는 타입이라면 백옥장에서의 고문 역시 '플레이'로 받아들였을 가능성은 있다만⋯'

헤지아나는 또 잠시 생각에 빠졌다. 하지만 어떤 대표도 섹스 두세 번에 휙 바뀌진 않았다. 조금씩 알게 모르게 바뀌어 지금에 이른 것인데, 가일란 이자는 왜 이렇게 손바닥 뒤집은 것처럼 태도가 변했단 말인가?

"카람찬트 황태자가 온다고 하지 않았나? 무슨 일로 오는지는 모르겠지만, 바로 나간 걸 보면 성하가 있으면 안 되는 일 아닌가?"

가일란이 창틀을 짚지 않은 왼손으로 자신의 목에 걸린 줄을 건드리며 말했다. 건드리는 정도에 따라 통증을 느끼게 하는 물건인지라, 가일란은 짧게 신음을 하더니 손을 내렸다.

"그렇군요. 곧 오겠어요."

"무슨 일로 오는 거지?"

헤지아나가 몸을 돌려 문가로 가려고 하자 가일란이 물었다. 그 질문에 헤지아나는 자리에 멈춰 서서 가일란을 흘겨보았다.

"말이 짧군요."

"성하의 개면 충분한 거 아닌가?"

창틀을 양손으로 짚고, 빛을 등진 채로 가일란이 씩 웃었다. 그 어두운 웃음에 헤지아나는 눈살을 찌푸렸다.

"—교황의 개는 이미 있죠. 두 마리나 기를 생각은 없습니다."

"아."

순간 가일란의 얼굴에서 웃음이 사라졌다.

"—아아. 아. 그래. 그렇지. 그러게. 내가 그걸 생각 못 했네. 그럼 뭐가 좋을까."

가일란은 창틀에서 손을 떼더니 머리를 긁적거리며 헤지아나에게로 다가왔다.

"개가 싫으면, 뭐가 좋아? 고양이? 말? 아니면 그냥 평범하게 노예?"

"뭔 소린지 모르겠군요."

"당신이, 성하가 원하는 게 되어 주지."

다가온 가일란이 헤지아나의 손을 들어 올리더니 손가락 사이에 입 맞췄다.

"당신이 나를 특별하게 여기는 한."

이게 무슨 개소리야—라고 생각한 순간이었다.

"카람찬트 황태자께서 방문하셨습니다."

그렇게 알린 사람은 당연히, 가일란의 시종으로 분장한 궁내원이었다. 헤지아나는 낭패라는 표정으로 궁내원을 쳐다보았다.

"들어오시라고 해."

가일란이 대신 대답했다. 궁내원은 흘끔 가일란을 쳐다보더니 헤지아나를 쳐다보았고, 헤지아나는 가일란의 손을 뿌리치며 시선으로 허락했다. 그리고 안내를 받아 방에 들어온 카람찬트는, 방에 헤지아나가 있는 것을 보고 의심의 눈초리로 쳐다보았다.

"어서 오십시오, 카람찬트 폐하."

"갑작스러운 기별에 응해 주셔서 감사합니다, 가일란 대표. 그리고 실례가 되지 않는다면, 성하께서 어쩐 일로 여기 계신지 여쭤 봐도 될는지요?"

카람찬트는 헤지아나를 흘깃 쏘아보았다. 카람찬트의 시선이 말하는 내용은 이랬다.

'너 그사이에 뭔 짓을 한 거냐?'

뭔 짓을 하기는 했는데, 네가 생각하는 그 내용이 아니라 안타깝구나.

헤지아나는 그 내용을 회신으로 보냈으나 카람찬트가 잘 받았을지는 알 수 없었다.

"이 자리에서 할 이야기가 다른 게 있겠습니까? 성하께서는 다른 이들에게 버림받은 남부에도 관심을 주시니 그저 감사할 따름이지요. 그런 이야기를 나누었습니다."

헤지아나는 조금 질린 표정으로 가일란을 쳐다보았다. 입에 침도 안 바르고 잘도 거짓말을 하기는.

"어쨌든 폐하, 일단 자리에 앉으시죠. 앉아서 어쩐 일로 방문하셨는지 알려 주시면 좋겠습니다."

"두 분께서 이야기를 나누셔야 할 테니, 저는 자리를 벗어나는 것이 좋겠군요."

헤지아나가 말했다. 사실 카람찬트가 가일란을 만나러 간다고 해서 급하게 가일란을 해방시켰지만, 가일란과 카람찬트의 대화가 자신의 뜻대로 될 리가 만무했다.

그에 어떻게 대응해야 할지를 생각할 필요가 있었고, 그래서 헤지아나는 이 방에서 벗어나려고 했다.

"꼭 그러실 필요가 있겠습니까?"

카람찬트가 나서려고 하는 헤지아나의 앞을 자연스럽게 막으며 말했다.

"어차피 이것은 성하께서도 주재하시는 일이기도 하니, 같이 이야기를 나누어도 나쁘지 않을 것 같습니다."

이게 날 엿 먹이려고 하나.

물론 카람찬트가 진실에 도달했을 리는 없지만, 그가 헤지아나를 의심하고 있다는 것은 확실했다. 그런 상황에서 같이 이야기하자고 하는 건 흑백을 밝혀 보자는 소리밖에 더 되나.

"흠."

가일란은 의자 등받이 뒤에 서서 등받이 테두리를 손끝으로 두들기고 있었다. 잠시, 서로 눈빛으로 아웅다웅하는 카람찬트와 헤지아나를 쳐다보고 있던 가일란의 눈이 가늘었다. 그러나 그는 곧 자세를 바로잡고 말했다.

"저는 카람찬트 폐하께서 말씀하는 것이 무엇인지 모르겠는데,

말씀해 주실 수 있는지요?"

"성하께서 리암 왕과 함께 만드셨다는 기관에 대해서 말하고자 합니다."

"기관…?"

당연히, 그런 걸 들어본 적 없는 가일란의 미간이 일그러졌다.

"리암 전하와 말입니까…?"

"상호불가침 조약에 대한 기구라더군요. 쓸데없는 싸움이 늘지 않게 할 것이라고."

말하며, 카람찬트는 자신의 앞에 서 있는 헤지아나와 시선을 맞췄다.

"그 기구에 가일란 대표께서도 속하겠다고 하셨다 들었습니다만."

헤지아나는 짜증스러운 표정으로 씩 웃는 카람찬트를 쳐다보았다. 아무리 생각해도 이 자식 나 엿 먹이려고 이러는 거 같은데.

"아— 그 기구요."

가일란은 의자에서 떨어져 관자놀이를 짚었다. 그는 생각하는 표정으로 천천히 카람찬트와 헤지아나 쪽으로 다가오더니, 사람 좋게 웃으며 말했다.

"네, 말씀하신 적 있습니다. 좋은 기구라 생각했지요."

뭐?

헤지아나는 카람찬트가 알아보지 못할 정도로 미미하게 일그러진 얼굴로 가일란을 쳐다보았다.

"남부의 피폐함은 전쟁에서 근원하지 않습니까? 또 전쟁이 있으면 남부의 내분 또한 격화될 것이 뻔한데, 당연히 그런 기구를 필요로 할 수밖에 없지 않겠습니까?"

여전히 신뢰 가는 얼굴로 웃으며, 가일란은 천천히 헤지아나에게 다가왔다. 그리고 헤지아나의 뒤에 서서, 카람찬트를 쳐다보면서 말했다.

"그에 대해 저에게 물으러 오셨다는 것은."

가일란의 얼굴은 보이지 않았다.

"설마하니 제가 그런 기구의 가입을 거절할까 염려가 되셨기 때문이신지요?"

말이 끝난 순간, 카람찬트의 눈이 날카로워졌다. 헤지아나는 돌아보려고 했다. 그러나 그 전에 가일란의 손이 어깨에 닿았고, 헤지아나는 깜짝 놀라 어깨에 얹어진 손을 쳐다보았다. 그러나 가일란의 손이 보이기 전에 이번에는 미간이 일그러진 카람찬트의 얼굴이 보였다. 그가 한 걸음 다가왔다.

"그럴 리가요. 말씀하신 대로 이는 남부에 좋은 일이 될 계획 아닙니까."

헤지아나를 중심으로 두 남자가 반 바퀴 돌았다. 카람찬트의 손이 마치 가일란의 손이 닿았던 자리를, 털어 내듯 건드렸고,

"말씀하신 대로 좋은 일이지요. 그래서 그 계획에 기꺼이 협조하려고 합니다."

옆으로 돌아 나온 가일란의 얼굴은, 전에 없이 싸늘했다.

"그것을 여쭈시러 오신 것입니까?"

"그렇습니다."

헤지아나는 양옆에 선 두 남자의 표정을 보았다. 모두 아무 일 없었다는 듯한 표정이었고, 무슨 일이 일어난 건지 알 수 없었다.

"그렇군요. 카람찬트 폐하. 저는 성하와 더 대화를 하고자 하는데 괜찮을까요?"

카람찬트는 잠시 말이 없었다. 그러나 곧 평소 그러하듯, 미미하게 웃는 표정으로 말했다.

"제가 불청객이었군요. 그 일이 남부에 중요한 일임은 자명하니 환담 계속 나누시기 바랍니다."

"살펴 가십시오."

배웅도 없이 카람찬트가 방문을 나섰다. 그가 나가자마자 헤지아나는 자신의 곁에 서 있던 가일란을 향해 고개를 돌렸다.

"뭘 한 거죠?"

"아무것도."

가일란은 여전히 웃고 있었다. 다른 것은, '사람 좋은 웃음'은 아니었다는 것이다. 헤지아나는 그 웃음을 한동안 쳐다보다가 말했다.

"왜 거짓말했죠?"

"뭘?"

"웨스월드에 대해서는 알지도 못할 텐데?"

"아. 그게 그 기구의 이름인가?"

가일란이 어깨를 으쓱하며 헤지아나의 앞에 섰다.

"세상을 재는 저울이라. 내가 그 기구에 참여하는 걸 원해?"

"—그렇긴 한데."

헤지아나가 조금 머뭇대며 말하자, 가일란이 씩 웃었다. 그건 좀 기뻐 보이는 웃음이었다.

"그러면 참여하지, 뭐."

믿을 수 없었다. 헤지아나는 잠시 입을 다문 채 자신을 쳐다보는 가일란을 쳐다보았다.

"—당신은."

약간 입안이 말랐다. 의심하는 눈빛으로, 헤지아나는 말을 이었다.

"세상을 부숴 버리고 싶어 하지 않았어?"

가일란의 표정에서 웃음이 사라졌다. 그건 무표정하다기보다는 조금 놀란 것으로 보였다. 꽤 오랜 침묵 후 가일란은 갑자기 가늘게 웃음을 터트렸다.

"아니, 생각해 보면 당연한 거지."

"무슨 소리야?"

"아니, 너무 당연한 거였어. 그래, 말은 달라도 다들 그런 비슷한 생각을 했으니까."

한 손으로 얼굴을 가리며 가일란이 계속 작게 웃음소리를 냈다. 억눌린 웃음소리가 계속 끌끌, 작게 방 안에서 흩어졌다.

"역시 당신은 나를 이해해."

"뭘…."

가일란의 얼굴을 가렸던 손이 콧날과 입술을 쓸어내리며 떨어졌다. 그리고 드러난 눈이, 어두운 광기를 띠고 헤지아나를 향했다.

"그러니까 내가 원하는 걸 아는 거겠지. 당연한 거야. 그렇기 때문에 당신이 내게 고통을 주는 사람인 거고."

"그 '고통을 주는 사람'이라는 거, 대체 무슨 뜻이지?"

처음에 이 방에 들어왔을 때도, 가일란은 그 말을 했었다. 가일란이 헤지아나에게 한 발짝 다가오며 말했다.

"당신이 날 특별하게 여긴다는 거지."

헤지아나가 한 발짝 뒤로 물러섰다.

"뭔 소린지 모르겠어."

"당신이 나를 이해한다는 거야."

"아니. 몰라."

"아니, 알아."

가일란이 크게 한 발자국 다가왔다. 때문에 헤지아나는 더 물러서지 못하고, 그 자리에 멈춰 섰다. 가일란의 손이 헤지아나의 턱을 받쳐 들었다.

"당신은 내 증오와 고통을 이해해."

그것이 무엇을 가리키는지 논리적으로 어떻게 알 수 있겠는가?

하지만 순간 깨달았다. 그것이 무엇을 말하는지를. 그것은 꿈에서 본 그의 기억이며, 동시에.

"당신과 내가 겪은 건 그리 다르지 않아. 끝없는 고통, 끝없는 굶주림, 끝없는 병, 끝없는 시체, 끝없는 피, 끝없는 상실! 다른 게 있다면 당신의 그 고통은 여덟 살에 끝났다는 거지. 그렇지만 그 경험은 절대 사라지지 않아. 안 그래? 그래서 당신은 전쟁이 다시 벌어질까 두려워 벌벌 떠는 거지. 피를 두려워하고, 타인에게 고통 주기를 두려워하고, 정결하게 신의 부름에 따라 살고 있어! 그것이 두려워서! 아니야?!"

헤지아나의 모든 움직임이 그대로 멈췄다.

눈동자조차 움직이지 않았다. 자신의 앞에서 말하는 가일란밖에 보이지 않았다.

사실이었다. 모든 두려움이 거기에 기인한다. 자신조차 전부 기억하지 못하는 끔찍한 고통, 굶주림, 공포. 그것이 다시 이 세상에 꽃피는 것이 보기 싫은 이유는, 근본적으로 자신의 두려움 때문에.

"그리고 우리는 정반대의 존재가 되었지. 사기꾼, 협잡꾼. 배신자. 그리고 세상에서 제일 고결한 종교의 지도자, 신에게 선택받은 자. 그렇기 때문에 당신은 나를 이해해. 그렇기 때문에 당신은 내게 고통을 주는 사람이야. 당신은 이 말이 뭔지 이해해."

그 말대로였다.

"당신은 나를 알아."

그래, 안다.

알기 때문에 연민하였고, 알기 때문에 분노를 억누르지 못했다. 자신이라고 하여 이유 없이 쏟아졌던 고통에 분노하지 않았었겠는가? 다른 것이 있다면 자신에게는 그 분노를 올바른 길로 이끌어 이 세상에 대한 자비로 바꾸어 줄 사람들이 있었다는 것이고, 그에게는 없었다는 것이겠지.

그러므로 눈앞에 있는 것은, 본디 자신이 갈 수도 있었던 길 중의 하나가 완성된 모습이어서.

"나를 이해해."

이해한다. 그 증오와 고통을 이해한다. 그러므로 연민한다. 동시에 그러므로, 그 연민을 거부한다. 이 대륙에 파괴를 불러오려고 했던 죽음의 상인을 거부한다. 경계한다. 믿을 수 없다. 어째서 자신이 겪은 고통을 반복하는가? 그러나 동시에, 그 비틀림을 이해한다. 연민과 증오가 뒤섞이고 동감과 거부와 동정과 경계가 뒤섞인다.

"그래서 오직 당신만이 나의 적이 되고."

손끝에 가일란의 손이 닿았다. 투박하고 거친 손가락. 헤지아나는 놀라 고개를 들어 가일란을 쳐다보았다.

"나를 지배해."

열망과 환희를 담은 눈동자. 그러나 그것은 욕망이라기보다는 법열에 휩싸여 가쁜 숨을 쉬는 성인들의 모습과 닮았다. 그래서 그때, 헤지아나는 깨달았다. 그는 이렇게 말하고 있었다.

나의 세계가 되어 줘.

적이 된다는 것은 무엇인가.

가일란은 답했다.

"당신이 나를 특별하게 여긴다는 뜻이지."

"고통을 주면서?"

'적'이라는 건 신경 쓰이는 말이었다. 그것은 자신에게 대립하여 계속 '열세 번째 빛'을 유통하겠다는 말일 수도 있었으니까. 그러나 가일란의 대답으로, 그 '적'이 자신에게 고통을 줄 사람을 말하는 것이라는 걸 깨달았다.

확실히 알 수 있었던 건 하나였다.

'보통 미친 자가 아니구나.'

그가 한 말의 절반 정도밖에 이해할 수 없었다. 그러나, 그것은 뒤집어 말하면 절반은 이해한다는 것이다. 그 길로 갈 수도 있었던 자로서 조금도 이해하지 못한다는 것은 기만이다. 뒤엉킨 감정은 여전히 가슴 속에서 들끓었다.

"고통을 주면, 그러면, 내 뜻에 따를 건가?"

"그렇다면 굳이 세상에게 고통을 줄 이유는 없지."

이자의 비틀린 사고 속에서 세상은 그에게 고통 주는 것이고, 때문에 그가 세상에게 기선제압을 하거나 복수를 하기 위해 공격적 행위를 한다는 것은 이해했다. 그러나 자신이 세상이라고 생각한다면— 그는 왜 고통이 멈추기를 바라지 않는 건가?

"—고통이 멈추길 바라지는 않는 거야?"

"왜 그래야 하지?"

오히려, 모르겠다는 듯한 표정으로 가일란이 되물었다.

"그것이 살아 있다는 증거인데."

어디서부터 비틀린 걸까. 철학자들의 말과는 다른, 짙은 피 냄새가 묻어나는 말을 곱씹으며 헤지아나는 자신의 발치에 무릎 꿇는 가일란을 쳐다보았다. 그가 헤지아나의 손을 붙잡고 이마에 댔다.

"아."

안도와, 한탄이 섞인 한숨이 손가락을 스쳤다.

"드디어 이렇게 내 눈앞에 나타나서, 이렇게 만질 수 있게 되었어…"

깊은 안도 속에서, 헤지아나는 갑자기 양처럼 순해진 그의 태도가 어디에서 기인하는지 깨달았다.

그건 어두운 밤길, 풀숲에서 바스락거리는 소리에 겁먹는 어린아이 같은 것. 무엇인지 몰라 알 수 없고 두려운 것. 그러나 풀숲에서 무언가가 모습을 드러내면, 그것이 토끼이건 늑대이건 사람은 자신의 상상에 사로잡히지 않고 두려움에서 벗어날 수 있다.

그는 이제야 그 두려움에서 벗어난 것이다. 자신이라는 신의 상징을 통해서.

그렇게 이해했다.

"그럼."

헤지아나는 자신의 손등을 붙잡은 가일란의 머리카락을 쓰다듬다가, 손가락으로 꼬았다. 그리고.

"먼저 내 말을 잘 듣도록 해요."

"윽."

손가락에 꼬인 머리카락을 잡아당기자, 가늘게 가일란의 입에서 신음이 흘러나왔다.

"당신이라고 부르지 말라고 몇 번 말했죠?"

"성하…."

가일란이 찡그린 얼굴로 웃으며 헤지아나를 올려다보았다. 어쩐지 가엾은 기분도 들어, 헤지아나는 잡아당기던 머리카락을 놓고 그의 머리를 쓰다듬었다. 그러자 가일란의 표정이 편안해지고, 숨도 편안해졌다.

그저, 당신이 원하던 것은.

❖━❖━❖

"갑작스럽게 모이게 해서 미안해요."

헤지아나가 의자에서 일어나며 말했다. 시간은 저녁. 장소는 교황의 집무실. 인원은.

"아닙니다. 일이 긴급한 것은 언제나 마찬가지였으니까요."

"성하의 손으로서 시와 때를 가려야 할 이유는 없습니다."

"제가 도와 드릴 수 있는 일이라면 좋겠어요."

리암, 아셔, 루시올.

헤지아나는 고개를 끄덕인 다음 그들에게 각자의 의자를 권했다. 책상을 마주 보고 앉은 의자는 네 개였고, 한 자리가 비어 있는 것을 리암이 발견했다.

"황태자가 오나요?"

리암의 예측은 타당했다. 이 자리에 그나마 있어야 할 사람이라면 그밖에 없었다. 그러나 헤지아나는 고개를 저었다.

"아뇨."

"그러면…?"

루시올이 귀 끝을 쫑긋거리며 의문을 표했다. 때마침 문 두들기는 소리가 들렸고, 허락도 없이 문이 열리고 갈색 정장을 입은 남자가 들어왔다. 헤지아나는 쳐다보지 않고 소개했다.

"가일란 엘리아스입니다."

리암의 눈썹이 가만히 일그러졌고, 아셔는 당황함을 숨기지 못한 채 눈을 굴려 가일란과 헤지아나, 리암을 번갈아 쳐다보았다. 루시올은 '열세 번째 빛'에 대해 아는 바가 없었지만, 의외의 인물이 등장했다는 것 정도는 분위기로 알 수 있었다.

가일란은 방 안을 가로질러 헤지아나의 책상 옆에 섰다. 마치 보좌관처럼 선 그의 얼굴에는 사람 좋은 미소가 걸려 있었다. 루시올은 그 웃음을 본 순간 살짝 미간을 찌푸렸다.

"이렇게 여러분과 뵙는 것은 처음이군요. 당장 내일이 마지막 회의인고로 시간이 별로 없어서 이렇게 자리를 마련하게 된 점 양해

부탁드립니다."

"이 회의는 가일란 대표께서 소집하신 겁니까?"

리암이 의구심을 가진 표정으로 물었다. 그에는 헤지아나가 대답했다.

"아뇨. 제가 소집했습니다. '웨스월드' 때문에요."

"결론부터 말씀드리죠."

가일란이 짝, 가볍게 박수를 치며 말했다.

"남부는, 저의 대표 권한으로 웨스월드에 가입합니다."

"신뢰할 수 없군요."

리암이 즉각적으로 말했다.

"'열세 번째 빛'을 이 멜라스에 가지고 온 자가 웨스월드에 가입을 원한다니 신뢰하기 어렵습니다."

"아, 이런. 제가 그걸 갖고 있다는 걸 알고 계셨군요. 또 알고 계시는 분? 혹시 이 자리에 계신 분들 전부 다 알고 계십니까?"

"루시올, 나중에 설명해 드리겠습니다."

헤지아나가 상황을 이해하지 못하고 입을 열려고 하는 루시올을 손짓으로 제지했다. 그사이 리암이 말을 이었다.

"물론 우리에게는 웨스월드의 비준이 중요합니다. 그러나 본인의 정체가 밝혀진 상황에서 우리가 당신을 신뢰할 것이라고 생각합니까? 가일란 엘리아스 대표."

"당신이 신뢰하는지 아닌지는 전혀 중요하지 않습니다. 리암 전하."

가일란이 씩 웃었고, 리암의 표정이 미묘하게 일그러졌다.

"저는 제가 원하는 걸 얻었거든요."

"그게 무엇입니까?"

리암이 질문했지만 가일란은 대답하지 않았다. 대신 발걸음을 옆으로 옮겨 헤지아나와의 간격을 줄였다. 입가에는 여전히 사람 좋아 보이는 미소가, 만족스럽게 걸려 있었다.

"그 때문에 더 '열세 번째 빛'에 집착해야 할 이유가 없습니다."

"더 이상 거래는 없을 겁니다. 리암, 일단 우리에게 중요한 건 비준이에요."

그때였다. 헤지아나의 의자 옆에 섰던 가일란의 얼굴에서 웃음이 흘러내렸다. 흑갈색 눈동자는 빛에서 비켜나 깊은 검은색으로 변했고, 가일란은 눈동자를 굴려 흘끔 리암을 쳐다보았다.

리암이 말했다.

"그래서 황제와의 거래도 중단되었습니까?"

"그건 당연…"

헤지아나의 말끝이 흐려졌다. 확신할 수 없었다. 헤지아나가 미심쩍은 표정으로 옆을 돌아보았고, 가일란은 날카로운 표정으로 리암을 쳐다보다가 어깨를 으쓱해 보였다.

"그건 제 손을 떠난 일입니다."

이런.

헤지아나는 낭패감을 느꼈다. 이자가 자신을 따르게 되었다고 해서 너무 안심한 모양이다.

"대체 내게 또 뭘 숨기고 있지?"

헤지아나가 낮은 목소리로 물었다. 그러나 가일란은 서늘한 웃음으로 대답했다.

"숨기는 건 없습니다, 성하… 그리고 황제와의 거래는 부차적인 문제죠. 어차피 당분간은 확산되지 않을 겁니다."

"저는 그런 안이한 말은, 그 불길한 물건을 들고 온 가일란 대표께서 하실 말씀이 아니라고 생각합니다. 성하, 외람되오나 저 역시 가일란 대표를 신뢰할 수 없습니다."

조용히 아셔가 자신의 의견을 말했다. 그야 아셔와 리암의 불신은 타당하지만.

'신의 의도대로 관계를 가져서 노예로 만들었다고 말할 수도 없고.'

이 경우는 비유적인 의미가 아니라 정말로 노예가 되었지만 말이다.

하여간 헤지아나는 이 부분을 어떻게 정리해야 할까 고민하며 머리카락을 쓸어 올렸다. 그때, 가일란의 손이 헤지아나의 손에 닿았다. 뭐가 있나?

"'열세 번째 빛'의 출처는 사슈르."

헤지아나의 미간이 일그러졌다. 그건 달라하의 한 나라로, 삼국 중 하나기는 했으나 예상 밖의 나라였다. 그리고 헤지아나는 리암과 아셔, 심지어 루시올의 표정조차도 기묘하게 일그러진 것을 발견했다. 그 나라인 것이 그렇게까지 놀랍지는 않을 텐데—라고 생각한 순간.

"사슈르 왕이 저에게 팔았습니다. 내분의 정리에 한 번 써 보았는데 아주 효과가 좋았죠."

"그 말은…."

헤지아나가 가일란을 올려다본 순간, 가일란은 흐트러진 헤지아나의 머리카락을 쓸어 올렸다. 헤지아나가 놀라 눈을 크게 뜬 순간,

아셔가 자리에서 벌떡 일어났다. 그러나 아셔가 다가올 것도 없이 헤지아나가 가일란의 손을 쳐냈다. 짝.

그러나 가일란은 여전히 사람 좋게 웃고 있었다.

"실례했습니다. 머리에 무언가 붙어 있어서, 성하."

웃음 짓는 그의 눈동자가 옆으로 구르는 것이 보였다. 그의 눈동자가 헤지아나의 눈짓에 따라 다시 자리에 앉는 아셔를 지나쳐, 리암을 향하더니 입꼬리가 조금 더 올라가더니, 숨기듯이 다시 자신을 향해 고개를 숙이는 그 광경.

이 녀석, 지금.

헤지아나는 가만히 눈살을 찌푸렸다.

마침 가일란도 그것을 본 것 같았다. 알겠냐는 듯이, 그가 또 웃음을 건넸다. 헤지아나는 또다시 눈살을 찌푸렸다. 헤지아나를 보며 가일란이 말을 이었다.

"남부는 개차반이고, 그나마 뽑힐 만한 사람이 저밖에 없는 것을 모두가 알죠. 그렇기 때문에 사슈르 왕은 저에게 접근해 이것을 돈으로 바꿀 것을 요청했습니다. 이익의 일부와 사슈르의 국적을 얻는 것을 조건으로 말입니다."

"사슈르가 자네에게 국적을 주면 귀찮은 일만 벌어질 뿐일 텐데."

루시올이었다.

그 말대로 남부 정치인에게 망명을 허가하는 것도 시끄러운 일이고, 심지어 그가 뒤로는 죽음을 퍼트리고 다니는 이라면 더더욱 그러했다. 그를 얼굴로 내세워 접선시키는 이상, 사슈르에게 그는 자기 안에 두어서는 안 되는 패였다.

날카롭게 쳐다보는 어린 요정을 보며 가일란은 짧게 비웃음을 지었다.

"그 말대로. 사슈르가 저에게 그걸 줄 리가 없죠. 뭔진 몰라도 함정이니까 저도 염두에 두지 않았습니다. 차라리 대장벽으로 가는 게 낫지요. 그렇지 않습니까, 성하?"

말하며, 가일란이 헤지아나의 의자 뒤를 지나 왼쪽으로 왔다. 그때 헤지아나는 자신의 집무실 의자를 지나며 가일란이 고개를 숙이는 것을 느꼈다. 동시에 숨을 깊게 들이쉬는 것 역시.

아마 카람찬트가 있을 때도 이런 식으로 군 거겠지.

"그렇군요. 대장벽에서는 추격자가 붙지 않을 테니."

"황제와 접선하는 자는 이미 제 선이 아닙니다. 황제가 직접 물건을 받지 않듯 저 역시 마찬가지죠. 그리고 그보다는 이 웨스월드의 비준이 더 중요하지 않을까요? 그게 있으면 황제도 함부로 움직일 수 없을 테니 말입니다."

가일란은, 이유는 모르겠지만 이 방 안에 있는 남자들을 경계한다. 마치 수컷이 자신의 암컷 주변을 어슬렁거리거나, 냄새를 묻히듯이 과시하면서.

'건방지잖아.'

헤지아나는 가일란이 선 왼쪽을 쳐다보았다. 가일란은 복잡한 표정을 짓는 세 명을 보며 승리한 듯이 웃고 있었고, 헤지아나의 책상 위엔 자기로 만든 작은 문진이 서류를 누르고 있었다. 헤지아나는 몸을 돌리며 손바닥으로 책상을 훑어 문진을 떨어뜨렸다.

"가일란 대표의 말에 동감합니다."

툭. 작은 소리와 함께 문진이 가일란의 발 앞에 떨어졌다. 헤지아나는 그것을 쳐다보았고, 가일란은 자연스럽게, 아랫사람의 덕목답게 몸을 숙여 문진을 집었다.

그때.

"설령 황제가 '열세 번째 빛'을 쓰더라도, 여기 이렇게 증언할 사람과 증거가 있고."

콱. 헤지아나의 발끝이 문진을 집는 가일란의 손등을 짓밟았다. 책상에 가려진 가일란의 얼굴이 일그러졌다.

"그렇다면 웨스월드로 압박하는 것 역시 쉬워집니다. 웨스월드는 침략만이 아니라 내전에도 관여할 수 있는 기구니까요."

"크… 읍."

발이 지근지근 손등을 짓눌렀다. 고통을 이기지 못하고 손가락이 문진을 놓았고, 헤지아나는 자신을 올려다보는 가일란을 표정 변화 없이 쳐다보며 손을 짓밟았다.

"가일란 대표도 그렇게 생각하시지요?"

"네… 에…."

건방지게 굴지 마.

헤지아나가 차갑게 내려보자 가일란이 입술을 핥았다. 그것을 보자마자 헤지아나는 발을 치움과 동시에 휙 고개를 돌려 앞을 쳐다보았다. 그 순간 가일란의 얼굴이 조금, 굳었다. 그러나 헤지아나는 더 가일란에게 관심을 줄 시간이 없었다.

"여섯 명의 대표 중 네 명이 찬성한다면 배는 기운 거죠. 그러나 양극의 지도자들이 규칙에 따라 이에 응할지언정 그 속내까지 순순할 리가 없습니다. 저는 황태자와 황제와 직접 접견하여 대응하겠습니다. 그 외의 대응은 리암에게 맡기겠어요. 다른 분들도 리암의 지시에 따라 주시기 바랍니다."

"예."

"예…"

아셔의 대답과 루시올의 혼란스러운 대답 이후, 긴급한 회담은
종료되었다.

파하기 전에, 헤지아나는 복잡한 사정으로 비밀스러운 일의 내
막에서 소외되어 있던 루시올에게 상황을 설명해 줄 테니 방에서
기다리라고 말해 두었다. 아셔 역시 루시올의 호위를 위해 집무실
에서 나갔다.

"이봐, 성하."

루시올을 보낸 헤지아나에게 가일란이 다가와 작게 속삭였다.
헤지아나는 슥, 눈을 돌려 가일란을 쳐다보았다. 그는 헤지아나의
시선이 닿자 머쓱한 듯 머리를 긁적였다.

"화났어?"

"그래 보이나요?"

"내가 너무 지나쳤나?"

헤지아나는 대답하지 않고 고개를 돌렸다. 시선의 끝에 아직 집
무실에서 나가지 않고 이쪽을 쳐다보는 리암이 서 있었고, 가일란
은 초조한 듯이 리암과 헤지아나 사이를 가로막았다.

"알았어. 미안해. 안 그럴게."

시선을 피하자, 가일란은 헤지아나의 눈동자의 궤적을 읽어 그
시야 안으로 몸을 옮겼다. 그는 헤지아나에게서 외면당하는 것을
두려워하고 있었다.

무관심은 공허하고, 거기에는 어떤 고통도 없을 것이기에.

헤지아나는 가일란을 지나쳐 가며 말했다.

"말을 잘 들으면 상을 줄 거고."

그것은 고통이고,

"말을 안 들으면 자유를 줄 거예요."

그것은 무시다. 헤지아나는 몸을 돌려, 자신을 돌아보는 가일란에게 말했다.

"그러니 건방지게 굴면 안 됩니다."

"—성하가 나를 제일 특별하게 여기는 이상은, 그렇게 하지."

조금 안도한 표정으로 가일란이 말했다. 그러나 그 대답에 헤지아나의 시선은 다시 차가워졌다.

"제일을 운운하는 게 건방지다는 생각은 들지 않나요?"

가일란의 눈이 가늘어졌다. 그가 헤지아나와, 헤지아나의 뒤에 선 리암, 그리고 열린 문가 너머 궁내원들과 뭔가 이야기를 나누는 아셔, 그리고 아셔의 뒤에 서서 기다리는 루시올을 차례대로 본 다음 헤지아나를 보았다.

"뭐… 상관없어."

씩 웃고, 그는 짓밟혔던 오른손을 들어 잠시 쳐다보았다. 손등에 헤지아나가 밟아 남은 흔적이 있었다. 붉게 물든 흔적을 향해 가일란이 입술을 갖다 대며 헤지아나를 똑바로 쳐다보았다.

"손에 성하의 발자국이 남아 있는 건 좋네. 언제든지 볼 수 있잖아."

"그 손으로 자위라도 하려고?"

"그럼 듣고 찾아와 줄 건가?"

아직 가일란의 목에는 헤지아나가 걸어 둔 줄이 있었다. 헤지아나는 잠시 생각해 보았다.

"한 시간 후에 방으로 와."

그의 몸은 색달랐고, 조금 더 경험해 보고 싶은 호기심이 있었다. 그런 생각으로 가볍게 밤의 시중을 명하고, 헤지아나는 집무실을 나섰다.

"갑자기 무슨 바람이 분 건지 모르겠군요."

리암이 지나가는 가일란을 향해 말했다.

"당신의 목적은 이익이었던 거 같고, 이쪽의 일은 당신에게 이익이 안 될 텐데."

조용하고 차분한 목소리였다. 그러나 명확한 목소리여서, 가일란은 발걸음을 멈추고 리암을 돌아보았다. 리암의 시선은 닫히는 문안, 헤지아나를 향하고 있었다. 다른 곳을 보면서도 상대를 향해, 리암이 청명하게 말했다.

"그러나 당신의 속셈과 관계없이 발을 뺄 수 없다는 점은 명확히 하고 싶습니다."

"너무 의심하지 마십시오."

가일란이 씩 웃었다. 사람 좋아 보이는 웃음과 달리 속내는 불쾌감이 드글드글 끓었다.

분명히 '리암'이라고 했다. 경칭 없이 그냥 이름을, 몇 번이나 불렀다. 그것도 각 대표가 모인 자리에서! 아무도 그걸 이상하게 여기지 않았다고!

'그냥 교황의 책사 정도일 거라고 생각했는데.'

그렇지만 교황은 그에게 명령을 위임하기까지 했다. 동시에 헤지아나의 차가운 눈빛이 가일란의 머릿속을 스쳐 지나갔다.

[제일을 운운하는 게 건방지다는 생각은 들지 않나요?]

빌어먹을.

"제가 원하는 걸 교황 성하께서 가지고 계시기에, 그분께 협조하는 것뿐."

"나라 간의 거래인데 그렇게 손바닥 뒤집듯…."

"그건 제가 알아서 할 일이고."

가일란이 슥, 리암에게 고개를 디밀었다.

"예쁨 받는 것 같지만 그것도 오래가지 않을 거야."

낮은 목소리였다. 날카로운 눈으로 속삭인 가일란은 휘둥그레진 눈으로 자신을 쳐다보는 리암에게서 떨어졌다.

"견제하겠다고 쓸데없이 트집 잡지 마. 거래 파기로 손해를 보는 건 나지 네가 아니니까."

"어…."

리암이 입술을 살짝 벌린 채 가일란을 쳐다보았다. 그 모습을 보며 가일란은 미간을 찌푸렸다. 그러다가, 피식 웃음을 터트렸다.

"네가 걱정해야 할 건 오늘 밤 누가 흰색 침대에 올라가느냐일 걸."

그리고 가일란은 몸을 돌려 사라졌다. 리암은 잠시, 집무실 앞 복도에 가만히 서 있었고.

'?'

생각했다.

'??????????????????????????????????????'

머릿속에는 물음표가 꽉 차 다른 문자가 들어갈 틈이 없었고, 때문에 그는 의문을 단어로 정리할 만한 여백을 가질 수 없었다. 사고의 공백을 마련하기까지는 꽤 오랜 시간이 걸렸다.

[솔직해지십시오, 루시올 님.]

리암의 말이었다.

그건 오늘 아침의 일이었을 것이다. 예배당에서 헤지아나를 만나자 머릿속이 복잡해져서, 감당할 수 없을 만큼 두려워져서 뛰쳐나갔을 때 리암과 마주쳤다. 인사하고 가려는데 리암이 할 말이 있다며 불러 세우곤, 한 말이 바로 저것이었다.

[왜냐면 그러는 편이 후회가 없기 때문입니다.]

그건, 직전에 들은 아셔의 말과 정반대의 의미로 들렸다.

너무 취하면 안 됩니다. 간격이 있어야 합니다. 아셔는 그렇게 말했다. 그러니까 나는, 이것이 그 반대의 말로 들린다면 사실 실컷 취하고, 가까이하고 싶은 건가.

[자신을 속이면 안 됩니다.]

속내를 들여다본 듯한 말에 루시올의 몸이 움츠러들었다. 자신을 속여야 남도 속일 수 있다. 그렇게 생각하고 있지 않았나. 이 모든 것은 연기라고.

[저는 자신이 상처 입지 않았다고 착각했습니다. 자신의 감정에 귀 기울이지 않는, 그런 실수를 하지 마십시오. 그 사이 모든 게 지나갑니다.]

"젠장…."

왜 이 동네 인간들은 개나 소나 자기처럼 되지 말라고 참견질인 거야?

루시올은 이마를 짚으며 이맛살을 찌푸렸다. 그때, 루시올의 시선 옆으로 휙 사람의 인영이 나타났다.

"루시올?"

"아, 네? 네???"

루시올은 화들짝 고개를 들었다. 헤지아나가 걱정스러운 표정으로 자신을 쳐다보고 있었다.

"그렇게까지 불쾌해할 일은 아닙니다. 일단 일은 끝났거니와…."

헤지아나의 방이었다. 회담 후, 사정을 잘 모르는 루시올에게 헤지아나가 '열세 번째 빛'에 대해 설명해 주던 중이었다. 설명을 듣던 도중 루시올이 딴생각에 빠져 버려 그만 '젠장'이라고 내뱉은 것이지만, 헤지아나는 그 중얼거림을 끔찍함을 견디지 못하고 내뱉은 말이라고 생각했다. 어쨌든 그는 요정이고 섬세한 데다가, 인생의 큰 곡절을 겪은 지 얼마 안 되지 않았는가.

"너무 걱정하지 않아도 됩니다."

안타까운 마음으로 헤지아나는 옆에 앉은 루시올을 끌어안았다. 루시올의 앉은키는 자신의 쇄골 아래에 겨우 닿았고, 그 말인즉슨 끌어안긴 루시올은 헤지아나의 가슴에 얼굴을 파묻은 꼴이 되었다는 소리였다.

"너무 깊이 생각하지 않아도 돼요."

"앗…."

루시올의 귀 끝이 파닥거렸다. 이어커프에 걸린 은구슬이 흔들리며 맑은 소리를 냈고, 헤지아나는 이어커프에 걸린 은구슬 줄을 뒤로 젖히며 루시올의 머리카락을 쓸어 넘겼다. 머리카락 사이를 파고드는 헤지아나의 손길에 루시올의 몸이 가볍게 움찔거렸다.

'으악'

부르르, 작은 요정의 몸이 떨렸다.

"…루시올, 내가 너무 무서운 이야기를 한 건가요? 이럴 줄 알았으면 자세한 이야기는 하지 말 걸 그랬군요."

"아, 아니. 아니에요."

그게 아니라, 머리를 만져 주는 것만으로도 좀 느껴서 그런데요.

루시올은 시선을 피하듯이 고개를 숙였지만, 그러자 보이는 것이 헤지아나의 가슴이라 더 시선을 돌릴 데가 없었다.

[솔직해지십시오, 루시올 님.]

나는 그렇지 않아. 그렇게 눈치 없지 않다. 조절하지 못할 정도로 절박하지도 않고 눈멀지도 않았다.

자신만만하게도 그렇게 생각했지. 하지만 그 들끓는 감정. 불안과 초조와 수치가 뒤섞인 그것. 그걸 뭐라고 해야 할까. 그 혼란을 헤지아나가 알아차릴까 두려워 그만 뿌리쳐 버렸다.

자신의 음흉한 속내가 들통날까봐, 그래서 버림받을까 두려워하는 것일까. 그 진실한 마음을 헤지아나가 알아버릴까 봐? 그래서 이렇게 끌어안기고서도 완전히 몸을 맡기지 못해 어색한 자세로 긴장해 있는 걸까? 불편하고, 혼란스러운, 도망치고 싶어 하는 마음으로?

'뭘 원하지?'

당신이 다정했으면, 키스해 줬으면.

루시올은 눈을 감았다. 완전히 기댈 수 없어 어색하게 힘을 주었던 몸에서 힘을 빼고, 헤지아나에게 완전히 몸을 기댔다.

"성하."

"네."

그리고 가느다란 두 손을 헤지아나의 등 뒤로 뻗어, 가만히 끌어 안았다.

"입 맞춰 주실 수 있어요?"

"네?"

헤지아나의 되물음에, 루시올은 가만히 헤지아나를 끌어안은 손 끝에 힘을 주었다. 헤지아나가 자신의 날개뼈 아래를 가만히 누르는 깃털 같은 손길을 느끼고 의아해한 순간.

"안 되나요?"

루시올이 고개를 들었다. 물기 어린 녹빛 눈동자로, 애틋한 입술로.

"─그건, 아니지만."

어쩜 이렇게 안타깝고 귀여울 수가. 헤지아나는 루시올의 뺨에 손을 얹었다. 부드럽고 말랑말랑한 뺨이 손끝에서 미끄러졌다가 손바닥에 착 감겼다.

"루시올이 원하는 건 어떤 입맞춤인가요?"

헤지아나는 루시올의 부드러운 머리카락을 쓸어 넘기며 웃음 지었다. 그러자 루시올이 고개를 조금 더 올려 들며 말했다.

"연인의 입맞춤이요."

"―어."

그러니까, 원했던 건 '어디에' 입맞춤해 달라고 하는 거냐, 이마냐, 뺨이냐, 뭐 그런 의미였는데… 아, 아니. 물론 이 말도 답이 된다. 헤지아나는 자신의 등을 쓸어 올리는 루시올의 손길을 느끼며 뺨이 가볍게 달아오르는 걸 느꼈다.

"사랑해 주길 원하나요?"

헤지아나의 손이 위로 올라오는 루시올의 팔을 쓸듯이 매만졌다. 피부에 닿는 가볍고 예민한 감촉에 루시올이 움찔거렸다. 얼굴을 붉힌 루시올은 무릎을 세워 헤지아나와 시선의 높이를 맞췄다. 그렇지만 둘의 간격이 한 뼘보다 좁아진 순간.

"―아…."

루시올이 짧게 신음하더니 자신을 쳐다보는 푸른 시선을 피했다. 얼굴은 발그레했고, 수줍어하는 것 같았다.

물론 수줍어하는 척만 하는 것이었지만, 헤지아나가 그것을 알 요량이 없었다.

"사랑해 달라면서요."

"그렇지만…."

튕기는 거거든요. 루시올이 고개를 숙인 채 속으로 말했다.

어쨌든 그 모습은 헤지아나에게 조금 어리숙하게 보였다. 작게 웃으며, 헤지아나는 루시올의 팔을 따라 어깨를 쓸어내리고, 하얀 목에 손을 얹었다. 가볍게 톡톡 뛰는 맥이 손끝에서 느껴졌다. 헤지아나는 맥이 느껴지는 목덜미 반대편을 향해 고개를 숙였다.

"앗…?! 성…!"

흠칫, 왼손으로 끌어안은 루시올의 몸이 품 안에서 가늘게 떨렸다.

목에 입술을 얹은 순간 작은 몸이 파르르 떨렸고, '흐읍' 하고 작게 숨 삼키는 소리가 귓가에서 흩어졌다. 헤지아나는 어깨에서부터 목까지 한 번, 두 번, 세 번, 네 번 입술을 얹었고, 입술의 낙인이 찍히는 횟수가 늘어갈수록 루시올의 몸 떨림 또한 줄어들었다. 마지막으로 헤지아나의 입술이 향한 장소는, 연둣빛 새순 같은 루시올의 입술이었다.

"앗…."

닿은 순간은 짧았다. 입술이 닿은 순간 짧게 취한 듯한 표정을 지었던 루시올은, 꿈이 끝난 것이 아쉽다는 듯이 헤지아나를 쳐다보았다. 헤지아나는 작게 웃으며 루시올의 입술에 또 짧게 입 맞췄다.

"왜 이렇게 긴장하고 있나요?"

"네? 아뇨, 전 전혀…."

"하지만 느껴지는걸요."

헤지아나의 손이 루시올의 팔을 쓰다듬었다. 팔 안쪽, 겨드랑이에서부터 팔꿈치까지.

"왠지 떨고 있고."

'앗….'

흠칫, 루시올의 몸이 떨렸다. 루시올이 헤지아나의 옷깃을 움켜쥐자, 헤지아나는 루시올의 허리에 손을 얹고 뒤로 슥 스치듯이 손을 움직였다. 다시 루시올의 몸이 떨렸다.

"잔뜩 힘이 들어가서."

"으, 읏?"

허리에서부터 등 뒤까지, 헤지아나의 손이 옷 위에서 미끄러졌는데도 느낌이 있었다. 루시올이 짧게 신음하면서 일그러진 표정을 감추려고 했다. 그렇지만 헤지아나가 그 모습을 보면서 재미있다는 듯이 웃더니, 루시올의 오른쪽 목에 입 맞췄다.

"딱딱하잖아요."

"앗…!"

옷 위였다. 얇고 부드러운, 허벅지를 감싸는 옷 위로 헤지아나의 손이 아무렇지도 않게 움직였고 손은 무릎 바깥에서부터 허벅지 안쪽으로 뱀처럼 파고들었다.

"앗, 성하, 좀."

부드러운 뱀이 문 것은 움트는 나뭇가지였다.

서 있었다. 완전히 선 것은 아니고, 조금은 흥분해 있긴 했다. 약간의 열기를 가진 것을 느끼며 루시올은 놀라 엉덩이를 뒤로 뺐고, 헤지아나는 자신을 밀어내는 루시올을 보고 눈을 동그랗게 떴다.

"루시올? 왜 그래요?"

"앗, 그, 그게. 너무 적극적이신… 거 아니에요?"

"네? 특별히 다르게 대한 거 같지 않긴 한데…"

헤지아나는 당황한 듯 루시올을 쳐다보더니 조심스럽게 물었다.

"싫은가요?"

"아, 아뇨. 그게 아니라."

물론 그게 좋기는 한데, 그러니까, 뭔가 좀… 이번의 느낌은, 잡아먹히는 거 같다고 해야 할까. 루시올은 쓸데없이 달아오른 얼굴을 손바닥으로 숨기며 몸을 슬쩍 뒤로 뺐다.

"딱히… 의무적으로 그러실 필요 없어요. 제가 그렇게 말했지만, 어차피 성하께서는 저를…."

좋아하지도 않으면서.

"루시올을?"

헤지아나가 말끝을 재촉했다. 그렇지만 루시올은 붉어진 얼굴과 함께, 옷깃으로 꽉 다문 입술을 가렸다.

"제가 루시올을 어쩌나요?"

헤지아나가 다가왔다. 조심스럽게, 그렇지만 부드럽게 위에서 불어오는 바람처럼 루시올을 소파 위에 쓰러뜨렸고, 루시올은 자신을 내려다보는 헤지아나를 올려다보았다. 두근거렸다.

"계속 딴생각을 했죠?"

"그, 그건…."

그야 딴생각을 하긴 했지만…. 헤지아나가 은근히 웃으며 말하는 그것은 아니었다. 아니, 정말 아닌 걸까. 헤지아나가 고개를 숙이며 속삭였다.

"요정들은 몸의 즐거움에 전혀 거리낌이 없다고 들었어요. 루시올도 그렇잖아요? 인간의 예의에 어긋날까 봐 망설이지 않아도 된답니다. 원하면 이야기하세요. 제가 원하지 않는데도 응할까 봐 그러는 건가요?"

"앗, 그게…."

"사랑해 달라고 했잖아요?"

귓가에 미끄러지는 목소리. 조용한 목소리가 열기를 띠고 귓가를 간지럽히더니, 귓구멍 안으로 파고들었다. 몸이 부르르 떨렸다.

"루시올은 내게 소중하답니다."

"으, 응…!"

헤지아나의 손이 루시올의 겉옷 안으로 들어왔다. 아기 양처럼 부드럽고 백옥처럼 매끄러운 피부를 매만지자 루시올의 몸이 다시 요동쳤고, 헤지아나는 루시올을 달래듯이 다시 다정한 손길로 그를 쓰다듬었다.

"정말 놀랍답니다, 루시올의 저돌적인 모습엔요…"

루시올이 입술을 깨물었다. 가볍게 '흐읏' 하는 콧소리가 났고, 헤지아나의 혀끝이 가볍게 이어커프의 은구슬을 핥더니 턱선을 따라 아래로 움직이고, 다시 위로 올라와 귀 안쪽을 훑었다.

"그래서 당신을 즐겁게 해 주려고 이것저것 배웠어요."

"네, 옛…?!"

말끝이 올라간 것은, 헤지아나의 손이 다리 사이를 짚었기 때문이었다.

"저번에는 이렇게 했잖아요?"

"응, 앗."

짧게 루시올의 입에서 신음이 튀어나왔다. 헤지아나의 손이 위에서 아래로 문지르듯이 움직였다. 그렇지만 그다음, 부드러운 손은 루시올의 것을 가볍게 쥐더니 비틀듯이 머리 부분을 건드리면서,

"이렇게—"

"흑…!"

루시올의 허리에 힘이 들어갔다. 눈이 질끈 감겼고, 자극이 발끝까지 퍼져 발가락에 힘이 들어갔다.

"아웃, 성, 하…!"

루시올의 반응에 헤지아나가 작은 소리로 웃었다. 그녀는 손의 움직임을 멈추고 루시올의 입술에 입맞췄다.

"말하지 않아도 알겠네요."

"앗, 하아."

짜릿한 감각이 아직 몸에서 가시지 않았다. 루시올은 숨을 돌리며 만족스럽게 웃는 헤지아나를 쳐다보았다.

"절… 위해서 이런저런 걸 배우신 건가요?"

"그래요."

아무래도 몸의 즐거움을 어려서부터 꾸준히 즐겨 온 요정을 상대하려면, 새로운 배움이 필요하지 않겠는가. 새로운 기술이 상대에게 기쁨을 주었다는 걸 확인하고 만족스러워하는 헤지아나를 보며 루시올은 얼굴이 간지러워지는 것을 느꼈다. 뜨겁다.

아마도 그런 배움은 다른 남자를 통해 이루어졌겠지만, 그렇다고 해도.

"…기뻐요."

정말로 기뻤다. 루시올은 자신을 쳐다보는 헤지아나의 시선을 피하며 작은 목소리로 웅얼거렸다. 그 남자에게서 즐거움을 얻으면서도 당신은 내 생각을 했던 걸까?

"그렇게 저를 생각해 주시는 것이…."

쳐다볼 수 없었다. 그 눈을 똑바로 쳐다볼 수가 없었다. 가슴이 두근거리고 얼굴이 너무 뜨겁다. 모든 것이 간질거리는 이 느낌.

아, 이럴 수가.

아쉬웠다. 손끝까지 퍼지는 어떤 감정에 루시올은 인정할 수밖에 없었다. 자신이 어떤 감정을 가지고 있었는지 깨달아 버렸다.

'이 감정은 가짜가 아냐.'

빌어먹을. 나를 속이는 것에 실패해 버렸어. 루시올은 입술을 깨물었고, 헤지아나는 입술을 깨문 루시올의 귓불에 입 맞췄다.

"다행이에요."

"저, 성하께서 여러 가지를 해 볼 생각이 있으시다면."

조심스럽게, 헤지아나를 밀어내며 루시올이 일어나 앉았다.

"저, 저도 성하와 여러 가지를… 즐기고 싶은데요. 그러니까, 조금 우리는… 아니, 저는 다급했잖아요? 그래서…."

약을 쓰거나 억지로 밀어붙여서 관계를 가졌다. 그것에 즐거움이 없었다고 할 순 없겠지만, 그건 정말 순수한 즐거움을 위해 가졌던 관계는 아니었다. 매달리고 붙잡기 위해서 가졌던 관계였다. 여태껏, 루시올이 '네 번째 왕자'로서 다른 이들의 비호를 얻기 위해 가졌던 관계와 마찬가지로. 그건 이 몸과 즐거움을 도구로 쓸 뿐인 일이었다. 목적만 달성하면 어찌 되었든 상관없는, 그런 일들.

'그리고 나는 지금 당신과 정말로 즐거운 것을 하고 싶어.'

내가 가진 감정을 알려 주고 싶어.

"그, 그래서… 저도 성하께 제가 아는 좋은 것들을… 같이 해 보고 싶어요."

입술로, 손끝으로, 맞닿은 피부로. 전달하는 것만으로도 나는 행복해질 거야. 그걸 알아.

루시올은 헤지아나의 손 위에 자신의 손을 조심스럽게 얹었다. 그녀는 피하지도, 움찔거리지도 않았다. 용기를 내서 헤지아나의 눈을 들여다보았다. 파란 시선이 똑바로 자신을 쳐다보았고, 그 시선에 녹은 어떤 따뜻한 마음을 읽었다. 루시올의 녹빛 눈동자가 파르르 떨렸다.

"그러니까… 저. 침대로…"

흘끔, 루시올이 침대를 곁눈질했고 헤지아나가 눈을 깜빡였다.

"그, 그래요."

그러고 보니 침대를 두고 이게 뭘 하는 거람. 마음이 너무 급했나 보다. 낯부끄러운 기분에 헤지아나가 얼굴을 붉히며 자리에서 일어나 루시올과 함께 침대로 향했다.

헤지아나가 먼저 침대에 앉았다. 세 걸음 늦게 뒤따라온 루시올이 침대 옆에 둘러진 캐노피를 치며 말했다.

"그거 아세요, 성하? 요정들은 한 상대와 오래 교감하면 체액을 교환하는 것만으로도 상대를 기분 좋게 할 수 있답니다."

"그래요? 처음 듣는… 하지만 체액을 어떻게 교환하죠? 그건…"

"간단하죠."

루시올은 씩 웃더니 앉은 헤지아나의 턱을 양손으로 붙잡았다. 여름 새순의 풀 냄새를 담은 입술이 다가오고 입술이 벌어져 부드러운 혀가 헤지아나의 붉은 입술을 비집고 들어왔다. 참새 혀 같은 작은 혀는 유연하게 상대의 혀끝과 맞닿아 움직였다.

"으음…"

헤지아나는 눈을 감고 루시올을 끌어안았다. 루시올이 침대 위에 한쪽 무릎을 대고 헤지아나에게 기댔고, 혀는 뒤섞이며 점도를 올렸다. 작게 유리구슬처럼 달그락거리는 소리가, 그렇지만 구슬의 맞부딪힘보다는 더욱 끈적하게 조금씩 들려왔다.

"…어때요?"

입술을 떼고 루시올이 물었다. 아까전보다 더 붉게 얼굴이 물들어 있었다.

"그, 글쎄요. 잘 모르겠네요."

"그럼 아직 성하와는 충분히 교감하지 못한 거네요."

루시올이 헤지아나의 이마에 입 맞추며 몸을 숙였다. 손은 부드럽게 헤지아나의 등을 쓸어내리고, 헤지아나는 그 손길에 작게 신음하며 루시올의 등을 쓸어내렸다. 루시올 역시 날개뼈를 지나가는 헤지아나의 손길에 작게 신음했다.

"성하, 조금 더 강하게 쓰다듬어 주세요. 좀 더 아래까지…."

"이렇게…?"

대답 대신 작은 신음이 들려왔다. 달뜬 눈동자가 다가오자 헤지아나는 만족했고, 그의 입맞춤을 받아들여 조금 더 농밀한 애무를 즐겼다.

"으응, 성하. 조금 더 아래로… 허벅지까지, 아앗."

귀여웠다. 거리낌 없이 요구하며 자신의 손길에 쾌락을 즐기는 모습이 사랑스러워서, 헤지아나는 정신없이 입 맞추며 루시올의 옷을 천천히 벗기고 희고 부드러운 살결을 요구하는 대로 애무했다. 그러면 작은 요정이 기쁜 듯이 떨고 신음하며 부드러운 혀로 자신의 입안을 애무했다.

"성하, 는, 이렇게 하는 게 맘에 드세요?"

"으응. 조금 더 위로…."

그러면서 자신을 놓지 않고 열심히 살피며 즐겁게 해 주려고 하니, 사랑스럽기까지 했다. 깨물고 싶을 정도로.

"앗…!"

루시올의 하얀 어깨를 물자, 가볍게 루시올의 몸이 튀었다. 헤지아나는 놀라 고개를 들었다.

"아픈가요?"

"아, 아뇨. 앗, 흥분했을 땐, 그런 자극은 조금 강해서…."

"싫어요?"

"아뇨…."

곤란한 듯, 그렇지만 거절하지 못하는 표정에 헤지아나의 마음속 무언가가 불붙었다.

헤지아나는 반쯤 벗겨진 루시올의 상의를 젖혔다. 마르고 하얀 가슴이 드러났고, 루시올은 자신의 가슴을 보더니 긴장한 듯 깊게 숨을 들이쉬었다. 헤지아나는 안심하라는 듯이 마른 피부를 자신의 손으로 쓰다듬었다. 근육 없는 매끄럽고 부드러운 선이 가슴에서 골반까지 이어졌다.

"어떻게 하는 게 좋은지 말해 줘야 해요?"

"네, 성하… 앗."

흠칫, 루시올의 몸이 떨렸다. 헤지아나의 입술이 루시올의 가슴에 닿았고, 헤지아나는 입술에 닿는 토끼털같이 부드러운 피부의 감촉에 놀라워하며 혀를 움직였다. 루시올의 피부의 하얀 맛이 선정적으로 입술에, 혀에 들러붙었다.

"흐, 으응, 웃."

루시올이 신음을 억누른 콧소리를 내며 자신의 몸을 맛보는 헤지아나를 내려다보았다.

"성, 하… 앗…!"

헤지아나의 입술이 하얀 피부에서 솟아오른 돌기를 물었다. 루시올의 허벅지에 힘이 들어갔고, 헤지아나는 튀어 오르는 루시올의 몸을 누르며 혀를 움직였다. 매끄러운 피부 위에서 혀는 미끄러지듯이 움직이며 작은 돌기를 농락했다.

"흐응, 성하앗, 아…."

교태 섞인 목소리가 요염하게 귓가를 스치고 지나갔다. 루시올의 손은 헤지아나를 애무하려고 했지만 제대로 움직이지 못한 채 몇 번 허둥거리더니, 결국 견디지 못하고 헤지아나의 어깨를 붙잡았다. 그 손은 헤지아나가 루시올의 다리 사이를 향한 순간 더욱 힘주어 헤지아나의 어깨를 붙잡았다.

"루시올, 조금 아파요."

"앗…! 죄송해요, 성하. 너무, 저만…."

쪼르르 숨어 버리는 다람쥐처럼 수줍어하는 루시올을 보며 헤지아나는 묘하게 만족감을 느꼈다. 그 정도로 자신이 주는 것에 심취한 상대를 보는 기분이란, 어쩌면 이렇게도 자신을 뿌듯하게 채워 주는 기분인건지. 좀 더 어루만지고 사랑해 주고 싶었다.

"괜찮아요. 조금 더, 편안하게…."

"흐윽!"

루시올의 몸이 가볍게 튀었다. 헤지아나의 손이 바지 끈을 풀더니 속옷 안으로 들어와 단단하게 발기한 것을 쥔 순간 루시올은 가슴에 닿는 혀가 꾹, 젖꼭지를 누르는 것을 느끼고 길게 떨었다.

"흐아, 성하…!"

"착하죠, 가만히."

"앗, 그렇게, 아이 다루듯이…."

헤지아나의 손가락이 루시올의 물건을 쥐었다. 한 손에 가득 잡히고도 남는 크기였다. 아이 취급하지 말라고 저항하려고 했던 루시올의 몸이 흠칫거리며 힘을 잃었고, 헤지아나는 흥분해 맑은 액을 조금씩 흘리는 루시올의 귀두 끝의 갈라진 틈새에 손가락을 대고 문질렀다.

"아, 아앗, 으응…!"

"기분 좋아요, 루시올?"

"읏, 아… 하아, 성하, 앗, 아훗!"

헤지아나는 루시올의 허리에 감은 손으로, 루시올의 허리가 어떻게 떨리는지 느꼈다. 대답 대신 그것이 루시올이 느끼는 것을 알려 주었고, 헤지아나는 손가락이 축축해지자 옷 위에서 한 것처럼 손가락을 고리로 만들어 감싸 쥐고 돌리며 문질렀다.

"으, 훗, 성하, 앗, 아앗, 아…!"

루시올이 흐느끼는 소리를 내며 허리를 떨었다. 헤지아나의 손을 피하듯이 엉덩이가 뒤로 빠졌지만, 헤지아나는 루시올의 허리에 감긴 팔로 그를 앞으로 끌어당겼다. 헤지아나가 손을 움직일 때마다 루시올의 얼굴이 엉망으로 일그러졌고, 뺨은 물론 귀 끝과 목덜미까지 아마릴리스처럼 붉어졌다. 그 모습이 사랑스러워서, 헤지아나는 루시올의 앙가슴에 입 맞추고 손의 움직임을 더욱 빠르게 했다.

"좋아요, 루시올?"

"흐, 앙, 성하, 앗, 흐윽, 하응…!"

흔들리는 루시올의 몸을 지탱하며 헤지아나는 루시올의 가슴과 어깨에 천천히 입 맞췄다. 입술은 짙은 흔적을 남기며 반대편 가슴으로 이동했고, 헤지아나는 덜 익은 체리 빛깔로 물든 젖꼭지를 혀끝으로 간질이다가 가볍게, 이 끝으로 물었다.

"으응!!"

루시올의 허벅지에 힘이 들어갔다. 동시에, 루시올의 페니스 끝에서 맑은 액체가 왈칵 쏟아져 나왔다. 사정이라고 하기엔 체액의 색이 달랐다. 훨씬 맑은 색으로 투명했고, 양도 많았다.

"루시올?"

"앗, 하, 성하께서, 너무, 괴롭히시니까…!"

숨을 몰아쉬며 루시올이 울 것 같은 표정으로 말했다. 여전히 헤지아나의 손에 붙잡힌 것은 서서 작게 까닥거리고 있었고, 미끄럽고 투명한 액에 젖은 손으로 만져 보자 여전히 기운을 잃지 않은 채 딱딱했다. 헤지아나의 손이 움직이자 루시올이 숨을 들이켜며 부르르 떨었다.

"흐응…!"

"좋아요?"

"성, 하아…"

비음 섞인 목소리로 루시올이 헤지아나에게 기댔다. 미끄러워진 손이 움직일 때마다 루시올의 몸이 들썩거리며 가느다란 목은 작은 새의 울음소리처럼 곱고 높은 소리를 냈다.

"흐앙, 앗, 성하, 앗, 그, 거."

헤지아나의 손 움직임에 떨며 루시올이 말했다.

"요정들의 체액… 상대를 기분 좋게, 해 준다고, 했, 잖아요?"

루시올이 헤지아나의 어깨를 짚던 오른손을 들어 자신의 다리 사이로 뻗었다. 그리고 축축해진 헤지아나의 손을 붙잡았다.

"이것도, 그래요."

"하지만 아까…."

"그것보단 좀 더 확실하게, 누구든지…."

그거, 왠지 어디선가 많이 들어본 기능인데.

헤지아나는 자신의 손을 들어 핥는 루시올을 보며 생각했다. 그러니까 신이 자신의 체액에 주었던 기능 말인데…. 이 세상의 모든 것에 원본이 있다고 하면, 그 기능에도 원본이 있고, 그 원본은 요정이었던 걸까…?

루시올의 옅은 입술 사이에서 분홍색 혀가 빠져나왔다. 길게 뻗은 손은 헤지아나의 젖은 손을 핥았고, 곧 입술로 물고 훑었다.

"앗…."

손끝이 민감하게 반응했다. 헤지아나가 흠칫 떠는 사이 루시올의 입술은 헤지아나의 둘째손가락 끝을 물더니 천천히 빨아들였고, 이윽고 그 뿌리까지 삼켰다. 손끝으로 만져 본 입안과 혀는, 부드러웠다.

"성하."

루시올이 입을 열었다. 끈적한 점액의 선이 그의 입술과 혀 사이에 엉겨 붙어 있었다. 입 맞춰 달라는 듯이 벌려진 입과 풀린 눈동자를 본 순간 잠시 시선을 빼앗겨 버렸다.

"아, 강요하는 건 아니에요. 싫으시면… 아무래도 좀 싫을 수 있고…."

헤지아나가 멈춰 있자, 루시올은 허둥지둥 뒤로 물러섰다. 거부감이라고 생각한 모양이었다. 하지만 헤지아나는 루시올의 몸을 붙잡았다. 그리고 자신을 향해 끌어당긴 다음, 입술을 겹쳤다.

"으응."

짧은 신음과 함께 혀가 엉겨들었다. 씁쓰름한 맛. 그리고 점점 배 속으로 퍼지는 열기. 루시올의 손이 헤지아나의 몸을 쓸어내리며 다리 사이로 향했다. 서로 애무하며 끈적한 시간이 흘렀고, 이제 다른 방법으로도 사랑해 주어야겠다고 생각했을 때.

"성하."

똑똑, 밖에서 문 두들기는 소리가 들렸다.

"가일란 대표께서 만남을 청하십니다."

—앗차.

헤지아나의 움직임이 멈췄다. 가일란에게 한 시간 후에 오라고 했었지. 헤지아나는 당황했고, 루시올은 움직임을 멈추더니 문 쪽을 차가운 눈으로 쏘아보았다. 그러나 곧 그는 어쩔 수 없다는 듯 흘러내린 옷을 어깨에 걸쳤다.

"잠깐, 루시올."

"네?"

헤지아나가 무언가 생각한 듯한 표정을 짓더니, 자애롭게 웃으며 말했다.

"다른 사람이 있어도 괜찮아요?"

가일란은 한 시간보다는 조금 이르게 방문했다.

어차피 정확한 시간을 지정한 것은 아니었다. 한 시간이라 하나 그것은 대략적인 구간을 가리킨 것. 사십 분과 오십 분 사이면 구간을 거스르는 선택은 아니었다. 곧 방문이 열렸고, 가일란은 방 안으로 들어오는 순간 높은 목소리를 들었다.

"흐응!"

비음 섞인 소리. 가일란은 조금 당황했다. 그러나 궁내원은 아무렇지도 않게 문을 닫았고, 가일란은 방 안쪽 캐노피가 반쯤 드리워진 침대 안에서 그 목소리가 들려온다는 것을 알아차렸다.

"앗, 성하…."

"너무 큰 소리 내지 말아요."

둘 다 익숙한 목소리였다. 특히 두 번째의 목소리는, 모를 리가 없는 것으로.

"방문객이 있는데."

헤지아나가, 희게 드러난 어깨를 안은 채 자신을 보고 있었다.

"—뭐 하는 거야?"

"보면 알듯이."

으응, 하고 신음이 그 사이를 가로막았다. 신음을 흘리는 자는 입고 있는 옷, 체격, 머리카락, 귀, 모든 걸 보아 7월성, 루시올이었다.

"사랑해 주고 있지요."

헤지아나가 루시올의 귓바퀴를 물었다. 손은, 아마도 루시올의 몸을 더듬고 있을 것이다.

"성, 하, 너무 자극이, 강해요…!"

"싫은 건 아니죠?"

"그렇, 지만…!"

"그럼 좀 더 힘내야겠군요. 기뻐하는 모습을 보고 싶으니까."

침대 위의 농염한 대화와 열기 띤 공기에 가일란의 목울대가 크게 울렸다. 리암 왕이나 아셔와 어떤 관계일 것이라고 생각하긴 했지만, 루시올과 이런 관계라니.

"…월성끼리 붙어먹나 보군. 대체 어떻게 되어 먹은 거야?"

순간, 헤지아나에게 매달려 카나리아처럼 울던 루시올의 눈매가 날카로워졌다. 그는 헤지아나의 어깨를 가만히 힘주어 붙잡더니 고개를 돌려 가일란을 쏘아보았다.

"붙어먹으면 어쩔 거지?"

"…허."

저런 독살스러운 표정이라니. 금방 전까지 교태 가득 낀 목소리로 울던 건 거짓이라는 듯한 차가운 도끼눈을 보며 가일란은 눈살을 찌푸렸다.

"부러우면 너도 끼든가. 나는 여럿이서 한 경험도 많거든."

"어린 주제에 완전히 까졌군. 문란하게도 사셨어."

"이 몸으로 태어난 지도 이십 년이 지났는데 어리다니."

루시올이 몸을 조금 더 돌렸다. 하얀 가슴이 가일란의 눈에도 보였고, 반쯤 벗은 헤지아나의 가슴 역시 보였다. 불쾌감이 가일란의 가슴에 일렁거렸다.

"내가 너보단 잘할 걸."

"루시올."

헤지아나가 루시올의 뺨에 손을 얹어 자신을 돌아보게 했다.

"나에게 집중해요."

"앗…."

둘의 입술이 맞닿았다. 그 순간 가일란은 눈에 띄게 미간을 구겼고, 헤지아나 역시 그것을 알았지만 가만히 눈을 감았다. 루시올과

입맞추며 그 혀의 감촉을 즐기던 와중 헤지아나는 눈을 떴다. 루시올의 금발 너머, 이쪽을 쏘아보던 가일란은 헤지아나와 눈이 마주친 순간 가볍게 몸을 떨었다.

그 감시하는 듯한 눈빛이란, 묘하게 섬뜩하고, 섬뜩함이란 또 묘하게 오감을 흥분시켜서.

"거기서 보고 있어."

명령이었다. 팔짱 끼던 자세 그대로 가일란은 움직임을 멈췄고, 그 굳은 모습에 헤지아나는 만족스럽다는 듯이 웃었다.

다음 순간 헤지아나는 루시올을 침대 위로 눕혔고, 하얀 요정의 몸은 원숙한 여자의 몸에 감싸여 금침 위에서 농락당했다.

가일란은 그저 보고 있었다. 곧 요정이 부드러운 손길과 입술로 정성껏 여인의 몸을 애무하고, 부드러운 혀로 비밀스러운 부분을 애무해 즐거움을 주는 것도, 사랑스러운 손가락과 자신의 성기로 즐거움을 주는 것까지. 요정은 믿을 수 없이 능숙하게 움직이고, 상대의 환희를 끌어냈다.

그것을 보여 주는 이유는 무엇일까.

가일란은 알았다.

[제일 특별하다고 착각하지 마.]

너 말고도 사랑받는 사람은 있고, 너는 그중 하나일 뿐이다.

중간중간 요정이 이쪽을 승리자의 표정으로 쳐다보는 것이 보였다. 하지만 이렇게 내게 과시한다면, 너도 그중 하나일 뿐일 가능성은 높을 텐데?

그러자 요정은 비웃음으로 대답했다. 내가 그걸 모를 것 같아?

그렇단 말이지.

가일란이 마른 입술을 핥았다. 묘하게 초조했고, 묘하게 긴장했다. 구두 신은 발끝으로 몇 번 바닥을 찼다가, 자신의 시선이 구두 끝에 가 있는 것을 깨닫고 퍼뜩 고개를 들었다.

그녀가 명령했다. 그것을 어겨서는 안 된다.

그리고 두 사람이 다시 엉키는 것을 보았다. 자극받지 않으려고 해도 아래쪽에 힘이 들어갔고, 몸은 반응했다.

둘이 침대 안에서 여러 번 절정하며 연인처럼 친밀하게 즐거움을 나누는 것을, 그는 그녀의 명령대로 계속 지켜보았다.

⊰❃⊱

"역시."

거칠게 페니스를 붙잡은 손길에 가일란은 작게 신음했다.

"흥분했네."

"―당연한 거 아니야?"

말끝에 또 가늘게 신음이 흘러나왔다. 헤지아나가 그의 페니스를 힘주어 움켜쥐더니 위아래로 움직이기 시작했기 때문이다.

"윽… 하아, 그렇게 하고서도 또 할 생각인가? 이번엔 내 차례야?"

루시올과 정사하고, 후희까지 길고 다정하게 즐긴 헤지아나는 루시올을 돌려보낸 후 문을 닫자마자 가일란의 물건을 움켜쥐었다. 그러니 그런 예상을 해도 이상하진 않겠지만.

"네 차례는 없어."

헤지아나의 손에 힘이 더 들어갔다. 거의 쥐어짤 듯한 손길에 가일란이 신음한 순간 헤지아나는 그의 물건을 놓고 휙 뒤돌아섰다. 헤지아나는 손님용 의자에 털썩 앉아 말했다.

　"건방지게 굴면 계속 차례는 없을 거야."

　해소되지 못한 정욕으로 찌푸려진 얼굴이 보였다.

　"상도 없겠지."

　찌푸림이 잠시 굳었다. 그러나 그 굳음은 곧 불쾌함으로 변했다. 하지만 헤지아나는 그 불쾌함의 끝에 결국 그가 자신의 뜻을 따를 것임을 알고 있었다.

　"싫으면 나가."

　그는 절대 이 방에서 나가지 못한다.

　왜냐면, 그는 자신을 세계로 삼았으니까.

　그리고 헤지아나는, 자신을 세계로 삼으면서 자신의 뜻에 쉽게 따르지 않는 사람을 어떻게 다뤄야 하는지 아주 잘 알고 있었다. 가일란 정도는 아주 쉽고 간단하다.

　다시 한번 장담하건대, 그는 절대 이 방에서 나가지 못한다.

　"─그 요정과 같은 관계를 여럿 두고 있는 거 같은데."

　이것 봐. 헤지아나는 가볍게 웃었다.

　"그 요정은 뭐야? 장난감?"

　"─말하자면 애첩이겠지."

　은근히 우위를 점하려고 하는 시도에 헤지아나는 미간을 찌푸리며 대답했다.

　"걔는 이미 있고, 애첩도 이미 있고."

　가일란은 천천히 헤지아나에게 다가왔다. 느즐근한 웃음보다 불룩한 앞섶이 제일 눈에 띄었다.

"그럼 나는 뭐지?"

"당신은…"

헤지아나는 잠시 생각에 빠졌다. 하지만 길게 생각하진 않았다. 헤지아나는 앉은 자세로 다가온 가일란의 무릎을 걷어찼고, 가일란의 자세가 무너졌다. 그는 당연히도 일어서려고 했고, 헤지아나는 말없이 다시 가일란의 무릎을 걷어찼다.

"윽!"

가일란이 불쾌한 표정으로 주저앉았다. 그가 무릎 꿇자, 헤지아나는 실내용 슬리퍼를 벗고 발을 그의 머리에 올렸다.

"당신은 발받침이 적당하겠어."

발이 고개를 드는 가일란의 머리를 꾹 눌렀다. 가일란은 신음과 함께 고개를 숙였고, 헤지아나는 다른 한쪽 다리를 가일란의 어깨 위에 놓았다. 머리보다는 어깨의 높이가 적당했다.

"완전 가구 취급이군…"

"흐음? 가구가 말도 하는군."

헤지아나의 말에 가일란이 입을 다물었다. 반항하는 듯 굴면서도 재깍재깍 말에는 따르는 가일란의 모습을 보고 있자니 재미있었다.

"그런데 가구에 제대로 못질을 하지 않은 모양이야. 발을 대고 있을 뿐인데도 흔들리니."

헤지아나가 한술 더 뜨자 가일란이 눈에 띄게 숨을 줄였다. 잠시 그 모습을 지켜보았지만, 가일란은 고개도 들지 않고 더 움직이지도 않았다. 낮게 숨 쉬는 어깨만 보였고, 그 모습을 보다가 그만,

깜빡 잠이 들었던 것 같다.

오래 잠들지는 않았다. 눈을 뜨고 시계를 보니 30분 정도 지났을까. 헤지아나는 자신의 다리가 아직도 가일란의 어깨에 걸쳐져 있는 것을 보았고, 가일란의 자세가 그대로인 것도 확인했다.

'세상에.'

헤지아나가 재빨리 다리를 내렸다. 그것이 신호인 양, 미동도 하지 않던 가일란이 숨을 깊게 들이쉬었다. 어깨가 높게 올라갔고, 내려앉으며 거센 바람이 다리를 스쳤다. 헤지아나가 의자에서 일어나자 가일란은 고개를 들었다. 그의 얼굴은 조금 붉었고, 이마와 머릿가에 굵은 땀이 가득 배어 나와 흐르고 있었다.

"날 내버려 두고 잘 잔 모양이야."

말과 달리, 표정은 꽤 뿌듯해 보였다. 헤지아나는 잠시 그를 쳐다보다가 대답했다.

"꽤. 편안한 발받침이어서."

"그건 다행이군."

가일란이 자리에서 일어났다. 하지만 곧 그는 비틀거리며 다시 주저앉았다. 당연하게도, 오래 무릎 꿇고 있었던 그의 오금에 피가 제대로 돌 리가 없었다. 절뚝거리는 그를 보며 헤지아나는 손을 뻗어 치유를 행했다.

"크…."

피가 돌지 않던 부분에 생기가 들어차는, 싸하고 아린 기분에 가일란이 짧게 신음했다.

"나쁘지 않았어."

무슨 소리냐는 듯이 헤지아나가 고개를 들어 가일란을 쳐다보았다. 가일란이 한 손은 바닥을 짚은 채, 마른 입술을 핥으며 말했다.

"그런 종류의 고통."

"어떤?"

"가만히 쳐다보거나."

그래서 아무것도 못 하고, 초조한 욕구를 억누르고, 해소는 절대 허락받지 못하는 것이라든가.

"움직이지 않거나."

그래서 처음에는 견딜 만했던 압력이 서서히 육체를 으깨는 것을 느끼며, 꼼짝하지 말아야 하는 금제가 정신과 숨까지 짓누르는 것을 느끼는 것이라든가.

"모두."

그것으로 내 정신과 몸을 전부, 내 오감을 전부 집중하게 해 줘.

다른 생각 하지 않도록.

13일. 멜라스 정상 회의 5차, 마지막 회의 날이 밝았다.

각자의 아침이 있었을 것이다. 조용하게 각자의 목적을 위해 사람들이 움직였고 모두가 숨을 죽였다. 그것이 무엇이든지 간에 이 날 결정된다는 막연한 이해가 누구에게나 있었기 때문이다. 그 물밑에서 어떤 것이 준비되는지 전혀 모르더라도 말이다.

오늘의 회의가 끝나면 내일 폐회행사를 하게 된다. 폐회 행사 다음 날 아침부터는 누구든지 떠날 수 있다. 아셔나 루시올은 떠나지 않을 것이지만, 그 외의 다른 이들의 행방은 자유였다.

오전은 고요하고 평화롭게 지나갔다.

마치 태풍의 눈처럼.

그리고 멜라스 정상 회담이 시작되었다.

"여태까지 이 회의에서 평화를 위하여, 그리고 평화를 해치는 군사적 긴장의 완화를 위하여 많은 의견들이 제시되었습니다. 그리고 그중 일부는 합의에 이르기도 하였습니다."

매우 일부였지만 말이다.

리암이 발언권을 얻어 말하며 생각했다. 그것만으로는 부족하다.

"그러나 이는 불완전하며 각 나라별 합의에 가까운 것으로, 이 대륙 전체에 미치는 내용은 되지 못합니다. 평화를 위해서는 조금 더 체계적인 합의가 있어야 하며, 평화를 해치는 자에 대해 그에 합당한 불이익 또한 제시되어야 합니다."

할센라비온의 미간에 가만히 주름이 잡혔다. 사실 카람찬트도 미간에 주름이 잡혀 있는 건 마찬가지였다.

"이에 저는 평화를 위하여 합리적인 규칙을 제정하고, 관리하며, 그에 대한 이익과 불이익 또한 제시하는 초국가적인 기관의 설립을 제시합니다."

서류가 나누어졌다. 서류는 단 한 장. 내용은 정갈하고 핵심적인 내용만을 담고 있었다. 그 뒤의 시행령은 따로 존재하지만, 그것은 여기서 보여 줄 필요는 없었다. 그 서류는 합의한 대표들에게 따로 제공될 것이다.

"그것은 딱히 새로운 것이 아니며, 본질적으로 네 왕국의 시대에 있었던 평화의 배와 다르지 않습니다. 기울어지는 쪽의 군사를 덜어내고, 그 시대의 네 왕이 그러했듯 다수의 의견에 합의를 갖는 것입니다. 이 회의가 그 전통을 이어 만들여졌듯이 말입니다. 또한 이 세계의 천칭, '웨스월드'를 관리하는 것은 교황청이 될 것입니다."

"―교황청이 누군가의 편을 든다면?"

할센라비온이었다. 그는 웨스월드의 규칙이 적힌 서류에 시선을 향한 채 물었다.

"감시와 제보를 통해 답사하고 사실을 확인한 후 제재한다. 이것에 교황청의 협잡이 없다고 어떻게 단언하는가?"

"―신뢰하실 수 없다면 상관없습니다."

리암이 무가치한 것을 쳐다보듯이 할센라비온을 쳐다보았다. 당연한 일이었다. 이미 배는 기울어져 있었고 그의 반대 따위는 전혀, 아무런 가치도 의미도 없었다.

"저는 이것을 투표에 부치겠습니다. 네 왕국의 시대에서부터 현재 교황청이 주재하는 회의의 전통에 따라 평화를 원하는 이들이 다수라면 그 뜻에 따르고, 그러지 아니하다면 역시 그 뜻에 따르겠습니다."

"허락합니다."

헤지아나가 말하자, 리시가 헤지아나 앞에 백색 마노로 만들어진 상자를 내려놓았고 궁내원들은 대표들에게 백색의 작은 종이를 건네주었다. 펜은 이미 앞에 놓여 있었고, 작은 칸막이가 놓여졌다. 그래봤자 앞쪽은 뚫려 있었지만, 책상은 넓다.

'어떻게 할까.'

가일란은 생각했다.

투표는 무기명이다. 그렇지만 인원은 적고, 필적은 알아볼 수 있으니 사실상 기명 투표와 다를 것이 없었다. 누가 무엇을 적었는지 뻔하게 알 수 있었다.

'반대라고 적으면 화내겠지.'

흑갈색 눈동자가 빛을 받아 반짝이며 상단에서 고요하게 만물을 내려다보는 여인을 쳐다보았다. 하얀 오후의 햇살에 부스러지는 그 모습은 그야말로 신성해 보였고, 그 존재의 분노를 더 부추기고 싶다는 욕망은 거칠게 꿈틀거렸다.

'너무나 화를 낼 거야.'

그래서 끝내주는 고통을 나에게 주겠지.

예를 들면—.

"아."

생각 끝에 가일란의 표정이 굳었다. 그는 잠시 다른 생각에 빠져 펜 끝을 쳐다보았다. 잉크가 종이에 천천히 번졌고, 조금 후에야 가일란은 자신이 생각에 깊게 빠졌음을 깨닫고 고개를 들었다. 마침, 헤지아나가 자신을 쳐다보고 있었다.

좋아.

가일란은 씩 웃었다. 헤지아나는 고개를 돌렸고, 가일란은 웃음을 멈추지 않은 채 종이에 무언가 적은 다음 반으로, 그리고 또 반으로 접었다. 다가온 리시가 그의 표를 마노 상자 안에 넣었다.

상자는 회의용 테이블을 한 바퀴 돌아 헤지아나에게 돌아갔다. 헤지아나는 표를 하나씩 꺼냈다.

"찬성."

표가 오른쪽에 놓였다.

"찬성."

다시 오른쪽.

"반대."

이번엔 왼쪽. 예상한 표였다.

"찬성."

다시 오른쪽. 찬성은 이제 반수가 되었다. 그러나 과반수가 되지 않으면 비준할 수 없다. 무덤덤하게 헤지아나가 다음 표를 펼쳤다.

"…백지?"

무응답. 또는 기권. 헤지아나는 가볍게 미간을 찌푸리곤 회의장 안을 둘러보았다. 차가운 할센라비온의 표정이 보였고, 찌뿌등한 카람찬트의 얼굴도 보였다. 아셔는 초조해 보였고, 루시올 역시 조금 긴장한 것 같았다. 리암은 냉정했고… 재미있다는 듯이 웃는 가일란의 얼굴이 보였다. 헤지아나는 다음 표를 펼쳤다.

"…."

헤지아나는 숨을 깊게 들이쉬었다.

침묵이 내려앉은 회장에서 마른침 넘기는 소리가 들렸고 헤지아나는 눈을 잠시 감았다가 뜨며 말했다.

"마지막 표."

표가 쥐어진 손이 가운데로 내려앉았고,

"찬성."

오른쪽으로 이동했다.

"웨스월드의 안을 가결하며, 전통에 의하여 이에 불복하는 것은 불가합니다. 차후 회의는 이에 대한 세부사항을 논하는 것으로 하겠습니다."

"각 나라에 합당한 규모를 어떻게 산정한단 말입니까. 이 또한 다수 나라의 횡포가 될 가능성이 높지 않습니까?"

제일 먼저 말문을 연 것은 카람찬트였다. 마지막 회의의 진정한 시작다운 포문이었다.

'그러니까.'

가일란이 가볍게 웃으며 의자에 깊숙이 기댔다. 헤지아나는 발언권을 조율하며 회의를 진행시키고 있었다.

'아무리 그래도 이런 걸 망쳐 버리면, 화를 내는 게 아니라.'

무시하겠지.

헤지아나는 나를 아니까. 내가 무엇에 환희하는지 아니까.

그러면 다시 나는 어디서 쏘아질지 모르는 화살과 싸워야 한다. 그건 너무 손해 보는 일이지 않아? 그리고 사실 이것이 어떻게 되든지 간에 일어날 일은 일어나게 되어 있고.

"과연 어떻게 할까."

가일란이 낮게 중얼거리며 옆을 흘겨보았다. 그곳에는, 입을 다문 채 침묵을 지키고 있는 서쪽의 황제.

"당신에게 쥐어진 '열세 번째 빛'을."

마치 그 말을 들은 것처럼, 할센라비온이 가일란을 돌아보았다. 그러나 그는 잠시 가일란을 돌아본 다음 고개를 돌렸다.

그러나, 사실 할센라비온을 떠볼 때부터 느꼈던 것이 있다. 그는 무기를 알아보는 눈은 탁월하지만 무기에 욕심을 갖지 않는다. 날 서지 않은 장식용 검이나 명검이나 그에게는 별로 다르지 않다. 왜

냐하면 목적은 하나이기 때문에. 그리고 '열세 번째 빛'은 그가 원하는 목적에—.

"당신은 나와 별로 다르지 않은 것 같은데."

내 예상이 맞는다면 말이지만.

어쨌든 이제 입장은 바뀌었다. 내 신은 황제의 손에 들어간 무기의 대응책을 원한다. 어떻게 될까.

나는 원하는 걸 모두 이루었고 만족해. 아마도 이들 중 내가 제일 행복하겠지.

언제나 그랬듯이, 회의와 상관없이 한 발짝 떨어진 자세로 가일란이 오가는 대화를 들었다. 회의는 저녁까지 이어졌고, 절차에 따라, 웨스월드는 합의를 거쳐 비준되었다.

평화가 약속된 저녁이었다.

[외전] 각인

배가 고팠다.

가일란은 눈을 떴다. 아침은 언제나 배고픔과 함께 시작했고, 그것이 일과의 시작이었다. 어렸을 때는 잠들 때에도 배가 고팠으니 지금은 상황이 나아졌다고 볼 수 있을 텐데.

"일어나."

가일란이 옆에 잠든 남자를 흔들었다. 신음하며 뒤척거리는 남자는 수염이 덥수룩했고 몸도 비대했다. 비만이라는 뜻은 아니다. 그는 어쨌든 용병이니까.

"뭐야, 벌써 아침인가…"

남자는 피곤한 듯 중얼거리더니 부스스한 표정으로 다시 이불을 뒤집어쓰려고 했다.

"이제 나가."

가일란은 그가 뒤집어쓴 이불을 빼앗았다. 체모로 온통 북슬북슬한 알몸이 찬 공기를 맞아 움츠러들었고, 가일란은 꿈틀거리는 그를 내버려 둔 채 얇은 이불을 침상 밑으로 집어 던지며 일어났다.

이불을 걷고 일어난 소년의 몸은 꽤 육중했다. 사실 이 리스아시에서 그의 또래일 10대 중후반의 몸은 성장기와 식량 부족이라는 이유가 겹쳐 마르다 못해 말라비틀어진 경우가 더 흔하다는 걸 생각할 때 그는 특별했다. 버르적거리며 일어나는 저 20대 후반의 용병만큼 비대한 몸은 아니지만, 얼핏 보았을 때 10대라고 생각할 사람이 없을 정도였다.

물론 가일란은 자신의 정확한 나이를 몰랐다. 그러나 현재 17살로 찍힌 서류상 나이가 크게 잘못되었을 거라고 생각하진 않았다.

이 몸은 남의 살을 뜯은 결과물이었다.

"돈 놓고 가면 돼."

"뭐? 어제 줬잖아."

"아니, 안 줬어."

약한 자들의 피와 살을 뜯어 비육한 몸 위에 옷을 걸치며 가일란이 말했다.

"줬는데? 돈이 비었는데?"

"개소리하지 말고. 내가 사기 칠 이유가 어딨어?"

미간을 찌푸리며 가일란이 몸을 돌렸다. 바지만 겨우 입은 용병이 지갑을 들고 어깨를 으쓱해 보이고 있었다.

"술 처마시고 정신을 잃은 모양인데, 이런 개소리로 푼돈을 뜯을 이유가 없잖아? 퍼질러 자는 널 죽이고 그 지갑을 뺏으면 되지."

가일란이 발로 아직 침대 위에 앉아 있는 용병의 엉덩이를 밀었다.

용병은 가일란의 말에 수긍한 것 같았다. 그는 별말 없이 지갑에서 동전을 꺼내 사이드 테이블에 내려놓았다.

뭐, 자신이 생각해 봐도 신뢰가 가는 이야기였다. 신뢰는 중요하지. 그래야 속일 수 있으니까.

용병은 옷을 다 입고 나가더니, 뒤를 돌아보며 말했다.

"다시 보려면 여기로 오면 되나?"

뭐야, 맘에 들었나? 아무래도 자신의 포지션이 좀 특수한 탓인지, 취향이 특이한 놈들은 반복해서 찾는 경향이 있었다. 가일란은 테이블 위에 놓인 액수를 확인하며 말했다.

"그래. 여기 없으면 없어."

'여기'란 이름 없는 술집이었다. 원료를 알 수 없는 독한 밀주와, 역시 성분을 알 수 없는 약을 팔며, 그것과 함께 묶이는 매음도 하는 술집.

인생의 고통을 잊고 싶은 자들은 수두룩했으므로 이런 쓰레기 같은 술집이라도 인간들은 바퀴벌레처럼 모였고, 각자의 장사와 수요를 찾아 어둠 속에서 일사불란하게 움직였다. 그 중 가일란은 술을 유통하고, 약을 만들며, 몸도 파는 드문 인재였다. 보통은 세 가지를 전부 하지는 않으며, 먹고 살기 괜찮아지면 몸을 파는 일은 그만두려고 했기 때문이다.

수입은 적고, 돈을 떼어먹힐 확률은 높으며, 그걸 방지하기 위해 그룹에 끼게 되면 보호비로 수입이 더 깎인다는 게 매음을 그만두는 이유였다. 그중에서도 남자애들은 나이를 먹으면 빠르게 매음을 관뒀는데, 주된 이유는 주 수요자인 남자에게 몸을 맡기는 것이 남자답지 않다는 게 이유였다.

대체 이해할 수가 없는 소리였다. 뭔 상관이란 말인가. 남자다운 게 밥 먹여 주나? 뭐 그런 걸 가지고 보조적으로 수입을 얻을 수 있는 일을 관둔단 말인가? 배불러 터진 소리지. 그게 정 싫으면 여자들만 상대하든가.

수가 적다고 하나 수요가 없는 것은 아니었고, 그의 몸이 마음에 든다며 특별히 찾는 여자들도 있었다. 그는 성별을 가리지 않고 전부 상대했고, 금액에 따라서는 둘을 동시에 상대하기도 했다.

사실 이 나라의 굶주린 어린이들이 제일 쉽게 접근할 수 있는 '일'은 소매치기와 매음이었다.

가일란은 주머니에 넣어 둔 두꺼운 엽궐련과 작은 점화기를 꺼냈다. 불이 붙은 담배의 연기가 매캐하게 방 안을 채우고, 말라붙은 목구멍을 알싸하게 태웠다. 그는 담배연기를 빨아들이며 신발끈을 다시 꿰어 묶었다.

어렴풋하게 어려서 죽은 어머니가 기억났다.

사실 어머니에 대한 기억은 거의 없다. 한 가지 특별히 기억나는 게 있다면 자신이 소리를 죽이고 침대 밑에 있었고, 침대는 빌어먹을 정도로 요란하게 삐걱거렸다는 것이다. 그 소리만큼이나 시끄럽게 울부짖는 수컷의 소리도 기억난다. 아마 자신 역시 그녀의 밥벌이 과정에서 태어났던 것 아닐까.

어쨌든 낳자마자 버리거나 죽이지 않은 걸 보니 키울 생각은 있었던 것 같다. 그러나 이런 각박한 세상에서 애를 키울 생각을 했다니. 어린 자신이 살아 있었다는 건 보살핌을 받았다는 것이므로, 그것만으로도 그는 얼굴도 기억나지 않는 어머니에게 묘한 감정을 가졌다.

어머니도 매음했으며, 그도 매음했다. 뭐, 이 나라에선 흔한 일이고 이렇게 대를 이어 하는 일이라면 가업 같은 것 아니겠는가?

그래서 가일란은 이 일을 처음 했을 때 이걸 하는 게 당연하다는 생각마저 들었고, 특별한 일이 아닌 이상 그만둘 생각이 들지 않았다. 어쨌든 벌 수 있을 때 벌어 두는 게 좋지 않겠는가?

나이 먹으며 꾸린 생긴 세력 덕에, 어린애들이 바치는 물건으로 여유로워지긴 했지만, 거기에 안주하면 안 되었다. 언제나 세상이란 그들의 목숨을 빼앗을 때를 노리기 때문이다. 자신이 어린애들의 먹을 것을 빼앗듯이, 당연하게.

신발끈을 튼튼하게 묶은 그는 방 밖으로 나왔다. 1층은 술집이고 2층은 천장 낮은 쪽방들이었다. 보통 마약을 하거나 매음을 위해 사용하는 방들이었다.

"사용료."

"먼저 나간 놈이 냈잖아."

가일란은 침대사용료를 요구하는 점원에게 말했다. 보통 이런 건 '손님'이 내는 것이 관례이다.

"아냐, 안 냈어."

"씨발, 한 푼이라도 털려고 개소리하긴."

우기는 소리에 짜증이 났다.

가일란은 이맛살을 찌푸리며 점원을 돌아보았고, 점원은 그 험악한 표정에도 위축되지 않고 되레 얼굴을 구기며 말했다.

"뭔 개소리야. 나 안 믿냐?"

"네놈이 나에게 몇 번 사기를 쳤더라?"

탕. 가일란이 발로 카운터를 찼다. 가일란보다 훨씬 마른 점원은 그의 체구가 다가오자 위축된 표정을 지었다.

짐승의 사회였다. 해 입는 것을 다들 두려워하기 때문에 겉보기로 위축되었다. 약육강식의 법칙에 의해 만들어진 이 몸은 목도리도마뱀의 목도리 같은 것이었다. 부풀려진 사기와 과시 같은 것.

"네가 무사한 건 주인장 덕분인 줄 알아라."

꼬리 내린 개에게 더 으름장을 놓을 필요는 없었다.

건물을 나오자 우중충한 골목길이 그를 맞이했다. 올려다보자 하늘은 여전히 맑았고 비는 한 방울도 안 내릴 것 같았다. 고개를 옆으로 돌리니 주저앉아 있는 꼬마들이 보였다. 죽 한 그릇 먹지 못한 것인지 눈꺼풀에 앉은 파리조차 치우지 못하고 있었다.

"이봐."

가일란은 그 꼬마들 옆을 지나갔다. 그러나 쓰레기더미 사이에서 주춤거리는 가일란의 어깨를, 묵직한 손이 붙잡았다.

"네가 주머니지?"

뒤에서 들리는 목소리에 가일란은 가볍게 눈살을 찌푸렸다. 주머니라고 부르는 거 보니 아무래도 단체의 일로 찾는 것 같은데 단체가 지금 원한을 살 만한 일이 있었던가? 아니, 하지만 습격이라면 굳이 누군지 물을 이유가 없다.

가일란은 흘끔 고개를 돌려 뒤를 보았다. 전통방식으로 잡힌 긴 드레이프와 그 안에 받쳐 입은 목 긴 옷을 입은 남자 두 명. 체구는 건장하고 키는 크다. 옷 위에는 긴 검을 걸어 두고 있고, 손에 낀 것과 마디를 보건대 검을 쥐는 일을 하는 것이라 짐작했다.

세련되고 비싸 보이는 옷은 아니었다. 그러나 다들 얇게 한 벌 걸치는 게 고작인 이곳에서 그렇게 갖춰 입었다는 것 자체가 그들의 신분을 짐작하게 해 주었다. 그래 봤자 누군가의 심부름꾼이겠지만.

"—누구요?"

"일 좀 같이해야겠다."

"뭔 일?"

"가서 이야기하지. 수함나가 기다린다."

가일란이 애용하는 정보원의 이름이었다. 가일란은 짧게 눈살을 찌푸렸다.

"수함나가?"

"가자."

남자가 어깨를 가볍게 두들겼다. 좁은 길이고, 두 남자 중 한 명은 말을 따르지 않으면 무력으로 따르게 할 기세다—그는 지금 검 손잡이에 손을 올리고 있다.

어쨌든 해칠 것이라면 지금 바로 해쳤을 것이다. 자신에게는 유인해 납치할 만한 가치가 없다. 어딘가의 중요 인물도 아니거니와, 중요 정보를 쥐고 있는 것도 아니고. 술과 약 만드는 기술? 그건 이쪽보다 더 고급인력이 넘쳐난다. 엉덩이 구멍이나, 특이해서 찾는 사람 많은 앞쪽 막대기를 탐하겠다는 것도 아닐 테고.

가일란은 한숨을 내쉬며 그들을 향해 몸을 돌렸다.

"걸어가야 하나?"

"멀어. 마차가 준비되어 있네."

젠장. 가일란은 속으로 좆됐다고 생각하며 뒤에 서서 자신의 퇴로를 막은 남자를 곁눈질했다. 마차까지 준비하다니 대체 무슨 일이란 말인가.

밖을 내다볼 수 없는 마차에 갇혀 도착한 곳은 척 봐도 높으신

분의 저택이었다.

사방에 금색 도료와 붉고 푸른 칠로 화려하게 장식하고, 장식된 유리창이 붙어 있는 집. 정원은 더위를 식히기 위해 인조 시냇물이 흐르고 분수가 뿜어져 나왔으며, 사시사철 피는 꽃이 흐드러져 향기를 뿜어냈다. 그 사이를 걸어가며 가일란이 말했다.

"염병할."

밖에선 못 처먹어 뒈져 가는 새끼들이 수두룩한데 이게 뭔 돈지랄인지.

물론 자신에게도 돈이 있다면 이렇게 하고 살았을 것이다. 그러므로 이것은 순전히 자신에게 이런 부가 없다는 데에 대한 분노일 뿐이었다.

정원의 끝, 안락의자 하나와 음료수가 담긴 잔이 올라가 있는 작은 테이블이 보였다. 거기 기대앉아 있는 중년의 남자 한 명, 그리고 익숙한 얼굴의 30대 남자 한 명.

"수함나."

가일란이 그 이름을 읊자, 수함나는 옆의 중년에게 가볍게 고개를 숙이더니 가일란에게 다가왔다. 가일란을 데리고 온 남자 둘은 옆으로 섰다.

"이거 무슨 일이지?"

"사람이 필요해서. 널 추천했지."

수함나가 가일란의 어깨를 툭 쳤다.

"파디르 이아르니. 이름은 알지?"

"몰라."

"젠장, 이렇게 멍청해서. 하여간 눈 깔고 예예 하기만 해."

"얼마 나오는데?"

"그건 이제 협상해야 해."

수함나가 가일란을 조금 더 앞으로 데리고 나오더니, 이쪽을 쳐다보며 부채질을 받는 파디르에게 고개를 숙였다.

"말씀드린 녀석입니다. 이름은 가일란이라고 하고, 올해 열일곱입니다."

"그렇군."

파디르가 고개를 끄덕였다.

"연고가 전혀 없나?"

"…예."

"난민 출신은 아니고?"

그걸 내가 어떻게 알아? 가일란이 미간을 찌푸린 순간, 수함나가 대신 대답했다.

"외관으로 보기에 다른 부족의 피가 섞여 보이지는 않지요. 그 어미가 이름을 지었다고 하는데 이름 또한 리스아시의 이름이니 의심할 여지는 없습니다. 그가 어르신께서 하시는 일에 매우 적합할 것입니다."

말하며 수함나는 파디르에게 조심스럽게 다가가 목소리를 낮췄다.

"장기적으로 원하시는 '말'로 키울 수도 있고요."

"그건 두고 봐야 알겠지."

가일란은 눈살을 찌푸렸다. 아주 작게 속삭인 그들의 말에서 가일란은 자신에게 알려지지 않은 거래의 함의를 읽었다. 수함나는 가일란을 팔려고 하고 있었다. 그러나 파디르는 거래를 유예했다.

그럼 다음 차례는 눈앞에 있는 것이 적당한 상품인지 알아보는 절차일 텐데.

"전통에 의하여, 다른 부족은 손님으로서 대접해야 하는 의무가 있지. 그러나 객은 객일 뿐. 집의 주인이 될 수는 없어. 주인의 종이 되는 것도 객의 일은 아니지."

순혈주의자라고 하던가, 이런 인간.

민족주의자라고도 하고, 선민주의자라고도 했던 거 같은데 아무래도 '높으신 분들'이 갖기 쉬운 성향이었다. 그들의 부와 권력의 기반이 혈족, 씨족으로 형성되어 있으니, 다른 것에 대한 배척은 당연한 결과였다. 정치 파벌 또한 씨족 기반으로 형성되어 서로 밀어내는 판국에 외부인은 오죽하겠는가. 그리고 파디르는 그런 외국인, 난민을 아예 자신의 부하로도 삼고 싶지 않은 모양이다.

"심부름을 시켜야겠군."

"보수는 어떻게 됩니까?"

가일란이 물었다.

"선금으로 반은 주셔야 합니다."

"많이 바라는군."

"그 정도 가치가 없는 일이면 군이 저를 시키실 필요가 없지 않겠습니까?"

가일란이 장사꾼의 얼굴로 웃었다. 그 웃음을 보고 파디르는 짧게 감탄했다.

"어린 게 수완도 좋군."

"칭찬해 주시니 감사하군요."

수함나조차 가일란의 넉살좋음에 감탄했다. 가일란은 두 걸음

앞으로 다가갔다. 건물 그늘에 감싸인 몸이 서늘하게 식었고, 가일
란은 자세를 낮추며 웃음 지었다.

"그럼, 맡기실 일은 무엇이신지요?"

파디르는 몇 가지의 물건을 구해 가지고 오라고 했다.

그러나 이 일의 진짜 목적은 물건을 가지고 오는 것이 아닐 것
이다.

그냥 단순히 물건을 가지고 오는 일이라면 기존 자기 부하를 시
켜도 될 일이고, 정 다른 사람을 써야 할 일이 있다면 그냥 심부름
을 시키면 되지 그 물건을 받을 본인, 수뇌인 파디르 이아르니의 얼
굴을 드러내고 일을 맡길 이유가 없기 때문이다. 왜 그런 위험을 무
릅쓴단 말인가?

대체 여기엔 무슨 함정이 있을까.

가일란은 의심하며 파디르가 지정한 물건들을 구하러 저녁 시장
을 향했다. 사람들이 뜨거운 볕을 피해 생필품을 사고파는 야시장
이지만, 그런 곳 한구석에는 언제나 일상에는 잘 쓰이지 않을 별난
물건들을 파는 사람들이 있는 법이다.

"아줌마는 어디 갔어?"

"…꼬마군."

마른 노인이 흘끔 가일란을 보더니 나무 그릇에 담고 있던 작고
노란 과자를 내밀었다.

"과자 먹을래?"

"됐어."

열다섯 때 독살당할 뻔한 뒤로는 남이 만든 것은 쉽게 손대지 않는 주의였다. 말이 독살이라 거창하다만, 사실 어린애들 구역 싸움에서 벌어진 일이었다. 그 일의 복수는 했다만 이후로는 밖에서 무언가를 먹지 않았다. 음료도 최소한만 마셨다.

"근데 꿀을 너무 많이 넣은 거 아냐? 모양이 멋대로고… 부서지는데."

"그래서 전분을 더 넣었는데."

"요리 못하는 사람들이 하는 걸 그대로 하는군."

"이런 건 원래 여자들이 하는 거잖아."

노인이 과자를 정리해 넣으며 말했다. 불과 칼을 써서 주요리를 내는 것은 남자의 일이었지만 이런 간식거리를 만드는 것은 여자들이 하는 일이었다. 노인은 괜히 짜증을 냈다.

"못하는 게 당연하지. 나는 손도 굵고 이런 섬세한 일엔 안 맞아. 남자라면 뜨거운 불과 싸워야지."

"됐고, 족제비 주머니 다섯 개 줘."

나무상자 뚜껑을 덮던 노인이 잠시 멈칫거렸다. 그는 눈을 매섭게 부라리며 자리에서 일어났다.

"지금 채취할 때 아닌 거 알지? 감시도 심해졌고."

"남은 거 있을 거 아냐."

"반 남은 거 있는데, 비싸. 50만."

노인이 말하자 가일란의 얼굴이 구겨졌다.

"장난해? 이러지 말지?"

"장난이 아니라 지금 시세야. 감시가 심해졌다고 했잖아. 너도 이미 돌아보고 여기 왔을 테니 알겠지만, 없어."

가일란은 낮게 한숨을 내쉬었다. 그의 말대로 이미 시세 정도는 확인하고 온 뒤였다.

"작년에 많이 들이지 않았어? 여유가 넘쳐서 여기저기 팔고 있을 텐데. 너무 비싸게 굴지 말지."

"─45."

"40."

가일란은 품에서 잉크 뚜껑만 한 동전을 열 개 정도 꺼내 내려놓았다.

"소매상들에게 파는 값이라고 생각하라고. 한두 번 보는 사이도 아닌데 왜 그래?"

"이거 참."

노인은 어쩔 수 없다는 듯이 한숨을 내쉬더니, 계산대 뒤의 선반 사이로 들어가 한참을 부스럭거렸다. 그는 작은 종이봉투를 가지고 나와 가일란에게 던졌고, 가일란은 안에 든 물건을 살폈다.

"감시 심해졌다고 했는데, 뭐 일이 있어?"

"글쎄. 모르겠어. 병사들이 많이 다니니까. 당연히 잡힌 놈들도 많고."

"뭐, 어디 뭔 일이라도 있는 거 아니야? 높으신 분들이 뭐라도 하나?"

개수는 맞고, 상태도 괜찮았다. 그러나 그걸로 거래를 끝낼 수는 없었다.

"다음 선거 문제겠지. 어차피 우리에겐 해당 없지만…"

"아, 선거…. 그래서 요즘 길목마다 씨족 놈들 옷 입은 것들이 싸우고 있었구나."

그러고 보니 곧 도시의 행정관을 뽑는 선거가 있었다.

사실 투표권은 '출생명부에 등록된' 이들이라면 모두 가지고 있었지만, 부유한 이들이나 중요 씨족 집단의 인물들은 표를 여러 개 가질 수 있었으며, 그들이 원하는 자가 당선될 수밖에 없는 구조였다. 때문에 일반인들은 투표에 큰 관심을 두지 않았다. 먹고 살기 바쁜 와중에 무슨 투표겠는가.

선거는 있는 자들의 싸움이었다. 각 씨족은 자신의 이익을 대표할 수 있는 후보들을 내세웠고, 후보 선정 기간에는 서로를 어떻게든 해쳐서 승률을 올리려고 했다. 드잡이질과 암살과 테러 시도가 횡행하는 때였다.

가일란은 자신의 용도를 좀 알 것 같았다.

⋄⋖⋗⋄

"시킬 일이 이것뿐은 아니실 것 같습니다만."

가일란이 말하자, 파디르가 고개를 들었다.

"내 밑에서 계속 일하고 싶다는 건가?"

"그것은 어르신의 마음에 달린 일이겠지만요. 어쨌든, 다음 일을 주셔도 될 것 같습니다."

"그렇군. 그렇다면 다음엔 가아피산 금분을 좀 구해 올 수 있겠나?"

현재 사치품으로 제한이 걸려 있긴 하지만, 구하기 어려울 것까지는 없는 물건이었다. 심지어 그런 품목이라면 이자의 권력으로는 그냥 손짓만 해도 굴러들어올 것이다.

가일란은 이상하게 생각하면서도 그것을 드러내지 않고 고개를 숙였다.

"내일모레까지 가져와 주면 좋겠군. 소년."

"네."

◆◇◆◇◆

이후의 일도 비슷했다. 그리 구하기 어렵지 않은 물건을 구해다 주기. 불법적인 약물을 조제해 건네기. 연회 초대장 뿌리기, 수선집 대신 다녀오기 등 잡다한 심부름을 하기. 보수는 꼬박꼬박 받았지만, 의도를 알 수가 없었다.

그러나 보름달이 뜨던 날, 그 의도가 무엇인지 알게 되었다.

"윽."

옆구리에 화끈한 느낌이 스쳤다.

반대편에서 다가오던 사람과 부딪힌 순간이었다. 낌새가 이상하다고 생각한 순간은 이미 늦었고, 한패이던 뒤에서 다가오던 놈에게 찔렸다. 가일란은 반사적으로 앞을 가로막고 선 놈을 걸어 넘어뜨리고 달렸다.

"도망친다!"

상처가 얕아서 다행이었다. 조금만 깊었으면 쇼크로 잠시 움직이지 못했을 것이고, 그사이 붙잡혔겠지. 그사이 칼빵 한 대 더 맞는 것은 덤이고.

언제나 반사적으로 몸이 움직이도록 훈련해 왔던 것이 이렇게 유용하다.

찔렸다고 인식하자마자 통증과 함께 열기가 몸에 확 퍼졌다. 열기가 끼어 흐려진 시선 방향에 골목길을 막는 그림자가 보였다. 가일란은 몸을 틀어 한 명이 겨우 지나갈 법한 좁은 골목길로 달렸다. 다행히도, 이곳은 자신의 구역이었다.

"쫓아!"

'막아'가 아니라 '쫓아'. 이 방향에는 사람이 없다.

그러나 그렇게 생각한 순간, 위에서 떨어지는 바람이 느껴졌고.

"윽!"

뒤를 스치는 날카로운 바람. 왠지 모르겠지만 몸이 앞으로 쓰러졌고, 불에 덴 것 같은 화끈한 느낌이 등줄기에서부터 퍼졌다. 열감을 뒤집어쓴 채 가일란이 앞으로 굴렀다. 뒤를 돌아보자 빨랫줄로 쓰이는 끈을 놓고 자신을 향해 빠르게 다가오는 마른 남자가 보였다.

"씨발!"

죽는다. 가일란이 몸을 옆으로 굴린 순간 곡도가 바닥을 찍었고, 먹이를 놓친 곡도는 바로 바닥을 끌며 가일란을 향해 달려왔다. 칼날을 피해 구르던 가일란은 쓰레기통에 몸을 박았고, 쌓여있던 쓰레기와 나무상자 따위가 흔들리며 좁은 길을 막아 버렸다. 그 혼란을 틈타 가일란은 이를 악물고 달렸다.

"…마지막 날…!"

"—후보자⋯!"

씨발.

가일란은 끓어오르는 고통을 몇 번이고 잇새로 물어뜯으며 삼켰다. 이 엿 같은 화끈한 감각. 일상의 무료함과 평안함을 패 죽이고, 살아 있다는 것을 알려 주는 온몸에 불 지른 듯한 좆같음.

직관적으로, 가일란은 다음에 무엇을 해야 하는지를 깨달았다.

쾅!

수함나는 홀로 가게에 있었다. 그러나 갑자기 머리가 앞으로 기울었고, 코가 테이블에 찍혔다. 찡하는 고통이 골 뒤쪽까지 시큰하게 스미고 지나가 잠시 정신을 차릴 수 없었지만, 머리를 쥔 손아귀는 그의 머리를 들었다가 다시 한번 테이블에 갖다 박았다. 쾅!

"크헉!"

"씹새끼야."

누군지 알 수 있었다. 수함나는 이마를 태우는 통증에 짧게 신음했다.

"넌 대체 어떻게 날 팔아먹은 거냐?"

"—뭔 개소리야. 나는 너에게 좋은 일자리를 준 거라고."

"칼빵 맞고 뒈지는 자리?"

그제야 수함나는 짙은 땀 냄새와 함께하는 타나토스의 기운을 느낀 모양이었다. 시선을 돌린 그는 가일란의 몸에 감긴 붕대를 보고 눈을 크게 떴다.

"뭔 일이야?"

"상태를 보면 내 인내심이 짧다는 걸 알 텐데?"

가일란이 고통으로 거친 숨을 내뱉으며 단검을 꺼내 수함나의 코앞에 박았다.

"잠깐만! 난 보조로 키울 만한 애를 알려달라고 해서 널 추천했을 뿐이야!"

"이걸 어쩌나, 내 귓구멍에 좆뿌리가 박히지 않아서 말야."

단검의 날이 옆으로 돌았다. 수함나가 눈 위를 향하는 날을 보며 마른침을 삼켰다.

"원하는 말로 키울 수 있다며. 그게 뭔데. 칼빵 맞고 뒈지는 말?"

"말 그대로라고. 신뢰할 만해서 씨족 내부의 세력과 관계없이 기를 수 있는 애가 있다면 좋다고 했어!"

"지랄 말고, 그 결과가 칼빵이겠냐?!"

"이것 참."

그때였다. 갑자기 난입한 목소리에, 가일란은 수함나의 머리를 누르던 손에 힘을 주고 고개를 돌렸다. 빛이 들어오는 입구에 파디르 이아르니와 그의 경호원이 서 있었다.

"우리 이아르니 씨족의 영웅이 여기 계셨군."

"오, 뭐야, 뒈질 거 같으니까 띄워 주기라도 하려는 거야?"

가일란은 빠르게 칼로 수함나의 어깨를 찍었다. 비명과 함께 수함나가 나뒹굴었고, 가일란은 고통에 몸부림치는 그를 책상 밑에 처박아 버렸다. 수함나와 파디르가 협공하면 곤란했다.

"아니, 자네가 다른 씨족에게 쫓겼다는 소식을 들었네. 그런데 자네가 그 상처를 입은 와중에도 우리에게 골칫거리였던 카르가나 놈들의 수족을 둘이나 죽였다는 소리를 들었지 뭔가. 그 영웅을 빨리 보호해야겠다는 생각이 들었네. 그런데 마침, 이곳에서 이렇게 만나게 됐군."

"말은 번드르르한데 하여간 내가 죽인 게 네놈들 골칫거리긴 했나 보군."

추격전 중에 두 놈 정도에게는 확실히 피해를 주었다. 한 놈은 입안에 칼을 박아 접시도 씹을 수 있게 만들어 주었고, 한 놈은 확실하게 심장에 칼을 박았다. 그 칼을 빼지는 못해 놓고 도망쳐야 했지만 말이다.

"이렇게 된 건 유감이네. 아무래도 선거를 앞두고, 후보를 없애려는 일이 자주 일어나지…. 지금 들어온 소식을 보면 자네를 내가 숨겨둔 후보로 오해한 거 같네."

"대체 뭘 보고?"

무엇을 봐도 하층민. 거기다가 보호되는 기색이 전혀 없이 심부름을 할 뿐인 소년이 파디르 이아르니의 '숨겨둔 후보'로 지목될 리가 없다. 분명히 이 또한 파디르의 계책이었을 것이다. 몇 개의 그럴싸한 시나리오가 가일란의 머릿속에 책처럼 차곡차곡 꽂혔다.

대표적인 것은, 자신이 그의 사생아라고 알려지는 시나리오.

"글쎄, 그건 내가 알 수 없지. 그러나 소년. 나는 우리 씨족에게 도움을 준 자네를 보호하러 왔네."

"…보호?"

"자네가 땅으로 내려보낸 그놈들은 카르가나에게 충성을 바친

자들이야. 카르가나 씨족이 자네에게 복수를 하지 않을 거 같나?"

—젠장. 가일란은 소리도 내지 못한 채 얼굴을 일그러뜨렸다.

"이것은 사실 호의네. 그들을 죽일 정도의 전사를 얻고 싶은 욕심이 없다고 하지는 않겠어. 그러나 내버려 두면 카르가나에게 죽임당할 자네를 구하는 것이 분명히 호의일세. 그리고 나는 자네가 이 호의를 받아들였으면 좋겠어."

염병할, 역시 세상은 미로고 세계의 납 화살은 자신을 노리고 있지 않은가.

가일란은 상황을 대충 파악했다.

지금은 선거 후보 지명 기간. 대놓고 집단폭력과 암살이 횡행하는 이 시기에, 파디르 이아르니는 '이목을 끌 자'가 필요했을 것이다.

그리고 어딜 보아도 리스아시 사람으로 보이는 자를 자주 들락거리게 하고 그자가 파디르와 관계가 있으며, 중용할 예정이라는 소문을 퍼트린다. 그 정도만 해도, 경계할 이는 경계할 것이다.

기본적으로 이것은 구역을 놓고, 세력의 장을 놓고 아이들이 하는 싸움과 다르지 않은 것이다. 날 때부터 길바닥에서 남의 살을 뜯은 야생의 아이들은 본능적으로 권력과 모략의 흐름을 흡습했고, 가일란이 배워 온 야생의 싸움은 이 만들어진 미로를 단번에 돌파해냈다.

이 작자는 지금 트로피가 필요하다. 적을 죽인 야수의 트로피. 그저 버림패였던 것이 생각보다 괜찮아 보여서 한번 주워 볼까 하는 여유로운 자의 환희.

"하…"

말대로 '호의'였다.

"시발…."

가일란은 파디르가 내민 손을 붙잡으며 말했다.

"남이 뒈지든 말든 신경 쓰지 않고 굴린 주제에 베푸는 척 말하긴."

"눈치가 좋은 건 나쁘지 않지만 말은 가려야겠군…. 아, 그렇군."

파디르가 웃음 지으며 말했다.

"이름이 뭐였지?"

씨발새끼.

◈◈◈◈◈◈◈

파디르 이아르니는 그때부터 가일란을 직접 데리고 다녔다. 호적 또한 새로 만들어졌는데, 그때 성으로 붙은 것이 '엘리아스'.

흔한 '리스아시 사람'의 성이었다. 샛별이란 뜻이 있긴 하지만, 아무도 평소 흔하게 언급되는 것에서 굳이 의미를 떠올리지 않는다.

당연한 것이다만, 가일란은 자신을 이용한 파디르를 좋아할 수 없었다. 그러나 곧 그와 함께 있는 것이 자신에게 유리한 생존의 방식이라는 것을 깨닫고 그의 말을 착실히 따랐다. 어쨌든 그와 있는 이상 잠자리와 먹을 것은 충분히 제공되기 때문이었다.

파디르는 자신에게 순종적인 가일란을 기꺼워하기 시작했고, 조금씩이지만 신임하기도 한 것 같았다. 그러는 데에 2년 정도 걸렸다.

이제 가일란은 생각했다.

'벗어나야 할 텐데.'

몇 가지 정보가 암호화되어 작은 종이에 적혔다. 가일란은 오늘 이 정보를 다른 곳과 거래할 생각이었다. 그리고 그쪽의 정보 역시 받아 온다.

이중 스파이 역할이었다. 이것은 파디르를 포함하여 모두가 알고 있다. 다만 파디르가 모르는 것은 실질적인 거래의 내용. 가일란은 파디르가 뿌리라고 하는 내용을 반드시 뿌리지는 않았다. 또는, 숨겨야 할 내용을 몰래 거래하기도 했다.

부수입을 위해서이기도 했고, 파디르의 힘을 약화시키기 위해서 이기도 했다.

그러나 파디르의 힘이 그냥 약해지면 안 된다. 아직 카르가나는 가일란의 목을 노렸다. 원한은 겨우 2년밖에 지나지 않았고, 이 나라는 기본적으로 3년 동안 사자의 영혼을 달랜다. 그놈들이 원한을 망각하기에는 더 많은 시간이 필요하다.

지들이 먼저 덤벼 놓고 뭐 하는 짓거린지 모르겠지만 어쨌든 죽이겠다고 하는데 몸 사려야지 어쩌겠는가.

일단 이곳에 몸을 박아두고 있지만, 파디르가 영원히 자기편이라는 보장은 없었다. 어쩌면 이전처럼 자신을 죽을 위기로 몰아넣을 수도 있지 않은가.

가일란은 그런 일을 막기 위해 다른 파벌들과 거래하며 연줄을 만들어 두었다. 동시에 이곳에서 지지기반을 만드는 것에도 공을 들였다. 그래야 좋은 정보를 얻어 밖에 내다 팔 수 있으니 말이다.

그날도 그렇게 얻은 정보를 팔러 나가려던 참이었다.

"가일란."

가일란의 발걸음이 멈췄다.

저 개새끼는 열 번 중 두 번 자신의 이름을 정확히 부르는데, 그
제대로 부를 때가 좋지 못한 때인 경우가 많았다. 가일란은 웃는
얼굴로 몸을 돌려 파디르를 쳐다보았다.

"무슨 일이십니까?"

"하타라나 장군이 오셨다."

"오랜만에 오시는군요. 요즘 바쁘실 텐데."

"너를 좋아하시니 같이 가는 게 좋을 것 같은데."

가일란은 한숨을 내쉬며 파디르를 따랐다. 하타리나 장군을 무
시할 수는 없었고, 같이 가자고 하는 파디르는 더더욱 무시할 수
없었다.

나이 들어 마르고 왜소해진 하타리나 장군은 긴 수염을 쓰다듬
으며 앉아 있다가 일어나 파디르를 맞았다.

7월성이 전쟁을 일으키고 그 여파가 동부를 관통해 남부까지 짓
누르는 현재, 그는 청년들을 전선으로 내모는 주역이었으며, 전쟁
으로 리스아시의 권위를 세우고 힘을 보여 주어야 한다고 주장하여
인기를 얻고 있었다.

장군의 할 일이 반드시 출전은 아니라지만, 젊은이들을 팔아 세
력을 모으는 주제에 말이지.

가일란은 속으로 개새끼라고 되새김질하며 하타리나 장군에게
고개 숙였다.

"오랜만에 뵙습니다."

"오, 자네는 볼 때마다 건강하군."

하타리나 장군은 가일란을 좋아하는 것 같았다. 물론 그는 가일란의 이름을 기억하지 않았다.

"요즘 젊은이들은 다 나약해서 말이야. 비리비리하고. 미용이네 뭐네 한다고 다들 허약해 빠진 몸을 하고 있으니…. 자네처럼 튼튼하면 얼마나 좋은가!"

"건강해야 좀 더 파디르 님께 봉사할 수 있겠죠. 늘 노력하고 있습니다."

"나에게도 자네 같은 시동이 하나 있으면 참 좋을 텐데."

"안 됩니다. 드릴 수 없습니다. 제게도 소중한 인재니까요."

하타리나 장군이 눈을 빛내자 파디르가 사이에 끼어들며 고개를 저었다. 하타리나 장군은 아쉽다는 듯 혀를 차면서도 더 질척거리지는 않았다.

하여간 웃기지도 않는다. 젊은이들의 왜소함은 미용이 아니라 먹을 것이 부족해서 그렇고, 그건 걱정할 것이 아니라 댁들이 해결해야 할 문제야. 지금은 또 군량을 갹출한다고 상황이 더욱 각박해지지 않았나?

"7월성의 기세가 아주 대단하네. 대체 왜 저러는지."

"그 이유는 알 수 없지만…. 덕분에 곤란한 점이 많지요. 북부의 냉기가 별의 힘을 얻어 동부의 녹색 초원에 스며들고 있으니."

파디르가 고개를 끄덕이며 대답하자 하타리나 장군이 조용히 말했다.

"동부가 지원을 요청했네."

"뭘 준답니까?"

식량이겠지. 가일란은 다른 시종이 가져온 차를 받아 그들 앞에 내려놓으며 생각했다.

"식량이죠."

"비싸게 팔 수 있겠군."

"굶주린 이들에게도 일자리가 생기니 좋은 일입니다."

하늘로 가는 일자리 말이지. 가일란은 찻잔을 내려놓은 다음 파디르의 뒤에 섰다.

전쟁이 시작되면 제일 먼저 동결되는 것이 식량 거래다. 각국은 식량 수출을 중단했고, 계속된 다툼과 난민 문제로 사정이 좋지 않은 리스아시는 하층민에게 먹일 식량이 필요했다. 물론 그것을 공짜로 뿌리지는 않을 것이다.

이 땅에 썩어 넘치는 젊은이들을 보내고, 식량을 받아, 또 비싸게 이 사람들에게 되팔 것이니 정말 남는 장사였다. 언제 자신도 이런 수완을 발휘할 만한 기회가 있으면 좋을 텐데.

그들을 같잖게 보고 있긴 했지만, 그들의 수완 자체를 경멸하지는 않았다. 이 땅에선 다들 그러는 법 아니겠는가.

"이제 우리 파벌에서도 사람을 보내야 할 거 같아."

"하긴, 이제는 눈치를 봐야 할 때지요."

잠시 대화를 놓쳤지만, 맥락 파악이 어렵진 않았다. 이제 징집만으론 안 되고, 이 파벌에서 상징적인 인물을 내보내 젊은이들의 피를 마신다는 소리를 불식시켜야 할 필요가 있다는 거겠지. 대체 이파벌에서 누구를 내보낼까.

"네 생각은 어떠냐, 가일란."

"예?"

갑작스레 불린 가일란이 되물었다. 파디르는 씩 웃으며 찻잔을 들었다.

"네가 가면 좋을 거 같구나."

"그렇군. 그대는 저 젊은이를 보내면 좋겠어. 그대가 중용하는 젊은이이기도 하니 좋은 선전이 될 거요."

이런 젠장.

가일란은 조금 당황했다. 뭔가 당한 것 같았다. 자신이 파디르가 중용하는 자라니. 많이 끌고 다니기는 하나 신임받는 자라고 할 수는 없었다. 정치적으로도 기반이 없는 자가 무슨 '좋은 선전'이 될 수 있단 말인가.

'—뭔가 눈치챈 건가?'

논리적으로, 이 결론밖에 나오지 않는다. 파디르는 뭔가 눈치챘고, 자신을 치우기 위해 전쟁터로 내보내려고 한다. 이런 염병할. 뒤통수 맞기 전에 먼저 친다, 뭐 이런 건가? 이런 새끼들이 할 법한 발상이지. 하여간 뭐 제대로 되는 게 없어.

"너에게도 좋은 기회일 거야."

파디르가 가일란의 팔을 툭툭 건드렸다. 가일란은 고민하는 표정을 지었다.

"제가 파디르 님의 대표가 되는 건지요?"

"글쎄. 너 하나만 보낼 수는 없으니 또 몇 명을 뽑아야겠지."

"열여덟이라고 했었나? 그렇다면 이제 공적을 하나 쌓아야지. 나 또한 그 나이에 출전했네."

하타리나 장군이 말했다. 이후 그는 자신의 어린 시절 무용담을 늘어놓았다. 최소한 하타리나 장군은 자신에게 선의를 가지고 있는 것 같았다.

가일란은 잠시 또 생각해 보았다. 파디르가 자신을 죽이려고 든다면 그냥 카르가나 무리에게 슬쩍 자신의 일정을 알려 주면 되었다. 굳이 자신을 전쟁터로 보낼 이유가…. 역시, 없는 것은 아니다만.

'중요한 건 세상이 죽으라고 등을 떠밀고 있다는 거지.'

아직 나를 이용해 먹은 놈도 이용하지 못했는데 뒈질쏘냐. 가일란은 파디르를 쳐다보았다. 파디르가 슬쩍 하타리나 장군의 말을 끊었다.

"하여간 가일란은 배운 것도 없을 때 카르가나 놈들에게 습격 당하면서도 그들을 죽이고 도망친 맹자(猛者)니까, 기대해 볼 만하지요."

"호, 그런 무골이었나? 내 아들놈 부대랑 같이 보내 볼까!"

염병, 정말. 이게 뭔 꼴이야.

가지 않는다는 건 여기에서 바로 내쳐진다는 것이니 선택 불가능했다. 거기다 더해 이제 하타리나 장군의 아들 부대와 함께 행동하게 됐다. 물론 장군 아들이니 죽게 내버려 두진 않겠다만 지금 말하는 꼴을 보면 저 작자가 아들이 무훈을 세우도록 종용할 것은 뻔했고.

'정말 세상이 뒈지라고 떠밀어 주고 있군.'

표정을 숨기며 가일란이 둘의 말을 듣고 있었다.

도망칠 틈도 없이 출전이 결정되고, 빠르게 도시의 쓰레기들이 수출되었다.

물론 자신이 선택하여 이 수출 대열에 낀 자도 있었지만 대부분은 정부 정책에 의해 쓸려 나온 하층민들이었다. 그들은 가족과 떨어지는 걸 불만스럽게 여기면서도, 여기에서는 굶지 않을 수 있다는 점에 안도하기도 했다. 물론 슬프게도 그 예상이 반드시 맞지는 않았다. 보급이라는 게 언제나 원활한 것은 아니기 때문이었다.

가일란은 다른 '높은 분'들과 함께였기 때문에 그런 일은 없었다만, 대신 다른 고난을 맞이했다. 가일란은 하타리나 장군의 아들 부대에 편성되었고, 그의 보좌 중 한 명 역할을 맡게 되었다. 문제는 이 작자가 보통 찌질한 인간이 아니었다는 것이며, 자기 아버지의 그림자를 이기지 못해 더 큰 공적을 세워야 한다느니 어쩌느니 하며 만용을 부리다가 이길 수 있는 싸움도 지고 뒈져 버렸다는 것이다. 그야말로 무형의 적이 자신을 위해 안배해둔 개새끼임에 틀림없었다.

가일란이 신분이 있을 것이라 착각한 북부 병사들은 그를 포로로 취급했고, 몸값을 받을 수 있을 거라고 기대했다. 하지만 그럴 리가 없으니, 사실이 들통나기 전에 탈출해야 했다.

물자가 영 변변치 않은지 나무로 만든 쇠틀은 연결고리가 허술했다. 탈출은 어떻게 성공했지만 어디가 어딘지 당연히 알 수 없었고, 도착한 마을은 이미 북부 병사들에 의해 점령되어 있었다.

"정말이지."

마을, 아마도 교회였을 곳에 던져진 가일란이 신음하며 말했다.

"세상은 날 죽이려고 환장을 하는군."

작은 교실 같았다. 눈을 돌려 보자 구석에 있던 일반인인 듯한 사람들이 자신을 경계하며 쳐다보고 있었고, 가일란은 그들 위의 작은 스테인드글라스를 보았다. 달빛이 스며든 스테인드글라스가 희미하게 빛으로 상징되는 신의 모습을 퍼트렸다. 그 밑에는 그 말을 받드는 사도들이 있으니.

"신은, 염병…"

있다면 그건 나를 죽이려고 하는 대우주의 의지라니까.

"당신… 누구요?"

"알아서 뭐하게. 어차피 뒈지거나 헤어질 텐데."

가일란이 조심스럽게 다가오는 노인에게 내뱉으며 몸을 일으켰다. 그리고 그때.

"꺄아아아아아아악!!"

새된 아이의 비명소리. 가일란은 놀라 고개를 돌렸다. 그러나 문 너머에서 들린 소리는 거기에서 멈춰 버렸다.

"무슨 일이지…?"

사람들이 웅성거렸다. 아이의 울음소리와 비명, 헐떡거리는 소리 같은 것이 조그맣게 들렸다. 그리고 아마 병사일 듯한 성인 남자들의 윽박지르는 소리가 들리고.

덜컹.

작은 방의 문이 열리고 북부 병사들이 들어섰다.

"여기 어린애 없나… 아, 저기 있네. 이리 와."

병사들이 구석에 있는 어린 남자아이를 지목했다. 아이의 부모는 아이를 붙잡았지만 옆에 선 병사가 석궁을 겨누자 아이를 놓아 주었다.

"좋아. 자, 내가 너에게 선물을 하나 줄 거야."

병사는 다가온 아이에게 단검을 하나 주었다. 검신의 길이는 *10cm*쯤 될까 싶은 작은 검. 병사는 그것을 남자아이에게 쥐여 주고 앞을 턱짓했다.

"얘를 죽이면, 널 살려 줄게."

그제야 그 앞에 있는 아이가 보였다. 푸르스름한 어둠에 감싸인 긴 머리의 여자아이는 온몸이 얼룩덜룩했고 매우 가쁘게 숨을 내쉬고 있었다. 크게 벌어진 눈과 경직된 표정으로 아이가 정상이 아니라는 걸 알 수 있었다.

"안 죽이면, 네가 죽든지 아니면."

병사가 구석에 모여 있는 사람들을 가리켰다. 석궁의 촉 끝이 다시 사람들을 향했다.

"어서."

당연히, 남자아이는 망설였다. 그러자 석궁을 겨누고 있던 병사가 피식 웃으며 사람들을 향해 한 발을 쏘았다. 누군가가 비명을 지르며 쓰러졌다.

"빨리. 이 애를 죽이지 않으면 다른 사람이 죽을 거야."

"으, 아…."

남자아이의 눈에 혼란이 깃들었다. 남자아이는 위협하듯이 여자아이에게 칼끝을 겨눴지만, 여자아이는 꿈쩍도 하지 않았다.

"누구에게 걸래?"

짐작건대, 여기는 최전선은 아니다. 후방에서 마을을 약탈하던 놈들이 심심해 미쳐 버려 사람 목숨을 가지고 놀고 있는 것이다. 죽음에서 빠져나왔다고 했더니 더 엿 같은 죽음인가. 납화살은 시도 때도 없이 대가리를 쪼개려고 든다.

그 와중, 두 번째 화살이 쏘아졌다. 이번엔 여자의 비명이었고 순간 남자아이는 괴성을 지르며 여자아이에게 덤벼들었다.

"옳지!"

여자아이가 비틀거리며 밀쳐졌다. 아이들이 엎치락뒤치락 싸우는 꼴은 그냥 애들 싸움이었고 재미있는 것이 하나도 없었다. 병사들이 즐기는 것은 그들의 절박함과 고통이었다. 파괴된 인성이었다.

여자아이도 괴성을 지르며 남자아이를 공격했다. 남자아이가 더 나이 많고 힘도 좋음이 명확한데, 남자아이는 여자아이에게 칼을 꽂지 못했다. 그렇다고 해서 여자아이가 우세를 잡고 있는 것도 아니었다.

하지만, 예상컨대 여자아이는 이미 사람을 죽여 봤다.

정확히 급소를 노린 공격이었다. 남자아이의 목에 칼이 꽂혔다. 병사들이 환호했고, 여자아이는 괴성을 지르며 쓰러진 남자아이의 몸에 정신없이 칼을 내리꽂았다. 사람들 사이에서 비명이 터져 나왔다. 어느 여자가 달려 나왔고, 여자아이는 자신의 몸에 손댄 여자를 찔렀다.

비명이 터졌다. 병사들이 웃음을 터트렸다.

"야, 너. 전부 죽여."

병사들이 쓰러진 여자를 보며 떨고 있는 여자아이에게 말했다.

"으, 아… 아…"

"전부 죽이면 너 놔줄게. 여기 있는 사람들 다 죽여."

"흐아, 으아, 으아…."

여자아이는 무서워서 울고 있었다. 저 애는 자기가 뭔 짓을 저지른 건지 알고 있을까? 모르겠지. 모르지만 뭔가 무서운 짓을 했다는 건 알고 있겠지. 그 두려움을 감당할 수 없어서 어딘가 정신을 놔 버린 듯한 소리였다.

"왜, 저 사람들이 너 괴롭혔잖아. 이 몸에 멍든 거, 이거 다 뭔데?"

구석의 사람들이 움츠러들었다. 반응을 보건대 이게 한 번은 아니었던 모양이다.

흔한 일이지. 병사들이 마을 사람들을 재미로 학살하는 것도 흔한 일이지 않은가. 서로 죽이게 하는 것은 좀 방법이 다를 뿐이다.

"얼른 죽여! 그래야 우리도 쉬지!"

병사들이 여자아이의 머리채를 잡고 흔들더니 앞으로 떠밀었다. 그 순간 여자아이가 괴성을 지르며 달려들었다.

"억!"

아이는 가일란을 향해 달려왔다. 가일란은 반사적으로 아이를 걷어찼고, 마르고 왜소한 아이는 붕 날아가 벽에 처박혔다. 댕그랑, 단검이 떨어지는 소리가 났고 동시에 가일란의 배에 석궁 한 발이 박혔다.

"뭐야, 저거. 건강하네."

"야, 계집애! 다시 가! 가서 죽여!"

"저 남자한테 걸자."

"재미없기는."

아이가 떨어진 칼을 다시 집어 들고 괴물처럼 신음하며 가일란에게 달려들었다. 부상으로 움직임이 느려진 가일란은 아이의 칼에 맞았다. 허벅지에서 통증이 올라와 숨통을 조였다.

"크흑…."

아이가 가일란을 들이받았다. 가일란은 그대로 뒤로 넘어졌고, 아이는 다시 찢어지는 듯한 소리를 지르며 달려들었다. 가일란은 올라탄 아이를 몸을 흔들어 뿌리쳤다.

"저놈 잘하네."

"잘해 봐, 이기면 내보내 주지!"

씨발. 가일란은 이를 악물며 발로 여자아이를 걷어 냈다. 하지만 여자아이는 이미 제정신이 아니었다. 괴성을 지르며 집요하게 달려드는 아이를 제대로 움직이지 못하는 몸으로 물리치는 것은 어려웠다.

달빛이 쏟아졌다. 스테인드글라스의 빛 모양, 투명한 유리 너머 만월의 빛이 눈부셨다.

덫이다. 파니르와 엮인 깃, 여기에 온 것, 그리하여 여기에서 자신의 위에 올라탄 여자아이에게 목을 찔리는 것까지 모두, 잘 계산된 덫이다. 빠져나갈 수 없는 올가미다.

가일란은 숨을 몰아쉬며 자신의 가슴 위에 올라탄 여자아이를 보았다. 달빛에 비친 푸른 눈. 엉키고 더러워진, 그러나 아침 햇살처럼 빛나는 긴 금발. 신의 모습을 한 달빛이 그녀를 비췄고 신의 손길은 광기 머금은 눈과 부딪혀 새파랗게 불꽃을 피워 올렸다.

신의 사자.

그 단어가 가일란의 머릿속을 스치고 지나갔다. 숨을 거칠게 몰아쉬는 아이의 모습이 느리게 보였다. 한 순간순간을 전부 기억할 수 있을 거 같았다. 그리고 그다음은.

빛이 있었다.

정신을 차린 것은 이 주일 후였다.

알고 보니 그 마을은 전선에서 그렇게 먼 곳도 아니었다. 다만 운이 좋았던 건 인정해야겠는데, 남부연합군이 그 마을을 북부의 주둔지로 착각해 습격했던 것이다. 가일란이 마지막으로 본 빛은 공습으로 인한 빛이었고, 그 폭발로 인해 건물 벽도 무너졌다. 남부 연합군 입장에선 허탕을 친 것이었지만 가일란은 그들에게 발견되어 치료받고, 본국으로 무사히 호송까지 되었다. 대략 6개월 정도 걸렸지만 말이다.

"살아 있어서 다행이군."

"운이 좋았지요."

파디르의 말에 가일란이 고개를 숙이며 대답했다.

안 뒈져서 아쉽겠군.

세상도 그러할 것이다. 한 번만 찌르면 될 덫에서 빠져나왔으니 얼마나 아쉬울까. 그리고 예상컨대, 지금 그 덫의 제일 앞쪽에 있는 씨실은 이 파디르임이 분명했다.

'어떻게든 처내야겠는데.'

파디르가 세상의 꼭두각시건 어쨌건 그것 이전에 파디르는 인생에 도움이 되지 않았다. 자신을 말로만 쓰는 인간이다 보니 앞으로도 이런 꼴을 볼 게 뻔해서, 가일란은 좀 더 행동을 빠르게 해야겠다는 생각을 했다.

"일단 쉬게! 이제 자네는 한 명의 어엿한 성인이니 그에 걸맞게 할 일이 있어."

이것 봐. 벌써 써먹을 생각 만만이네.

"알겠습니다. 그럼."

가일란은 고개를 숙이며 물러섰다. 신이란 새끼는 정말 나를 괴롭히기 위해서 파디르를 내 눈앞에 배치한 것인가. 저 새끼를 빨리 쳐내야겠는데—.

"…"

순간 가일란이 문 앞에서 멈춰 섰다. 아주 잠깐이었다. 가일란은 문을 열면서 생각했다.

신의 사자. 파란 눈. 긴 금발. 쏟아지는 빛 속에서 새겨진 어떤, 구체적이지 않은 상징들의 모습.

아니, 아니다. 세상의 악의가 그렇게 약한 것을 보낼 리가 없다. 악의가 작용했다면, 그렇게 쉽게 운이 따랐을 리가 없다.

역시 눈앞의 적은 파디르일 것이다. 어떻게 할까.

복도를 걸으며 가일란은 생각했다. 빨리 자금을 모을 필요가 있었다. 이전에 있던 정보망을 쓸 필요가 있었고, 거래처도 다시 돌려볼 필요가 있었다. 계획이 차곡차곡 머리 한구석에 쌓였다.

논리적인 단어와 계산이 쌓여 올라가는 머릿속 구석에서, 한 이미지가 일그러졌다. 흐릿한 파란색. 금색 물결. 하얀빛. 추상화되는 하늘의 이미지.